Contemporánea

Juan Marsé nació en Barcelona en 1933. Hasta los veintiséis años trabajó en un taller de relojería. De formación autodidacta, en 1960 publicó su primera novela, *Encerrados con un solo juguete*, seguida por *Esta cara de la luna*, en 1962. *Últimas tardes con Teresa* (1966), que obtuvo el Premio Biblioteca Breve, constituye junto a *La oscura historia de la prima Montse* (1970) el punto de arranque de un universo narrativo que estará presente en toda la producción literaria del autor: la Barcelona de la posguerra y el contraste entre la alta burguesía catalana y los emigrantes. *Si te dicen que caí* (1973), considerada su gran obra de madurez, fue prohibida por la censura franquista, publicada en México y galardonada con el Premio Internacional de Novela México 1973. *La muchacha de las bragas de oro* (1978) le valió el Premio Planeta. En *Un día volveré* (1982) recupera algunos de los temas y escenarios más recurrentes de su narrativa. En 1984 publicó *Ronda del Guinardó*; en 1986, la colección de relatos *Teniente Bravo* y, en 1990, *El amante bilingüe*. *El embrujo de Shanghai* (1993) fue galardonada con el Premio Nacional de la Crítica y con el Premio Europa de Literatura 1994. En 2000 publicó *Rabos de Lagartij*a, Premio Nacional de la Crítica y Premio Nacional de Narrativa, seguida en 2005 por *Canciones de amor en Lolita's Club*. En 2008 se le concedió el Premio Cervantes de las Letras Españolas, en 2011 vio la luz *Caligrafía de los sueños* y en 2014 apareció la novela breve *Noticias felices en aviones de papel*. *Esa puta tan distinguida* (2016) fue la última novela que publicó en vida. Murió en Barcelona en 2020.

Juan Marsé

Canciones de amor en Lolita's Club

DEBOLS!LLO

Papel certificado por el Forest Stewardship Council®

MIXTO
Papel procedente de
fuentes responsables
FSC
www.fsc.org   FSC® C117695

Primera edición con esta presentación: octubre de 2016
Primera reimpresión: julio de 2020

Printed in Spain – Impreso en España

ISBN: 978-84-9793-954-6
Depósito legal: B-10.369-2011

Compuesto en Fotocomposición 2000, S. A.

Impreso en Liberdúplex
Sant Llorenç d'Hortons (Barcelona)

P 8 3 9 5 4 D

Penguin
Random House
Grupo Editorial

Mi agradecimiento a Carolina Sanín,
a Juan Gabriel Vásquez y a Sofía Malagón.

Es ridículo no protegerse de la propia maldad, lo que es posible, y hacerlo de la de los demás, lo que es imposible.

MARCO AURELIO

Nunca se puede regresar a nada. Pero hay que regresar para saberlo.

CARLOS PUJOL

1

—El comportamiento de un cadáver en el mar es imprevisible.

Eso fue lo que declaró el capitán del *Alhambra II*, y ahora Valentín lo recuerda repitiendo en voz alta las misteriosas palabras y barruntando lo mismo que entonces, cuando leyó la entrevista en la prensa: mummmm, los viejos marinos son supersticiosos y dicen cosas raras, pero ¡puñeta!, qué manera tan pertinente de referirse a la pobre Desirée! Ciertamente el capitán parecía conocer a la muchacha mucho mejor que los que la habían comprado y vendido, gozado y maltratado en vida.

Mecido por una familiar sinfonía de suspiros y gemidos sexuales, mientras avanza por el pasillo sosteniendo en alto la bandeja con una sola mano, tal si hubiera sido experimentado camarero toda su vida, Valentín siente agitarse bajo sus pies el mar profundo y tenebroso y el flujo caprichoso y helado de las corrientes. Qué lejos alcanza el entendimiento de la gente del mar, se dice. En cambio, yo aquí, bobo de mí, ¿cómo no supe leer en los ojos celestes de Desirée lo que iba a pasar? ¿Cómo no supe ver lo que haría una muchacha tan decidida a romperse en mil pedazos por dentro y por fuera? ¿No lo intentó ya una vez con pastillas? ¿Por qué nadie en esta casa acertó a verla en lo peor, después de que se la llevaran llorando y a la fuerza? Verla, por ejemplo, arañándose las muñecas y paseando como enjaulada por la cubierta del barco con la misma desesperada crispación que se movía aquí, en la pista azul del club y en el tirabuzón de la escalera de caracol, o en su propia habitación, viendo a los hombres desnudarse o vestirse noche tras noche con sus celestes ojos desleídos, casi blancos... Hoy hace tres meses.

Los dorados cabellos de Desi ondulando entre las algas. ¿Quién dijo que todos los caminos van a dar a la mar...? ¿O no se dice así? Hoy hace tres meses, recuerda: sus braguitas con puntillas secándose al sol en los alambres de la azotea del club, transparentando el mar cercano y quieto que se la llevó. Se trata de un cadáver a la deriva, señores, dijo el capitán. La sirena del paquebote a lo lejos, reclamando el cuerpo a través de la niebla.

—Hoy hace tres meses.

Bajo una noche sin luna navega en alta mar el *Alhambra II* cubriendo la ruta Barcelona-Palma. Desirée se acerca descalza y muy despacio a la barandilla de babor, pongamos por caso, aunque da lo mismo un sitio que otro, porque ella ya no está en ese barco ni en este mundo, ya no es consciente de nada, y se para sin saber que se ha parado rodeada de mar y de olvido, rinde la cabeza sobre el pecho y se inclina sobre el abismo. Abajo rompen las olas y liberan una leve espuma, pero sus ojos azules se clavan obsesivamente en las negras aguas. Lejos, adonde ella no quiere ir, la otra espuma de los acantilados la está esperando. A ver, esa sonrisa.

Y la siguiente pregunta del periodista, que mereció la misma respuesta. ¿Cómo se explica usted que el cuerpo de la ahogada haya aparecido al día siguiente a treinta millas del punto donde se arrojó por la borda? El comportamiento de un cadáver en el mar es imprevisible, señor. A ver, esa sonrisa. Un pasajero muy locuaz, un hombre altísimo cargado de espaldas y con la cabeza pequeña, como un pájaro ensimismado, declaraba también que esa misma noche la muchacha se le acercó en cubierta para entablar conversación, y que inmediatamente él supo que era una prostituta por el modo de mirarle. A la bragueta, señor, directamente a la bragueta. Que fumaba un porro, y que seguramente era colombiana, añadió, como el hombre que embarcó con ella, y del que nunca más se supo, por cierto. Cuando el barco atracó en Palma, desapareció.

El veterano capitán de la compañía Transmediterránea recordaba que la joven tenía los ojos azules y lucía una mariposa roja y amarilla estampada en el hombro derecho, pero añadió que cuando su cuerpo fue hallado veinticuatro horas después flotando al pie de los acantilados, tan lejos del punto donde se tiró al agua, sus ojos eran verdes y la mariposa estaba en su pecho izquierdo y tenía las alas grises. El mar hace su trabajo, señor. El viejo marino puede simular ignorancia o puede mentir por discreción o por compasión, pero habla siempre desde la experiencia que le otorga su antigua relación personal con los vientos y las corrientes marinas y los embates salobres que crosionan la piel y verdean la mirada de los ahogados. O algo así diría, medita Valentín, ya no sabremos nunca si el hombre lo dijo o solamente lo pensó, o quizá yo he soñado que lo decía o que lo pensaba al esforzarme tanto en descifrar en voz alta sus declaraciones a la prensa. No sin esfuerzo, hay que insistir en eso, porque las palabras largas serpentean y amagan el sentido. Palabras largas como *comportamiento* o como *imprevisible*, nunca se portan correctamente en boca de un tartaja.

—Nu-nu-nunnnnca.

Detrás de una puerta, el familiar y rítmico crujido de la cama. Un poco más allá, detrás de otra puerta, un chillido estrictamente gutural. La espalda de Valentín sigue alejándose bajo la mórbida luz verdosa, como de acuario, que inunda el pasillo, con las puertas de las habitaciones a ambos lados, todas cerradas. Lleva alto gorro de cocinero y mandil impoluto. Se oyen sofocados jadeos y gemidos femeninos de placer claramente falsos y descreídos, un simulacro de orgasmo monótono y hueco y tan poco convincente que podría dar lugar a una reclamación por parte del cliente, no sería la primera vez, discurre ahora el cocinero distraídamente. La turbia luz cenital cae sobre su cabeza y sobre la bandeja que sostiene en alto con el brazo estirado, sobre una pizza recién cocinada, una cerveza y un cubalibre, mientras él camina sobre la alfombra roja con pasos precavidos, como si pisara huevos. Al fondo, el pasillo termina en una traslúcida cortina que agita la brisa nocturna, y que oculta un vetusto balcón.

Poco después, entregado el servicio, la misma espalda se aleja por el mismo pasillo, pero ahora en sentido inverso y entrevista a través de la cortina que mueve la brisa: Valentín piensa que Desirée Alvarado podría ocultarse nuevamente detrás de esta cortina, en el balcón y al amparo de la noche con un porrito entre los dedos. Él le llevaría comida y café y rosquillas. Podría vivir así mil años, le diría ella, si de vez en cuando también me traes algún porrito. Desirée escapando de esta forma del hombre que vino a comprarla para llevársela a otro club, esta vez en Mallorca. Así que, ¿no podría haberse tirado al mar no para morir, sino para vivir mil años…?

Acaba de entregar el servicio en la habitación 9. La cabeza abatida por el recuerdo proyecta sombra y no deja ver su cara, solamente los oscuros mechones del pelo lacio que escapan del gorro y caen a ambos lados de la frente como las alas de un pajarraco. Hacia la mitad del pasillo se para, los brazos colgando a lo largo del cuerpo, la bandeja balanceándose en su mano, estira el cuello despacio e inclina la cabeza a un lado, como si quisiera oír mejor los gemidos que simulan placer detrás de la puerta. Los chillidos de Desi habrían resultado más creíbles, él los recordaba bien, a su garganta nunca le faltaron convicción ni ganas, solamente quizá unos traguitos de cava.

–Siempre acabas ronca, niña.

–Es que se me irrita la campanilla justo cuando los tengo a punto de caramelo, Valen.

Se para en mitad del pasillo. Las manos apretando la bandeja contra su pecho y el ánimo en suspenso, poseído por una especie de fervor, Valentín levanta la cabeza lentamente y reanuda la marcha, desapareciendo entre las sombras de la escalera que cobija ecos de risas y música caribeña.

2

Muy lejos, al noroeste del país, un hombre casi idéntico y de la misma edad, treinta años, pero de aspecto más rudo, pelo de cepillo y la boca como un estropajo empapado de vodka, se incorpora desnudo junto a un camastro en la penumbra de un cuartucho.

–Qué te debo –dice con la voz rota, pero sin acritud. Mientras se pone los pantalones pugna por abrir los párpados de plomo–. Despierta. ¿Qué te debo?

Una voz tabacosa, ahogada bajo la almohada, farfulla:

–Ochenta.

–Ni hablar. Sesenta y vas que chutas.

Termina de ponerse la camisa y la americana y mira el camastro donde ella duerme boca abajo. De su cuerpo apenas recuerda el frenético movimiento de la pelvis antes del fraudulento espasmo final, un prodigio de simulación. Una nalga oscura y bruñida, ofreciéndose con un repentino vigor y con su hoyuelo, asoma bajo la sábana revuelta. Un hermoso culo, piensa, y ni siquiera le he prestado atención. Lo destapa un poco más y vuelve a ver a la furcia de espaldas, girándose bajo la llovizna y viniendo hacia el coche con su paraguas transparente y meneando las caderas… Un buen policía adivina el trasero respingón de una mujer por su manera de andar, le oyó presumir un día al inspector Rubio, un baboso superviviente de la antigua Brigada Político-Social.

La habitación es pequeña, cuelgan medias y prendas femeninas de una cuerda que roza su mejilla al darse la vuelta. Sus pies tropiezan con una botella vacía que rueda bajo la cama, su mano tantea la pistola en la sobaquera. Todo en orden. Nada se ha perdido, todavía. El hombre tira sobre el camastro unos billetes en euros. Antes de irse busca su cara en un espejo roto y se mira con profundo desagrado. Lleva en los nudillos de la mano derecha un vendaje con difusas manchas de sangre y flexiona los dedos comprobando su estado. Saca otro billete del bolsillo, lo deja prendido en una raja del espejo astillado y sale del cuarto cerrando la puerta.

Baja por una escalera estrecha y cochambrosa y alcanza el portal encendiendo un cigarrillo. El coche no está lejos. Mediados de marzo, un sol pálido, gritos de gaviota. En la calle se para un instante intentando recordar, un Renault Laguna azul con los flancos abollados. Sospecha que una vez más lo dejó mal aparcado, y esa infracción es precisamente lo que dibuja en su memoria el lugar exacto donde está el coche: entre un contenedor de basura y una parada de autobús, en una plazoleta solitaria.

Echa a caminar y emboca un callejón lateral. Las dos y media. No puede estar lejos. La boca abierta bebiendo la brisa salobre, que aplaca un tanto la insidia, la sequedad del alcohol. La americana arrugada, las solapas alzadas, frío en el corazón y ese escozor en la punta de la lengua. Saca una petaca de licor del bolsillo trasero del pantalón, echa un trago y se ajusta el vendaje en la mano.

No alcanza todavía a ver el coche cuando ya le llegan los gritos de las mujeres y el petardeo de las motocicletas. Hoy no es tu día, piensa.

Acerca de lo ocurrido ese maldito día, antes y después de encontrarse con el puño dolorido y fuerte resaca en el cuartucho de una puta del barrio portuario de Vigo, el agente Raúl Fuentes es interrogado por segunda vez para que aclare algunos puntos oscuros de su expediente disciplinario. El asunto Tristán.

—Vamos a ver, buscalíos —dice el inspector Pardo sacando el informe de la carpeta—. Por dónde empezamos.

—Por donde a ti más te gusta. Por el culo.

—Te van a empapelar, Fuentes, así que menos guasa. ¿Desde cuando estás en la Unidad de Narcóticos?

—Desde el regalito envenenado de los etarras. Volaron mi coche, ¿no lo sabías? —Se queda pensativo—. ¡Joder, el día antes le puse neumáticos nuevos!

—Habías recibido amenazas —dice Pardo fríamente—. ¿Por qué? ¿También allí te pasaste con algún detenido? ¿Cuál fue tu cometido en Bilbao…?

—No estoy autorizado a responder a eso. Consulta los informes, si te dejan.

—Estuviste bastante tiempo infiltrado en la ETA…

—No sigas por este camino, Pardo, no seas mamón.

—¿Pediste tú el traslado aquí, a Narcóticos?

—¿Quieres saber si en Euzkadi me acojoné?

—Yo hago las preguntas.

—Pues no, compañero, aguanté hasta que me echaron.

—Bien, ya estás en Vigo. Ahora cuéntame el pollo que montaste el otro día en la calle Rivas, y por qué.

—Ya declaré sobre este asunto.

—Quieren un informe más completo —insiste Pardo, y empieza a perder el control–. ¡Y no me lo pongas difícil, Fuentes, te prevengo! Tu versión no se ajusta a la verdad, así que empecemos otra vez por el principio.

Un whisky doble sería un buen principio, piensa. Se ve otra vez junto al Renault, agachándose para mirar debajo. ¿Cuántas veces habrá doblado la rodilla así, rápido, de una forma que él considera humillante, en los últimos meses? Una punzada en el hígado. Se levanta y echa otro trago de la petaca. Siente los pies hundiéndose en la arena, y alrededor de los pies, la mar transparente y dormida. Sigue el petardeo y rugidos de motocicleta.

No tengo nada que ocultar, piensa ahora, sentado displicentemente con los pies sobre su propio escritorio. Escucha la requisitoria de Pardo como si oyera llover, haciendo aviones y pajaritas de papel. De vez en cuando flexiona la mano que había llevado el vendaje.

—Mamado toda la noche y con una puta —añade Pardo revisando el informe–. Aquí te contradices. ¿Tan alcoholizado estás que no te acuerdas?

—Lo olvidé todo menos el bonito trasero.

—Parece que ya de buena mañana ibas de ginebra hasta las cejas.

—Era vodka y era por la tarde. Como no afines, en vez de un expediente disciplinario te va a salir un pan como unas hostias.

—Bueno, qué pasó después.

Raúl abre la puerta del automóvil. Más allá, el petardeo persiste, y entonces se vuelve a mirar: dos salvajes brincando en sendas motocicletas. Estás pringado, piensa en el acto.

—¿Me escuchas, Fuentes? —inquiere la voz nasal del instructor.

—Grrrrrrrrr.

El interrogatorio tiene lugar en un ángulo de la sala de inspectores de la Unidad de Narcóticos, una sala espaciosa donde los agentes redactan los informes. Cuatro de ellos, incluida una mujer joven, trabajan en el otro extremo de la sala. El inspector Pardo, antiguo compañero de Raúl en el mismo grupo antidroga y ahora destinado a Régimen Interno, viste un traje gris impecable, gasta gafas de montura metálica y un bigotito negro bien recortado. Trabajada pinta de ejecutivo pulcro y eficiente. Recuesta la nalga en el canto de la pequeña mesa escritorio que contiene gavetas vacías, un teléfono y la grabadora que ha puesto en marcha él mismo. En la pared hay un mapa de las rías gallegas. Los archivadores metálicos están abiertos y denotan desorden, la gabardina de Raúl ha sido arrojada allí de cualquier modo, el tablero de avisos está acribillado de notas de trabajo, el ordenador cubierto con un plástico.

—Te escucho a ratos, joder.

Lo que todavía escucha es el petardeo de los motores y las voces de espanto de las moras. Dos muchachos con indumentaria de cuero cabalgando sendas motos de trial. Uno de ellos es un cabeza-rapada, el otro lleva casco y un cigarrillo en la boca. Caracolean y brincan agresivamente con sus máquinas, invadiendo la acera y asustando a dos mujeres marroquíes y a una niña que esperan el autobús en la parada, y que ante el acoso de los motoristas gimen y se abrazan, sin poder escapar del cerco. Los jóvenes gamberros lanzan gritos de guerra al estilo indio, muy divertidos, haciendo cabriolas a su alrededor. Una de las moras protege con su cuerpo a la niña, que sostiene dos globos de colores. No hay nadie más en la parada, y en la calle sólo se ve a un hombrecito con boina, plantado en la acera de enfrente y mirando lo que ocurre con estupor y espanto. El motorista que lleva casco, en una de sus pasadas rozando a las mujeres, revienta uno de los globos de la niña con la brasa del cigarrillo, y el otro globo se escapa y sube hacia el cielo.

—¿Conocías de algo a las moras?

—No.

—¿Nunca antes las habías visto?

—No.

—¡Entonces, ¿qué te proponías?! —insiste Pardo—. ¿Por qué tenías que meterte donde no te llaman?

Raúl Fuentes esboza una sonrisa burlona.

—Había que romperle los huevos a alguien y tú no estabas allí... ¿Lo has cogido, o es demasiado para un chupatintas de Régimen Interno?

Arroja la gabardina sobre el asiento del coche y se vuelve a mirar a los dos motoristas. El que lleva casco se para un instante y se lo quita, gira la cabeza y mira a Raúl con el cigarrillo en la boca y un aire desafiante. Unos dieciocho años, muy rubio, crestas azules estilo punki y aros en las orejas. Una de las moras, viéndose acosada, corre y tropieza y chillando se cae de rodillas. Aterrada, se tapa las cara con las manos y se echa a llorar.

Raúl cierra la puerta del coche y camina sin prisas hacia donde las mujeres. El otro gamberro, el cabeza-rapada, inicia una nueva acometida contra ellas y pasa junto a Raúl, que se gira bruscamente y le suelta un fuerte codazo en el hígado, derribándolo. Tras él viene el rubio, y Raúl le da en la cara con ambas manos entrelazadas. El muchacho se dobla hacia atrás y luego hacia delante, intentando inútilmente enderezar y controlar su máquina, que acaba brincando al chocar contra el bordillo de la acera, para estrellarse acto seguido contra un muro. El motorista cae de mala manera, primero se da contra la pared y luego contra la acera, y da la impresión de desnucarse.

Las moras y la niña huyen asustadas. La cabeza del rubio empieza a sangrar sobre la acera, y su compañero, que se ha incorporado doliéndose del costado, se le acerca consternado. Mira a Raúl y balbucea en voz baja: Lo ha matado...

Raúl cambia una mirada con el hombrecillo de la otra acera, que despliega un periódico y oculta la cara tras él simulando enfrascarse en la lectura. Con absoluta indiferencia, Raúl regresa a su coche, lo pone en marcha y se va.

—Muy bonito. ¿Sabías que uno de los chicos era un Tristán?

—No lo sabía —dice Raúl.

—Pues el rubio era el hijo menor de Moncho. Aún no ha cumplido los veinte.

—Llevaba casco y no le reconocí.

—¿De veras? Le vieron quitárselo…

—No me toques las pelotas, Pardo. Había que pararle los pies al hijoputa, y eso fue lo que hice.

De manera limpia y expeditiva. Sin dignarse mirar atrás, doliéndose un poco de la mano vendada, conduce por calles estrechas. Se para brevemente en un semáforo y, por delante del coche, ve pasar a una mujer joven llevando de la mano a un niño con un globo rojo. Raúl se queda mirando al niño con una extraña sensación retráctil en algún rincón de la memoria. El niño vuelve hacia él la carita compungida y también le mira: está a punto de llorar. La mujer tira violentamente del niño y le regaña.

—Hiciste algo más que pararle los pies, como siempre —le reprocha Pardo—. El chico tiene conmoción cerebral.

—Imposible. Ese cabrón ya nació sin masa cerebral…

—Está en coma profundo y ha perdido un ojo —constata el interrogador—. Y eso no es lo peor. Lo peor de todo es que la familia Tristán en pleno se halla en estado de alerta. ¿Sabes lo que esto significa?

—Más o menos.

—Significa que nueve meses de paciente investigación podrían irse al carajo por culpa de tu jodido arrebato. Ya una vez tuviste una agarrada fuerte con César Tristán, el hermano mayor… Te gusta resolver las cosas a tu manera, te crees un buen policía, ¿verdad? Aquí hay algunos que te seguirían hasta el infierno, lo sabemos, pero eso no te sacará del apuro. En el fondo estás solo, Fuentes, y el infierno lo llevas contigo... Y te diré una cosa: no me gustaría estar en tu pellejo.

Raúl le tira a la cabeza un avioncito de papel y se levanta.

—Vale, ya tienes tu puto informe.

—¡Siéntate! ¡No hemos terminado! —Comprueba el funcionamiento de la grabadora y de nuevo consulta el informe que tiene en las manos—. Esta vez te cae un buen palo, seguro. De momento, y al margen de lo que te echen por vía judicial, ya tienes una suspensión cautelar de empleo y sueldo...

—¡Cuéntame algo que yo no sepa, joder!

Pardo rebusca en el informe pasando hojas.

—¡Si es que eres la hostia! En año y medio, cuatro denuncias por abuso de autoridad...

—Tres. La última fue una mascarada política.

—Aquí está. —Lee vocalizando, regodeándose—: Denuncia por malos tratos a presunto etarra. Ya fuiste empapelado por lo mismo en otra ocasión, así que no te hagas de nuevas.

—Que te follen, Pardo.

—¡¿Qué has dicho?! ¡¿Qué has dicho, cabrón?!

Raúl levanta los brazos entregándose burlonamente.

—¡Está bien, lo retiro! ¡Pero termina de una vez!

Pardo le mira unos segundos conteniendo su ira, y vuelve a consultar los papeles.

—Eras íntimo amigo del teniente Vega, que murió en acto de servicio. Un accidente...

—Y una leche. No fue un accidente.

—Tal vez. Pero no se pudo probar. Y en mi opinión, eso explica tu hazaña del otro día: te cruzas en la calle con ese chico presumiendo de moto, te acuerdas del cabrón de su hermano y de lo que le pasó a Vega, y empiezas a darle estopa...

—¿Qué sabe lo que es dar o recibir estopa un lechuguino instructor de expedientes como tú?

—Ya vale. Fue un infanticidio. Y luego, ¿qué hace luego nuestro intrépido capitán Trueno? Salir zumbando de allí. Casi atropellas a una vieja.

Conduce deprisa con la mano vendada, la otra está ocupada empinando la petaca de licor. Ocurrió después: la abuela se para súbitamente hurgando en el suelo con el bastón, él frena a tiempo, pero el bastón sale disparado y gira en el aire como un molinete. A la vieja ni la ha rozado. Pero para qué hablar de eso.

Giros bruscos del manillar en las encrucijadas de la zona portuaria. Habría jurado que es un olor a perfume barato lo que le trae hasta aquí, un viejo aroma muy conocido, pero tampoco ese detalle merece pasar al expediente. Otro olor entra ahora por la ventanilla del coche, a aguas pútridas y a flores marchitas. La sirena de un buque, el motor de un pesquero. La mancha de sangre se hace más difusa en el vendaje de los nudillos y en la conciencia.

—Escapar —añade el interrogador—. ¿No viste que le habías roto el cuello, y que requería asistencia médica?

—Mi obligación estaba en otra parte.

Un golpe de volante y el coche se interna por una zona de muelles y almacenes. Pita el móvil y lo coge mientras conduce.

—Fuentes.

La voz del colombiano suena melosa por teléfono. ¿Qué pasa, señor agente? Ya debería estar aquí.

—Llego en un minuto. Pero oiga, ¿usted y yo nos hemos visto alguna vez?

—No. Véngase derecho a la barra y pida una leche en voz alta.

—Pediré un orujo, si no le importa.

—Eso lo pide cualquiera. Haga lo que le digo. —Se corta la comunicación y Raúl mira el móvil en su mano, contrariado.

Aparca frente a la taberna. Una leche. ¿Será mamón? En la puerta, antes de entrar, se para y observa a una mujer joven sentada en el bordillo de la acera, medio oculta por una pila de maltrechas cajas de pescado que amenazan con desmoronarse y caerle encima. Se tapa la cara con las manos y llora sobre las rodillas juntas, enfundadas en medias negras de rejilla que dejan ver algún desgarro. Calza zapatones plateados de suela altísima y tiene aspecto y viste igual que una fulana. Lleva enredado entre los dedos el hilo de dos globos rojos que se agitan por encima de su cabeza abatida. Los suelta y los globos se elevan rozándose y entrechocando, como si se buscaran.

—Aquí está —dice Pardo hojeando el informe—. Declaraste que ese día tenías una cita ineludible con un soplón. Un tal Nelson Mazuera. Colombiano. Cuenta.

—Nada que ver con mi expediente.

—Eso ya lo veremos. Sigue.

—O sí tiene que ver, quién sabe. Soy un puto enigma, tú mismo lo has dicho.

Durante unos segundos, parado todavía en la puerta, observa a la mujer. Pero no quiere contarle eso a Pardo, de ningún modo le hablará de su madre a este mamarracho. En realidad, no sabría cómo hacerlo, porque no la mira, solamente piensa en ella. Se trata de una repentina evocación de su madre, el recuerdo de algo que ocurrió, o tal vez sólo imaginó, no sabría decirlo, hace mucho tiempo. Desde entonces y desde ese recodo de la memoria, ella le mira con una sonrisa incierta. Su boca roja exhala un vaho anhelante, acompasado y placentero pese al infortunio, como resignada a unas fatigas que ella misma se buscó y nunca lamentó. Se levanta con cierto esfuerzo, sacude su falda y se va por el centro del sucio callejón trastabillando sobre los zapatones plateados y meneando las caderas. A través del tiempo y la furia no aplacada todavía él la ve alejándose: los cabellos como una llama roja, la espalda frágil y un culo rabioso, indomable. Los dos globos se esfuman en las alturas, más allá de las jirafas metálicas del puerto que asoman por encima de los edificios. La mujer dirige a Raúl una mirada por encima del hombro y acto seguido su imagen empieza a diluirse.

Volveré a verla, la cabrona me saldrá al paso cuando menos lo espere. Pero a lo que íbamos, a lo cierto y palpable. Aunque no lo creas: el bar en cuestión se llama Aguado. En serio.

Raúl empuja la puerta vidriera del bar y entra.

3

Nelson Mazuera, bajito y cincuentón, muy atildado y pulcro, guantes de gamuza color canela, cabellos planchados, rasgos indios, está jugando en la máquina del millón con expresión grave y concentrada. Suspende el juego para observar detenidamente al agente de policía Raúl Fuentes, que se encamina sin prisas hacia el mostrador. Con la mano enguantada Mazuera recupera la taza de café dejada sobre la máquina y bebe un sorbo con gesto exquisito, sin perder de vista al recién llegado.

—¿Dónde fue la famosa cita y a qué hora? —inquiere Pardo.

—En el bar Aguado. Bar Finito Aguado, así se llama, lo juro. El dueño podía haberlo bautizado con su segundo apellido, o el de su mujer, o inventarse otro nombre. Pues no. La gente es que es la hostia, señor inspector.

—Sigue.

—Podrías consignar eso como una muestra singular del humor gallego…

—Sigue, joder.

En los bares de marineros, las fichas de dominó golpeando el mármol suenan distinto, con una frecuencia lenta, discontinua. Como si no se jugara, o como si los hombres lo hicieran dormidos y las fichas chapotearan en el mármol en vez de golpearlo. Una taberna como un túnel, perfumada de orujos y sombría. Cuatro parroquianos en una mesa, más allá otro hojeando un periódico, una joven de bellísimos ojos verdes anunciando catástrofes desde el televisor, y detrás del mostrador un viejo con gorra de marino y mandil fregando vasos. Las tres de la tarde, más o menos.

Raúl se planta frente al mostrador y habla en tono alto y claro:

—Una leche caliente y un orujo bien frío.

El tabernero se toca la visera de la gorra y le mira achicando los ojos un instante.

—¿El señor la quiere desnatada, entera o condensada, la leche?

—Lo pensaré mientras pruebo el orujo.

Mazuera llega a su lado y se encarama en el taburete. Cuando el tabernero les da la espalda, Raúl observa las manos enguantadas del colombiano sobre el mostrador, rodeando con delicada simetría de dedos la tacita de café.

—El señor Nelson Mazuera, supongo.

El hombrecito mira con recelo a su alrededor.

—Ojalá no me haya equivocado con usted —dice en tono confidencial—. Le voy a poner un as en la mano, agente, pero óigame esto: o me juega ahí mismo o esos hijueputa me queman antes de que nos demos cuenta.

El tabernero sirve la copa de orujo y Raúl espera que les vuelva la espalda.

—¿Por qué me ha escogido a mí?

—Yo sólo pacto con usted, no me fío de los *tombos* de su brigada. Si averiguan que le estoy *sapeando* me puedo ir dando por muerto. Usted estuvo destinado en Bilbao hasta hace muy poco, ¿cierto? De modo que para los Tristán es casi un desconocido…

—Lo dudo —dice Raúl—. He tropezado con los hermanos un par de veces. Accidentalmente, claro, pero seguro que el viejo lo considera un agravio. —Bebe la copita de un trago y le hace seña al tabernero para que le sirva otra—. Bueno, ¿cuál es su oferta?

—Aquí no.

Raúl espera a ver su copa otra vez llena, la coge y va tras el colombiano, que se encamina hacia una pequeña puerta al fondo del local. Ambos salen a la trasera del edificio. Un poco más allá están los muelles, se ven mástiles y grúas. El petardeo de un pesquero alejándose, chapoteo de aguas contra el muro. Nelson Mazuera se para al borde de la dársena.

—Óigame con cuidado, no tengo mucho tiempo. Hasta hace muy poco yo he llevado algunas cuentas de la familia, eso usted lo sabe... Pues tengo información muy valiosa, agente. Ésa es la oferta.

—¿Qué clase de información?

—Lavado de dinero, cosas así. Documentos que podrían llevar a Moncho Tristán ante el juez, y a sus hijos también. Pero ahora mismo mi situación en la familia es delicada. Yo estaría dispuesto a colaborar si me garantizan una salida.

Raúl está mirando al otro lado de la dársena. Unos segundos de reflexión.

—Dígame una cosa, Nelson —empieza con desgana—. ¿Por qué íbamos a hacer tratos con usted, el perro fiel de un mafioso que debería estar pudriéndose en la cárcel?

Nelson Mazuera chasquea la lengua, contrariado.

—Pero qué tipo tan jodido. Me estoy poniendo en sus manos y todavía no se fía. No me desilusione, señor Fuentes.

Raúl escruta los ojillos pesarosos del colombiano, fijamente, calibrando su sinceridad.

—Adelante, explíquese.

—Es una relación de pagos efectuados en Colombia. Nada que ver con la droga, por ese lado el viejo tiene las espaldas bien cubiertas. Pero hay otros asuntos, igual de lucrativos, que ustedes ni sospechan...

—¿Por ejemplo?

—Yo llevo dos años encargado de reclutar mujeres en Colombia —dice Mazuera—. El trabajo es en Pereira: las contrato, les doy papeles, las traigo a España, todo eso. Tengo guardadas las facturas, gastos de viaje y de alojamiento, contratos de trabajo falsos... Acabamos de liquidar el negocio, pero tengo que hacer otro viajecito para pagarle a la gente que hizo la limpieza. Y esta vez no pienso devolverme a España. Me voy a perder en el monte con mi mamá y mi novia y con toda la plata que me pueda llevar.

—¿Cree que Tristán le dejará irse de rositas?

—Llevo mucho tiempo preparándome. Tengo amigos en la guerrilla, ¿sí, me entiende? Y con los Tristán bien guardaditos aquí, los matones de allá despachados, este pecho se va para la finca, una finquita bien escondida en un lugar seguro, y así puede que todo acabe bien... El corazón me lo dice, señor agente, el corazón me lo dice.

—Ya. ¿Quiere protección...

—Para nada.

—... o prefiere un buen entierro?

Mazuera le aguanta la broma mirándole con expresión entre irónica y dolida, la mano enguantada sosteniendo la taza de café frente a los labios y meneando la cabeza.

—Es malo no tomar leche, señor agente, la leche es buena para la bilis. Muy buena, sí señor. —Mira a Raúl con desconfianza, bebe un sorbito y añade—: Y todavía nadie me va a enterrar. A ver si me entiende: lo que quiero es que la orden del juez le llegue a Tristán y a sus hijos después de que yo me haya perdido con mi gente...

—Está bien. ¿Cuándo veré esos papeles?

El hombrecito saca un bloc y un bolígrafo y anota algo mientras dice:

—Mañana y pasado mañana voy a estar con mi novia en Barcelona. Si hay algún imprevisto, llámeme a este número. Si no, espere mi llamada... —De pronto parece pensarlo mejor y se guarda el bloc y el bolígrafo—. No, mejor no... Primero hable con su superior, y yo vuelvo el sábado para cerrar el trato. Ahora me tengo que ir. Otro día lo llamo. Mucho ojo, pues.

Da media vuelta y se aleja decidido, envarado y melindroso, en dirección a los muelles.

—Eso fue todo —dice Raúl—. No he vuelto a verle ni tengo medio de ponerme en contacto con él. Como ves, ese día no hice más que buenas obras.

Termina otra pajarita de papel y la deposita junto a la grabadora del inspector Pardo, que da por terminado el interrogatorio y pulsa el stop. Rodea la mesa y empieza a recoger sus papeles y los guarda en la cartera de mano, junto con la grabadora. Lo hace con escrupulosa precisión y lentitud, mientras Raúl, repantigado en la silla, pone los pies sobre la mesa y añade:

—Llevas torcido el nudo de la corbata, cariño...

Pardo estalla de ira, se inclina sobre el rostro de Raúl y vocifera:

—¡Cállate, Fuentes, cállate y ojalá revientes! ¡Tus buenas obras te llevarán a la puta calle, y no sabes cuánto me alegra! ¡A ese chico lo has enviado al hospital, lo has descerebrado, y como eres así de chulo y gilipollas ni siquiera te has parado a pensar en la mierda que te va a caer encima! ¡Pues bien, yo te lo diré...!

—Cálmate, hombre.

—El chaval le salió un poco gamberro al viejo Tristán, pero es la niña de sus ojos, y el día menos pensado alguno de sus sicarios te cortará los huevos... ¡Estás pringado, hermano! Teníamos que haberte apartado del servicio hace mucho tiempo.

—¿Has terminado?

—¡No! —Y después de una pausa añade—: Harás bien en irte lejos y esperar a ver qué hacemos contigo. ¿Entregaste la placa y la pistola?

Raúl, que en ningún momento ha perdido la calma desdeñosa, se levanta y simula el gesto para ayudarle a enfundarse el gabán, pero sólo el gesto. Con talante zumbón sacude unas motas de polvo en sus hombros y encima prueba a ajustarle el nudo de su corbata. Pardo le esquiva.

—Verás, te voy a contar algo —dice Raúl con la voz calma—. En esta Unidad llevamos mucho tiempo bregando para poner a esa gentuza ante el juez. Es posible que un funcionario tan quisquilloso y plasta como tú sea incapaz de entenderlo, pero —con el dedo le golpea el pecho subrayando las palabras— lo ú-ni-co en tu puto informe que de verdad debería interesar a los soplapollas de Régimen Interno es la oferta de ese colombiano que me citó en el puerto... ¿Lo has cogido? Operación Ámbar. ¿Te suena...? No confío mucho en la oferta de Nelson Mazuera, pero la cuestión sigue siendo la misma: ¿es prioritaria la Operación Ámbar o no lo es?

—Precisamente porque lo es, nunca debiste tocar a ese chico —dice Pardo—. En cualquier caso, ya nada de eso te compete, has sido relevado del servicio. ¿O no te has enterado?

Coge su cartera de mano y le vuelve la espalda, pero aún gira la cabeza para asegurarse que lo deja tocado, que está hundiéndose. El gran acorazado Fuentes a pique con todos sus cañones y banderas y noches de alcohol y desmanes. Ya está abriendo y cerrando cajones y archivadores con repentina violencia, comprobando su contenido y recogiendo algunas pertenencias, agenda, llaves, un portarretrato de su hermano, un cartón de cigarrillos, guardando todo en una bolsa de plástico.

—Y ese tal Nelson Mazuera —dice Pardo—, ¿ha vuelto a ponerse en contacto contigo?

—No.

—¿Crees que lo hará?

—No lo sé.

—Olvídalo. Después de tu hazaña, no querrá ni verte.

—Me importa un huevo.

—En cuanto a los Tristán... —Se dirige a la puerta—. ¿Quieres un consejo?

—Quiero que te vayas al carajo.

—Te lo daré de todos modos. —Antes de salir se vuelve y le apunta con el dedo—. Dondequiera que estés a partir de ahora, mantén los ojos bien abiertos.

Se aleja por entre las mesas de la sala de inspectores mientras llega María con los encargos cumplidos. Tejanos y jersey ceñido, delgada, pelo corto, sin maquillaje. Raúl siempre pensó, desde el primer servicio juntos, desde la primera noche, que la fría culata de la pistola no cabía en la palma de su mano de niña. Sigue recogiendo sus cosas y ella le observa unos segundos cruzada de brazos, la espalda apoyada en un archivador.

—Lo tienes todo en el coche.

Tira las llaves del coche de Raúl sobre la mesa. Él está sacando de un cajón una carpeta y un fajo de papeles junto con algunas revistas y recortes de diarios y lo tira todo al suelo. María coge la carpeta y la abre.

—¿Y esto?

—A la papelera.

—Hay cartas sin abrir. De tu casa…

—Tíralo —dice Raúl.

—Estaría feo… Son de tu madre.

—No es mi madre. Y tú no eres mi Pepito Grillo, así que deja de meterte donde no te llaman.

Le quita las cartas y la carpeta de las manos, lo rompe y lo tira a la papelera. Se queda mirando a María un segundo, como arrepintiéndose de lo dicho.

—Debes alegrarte de que me vaya. Te aconsejo que lo hagas. —Le da un cachete afectuoso, que ella esquiva—. Es una orden.

—En algunas cosas todavía mando yo.

Raúl cierra un archivador metálico con estrépito y abre otro, de cuyo fondo saca una botella de whisky mediada. Sujeta la botella bajo el sobaco, coge su gabardina de la percha, las llaves y otras pertenencias de sobre la mesa y al iniciar la salida se para ante ella.

—Te invito a una copa. Venga, la última.

María niega suavemente con la cabeza.

—Desde que te conozco no has hecho otra cosa que tomar la última. A ver cuándo será verdad.

Raúl la mira más de cerca y cambia de tono, como excusándose.

—Sabes que yo siempre voy a lo mío…

—¿Lo tuyo? Nunca supe qué es lo tuyo.

Pero sí lo sabe. Una casa junto al mar y un caballo. Se lo oyó decir alguna vez.

—Eres un cabrón.

—No te pongas sentimental, María.

—Me pongo como me da la gana. Eres un hijo de puta.

Eso quedó claro hace ya bastante tiempo, piensa él. Pero no lo dice, solamente ofrece una sonrisa triste y comprensiva, con toda la simpatía y la gratitud de que es capaz un poli que no suele gastar con los demás ni una cosa ni otra.

—Tienes casi diez horas de coche hasta Cataluña, si vas como debes —dice María—. No hagas el loco.

Raúl roza su mejilla con los dedos. El beso que no le da, antes de irse, y la mirada de ella que le rehúye lo acompañarán luego unos pocos kilómetros, muy pocos. De nada me arrepiento, de nada me desdigo. Con la botella de whisky en el sobaco y la gabardina do blada sobre el hombro, da media vuelta y cruza la sala de inspectores a buen paso. Dos o tres compañeros interrumpen el tecleteo en los ordenadores, alargan la mano y él las golpea en un gesto solidario de despedida, sin detenerse, sin una palabra, sin mirar atrás, hasta alcanzar la salida.

En la acera de Jefatura hay coches aparcados, y en la acera frontal hay un puesto de periódicos. La llovizna está empapando la espalda de un hombre robusto, con anorak de capucha, parado junto al puesto de periódicos. Parece estar leyendo algo expuesto en los flancos del quiosco.

Raúl sale de Jefatura, se dirige a uno de los coches, lo abre, deja lo que lleva en el asiento trasero y se sienta al volante. Arrecia la lluvia.

Al otro lado de la calle, la espalda fornida del hombre del anorak se desplaza ligeramente buscando cobijo bajo el alero del quiosco mientras anota en un pequeño bloc la matrícula del Renault.

Saliendo de Vigo en medio de una espesa niebla, mientras conduce, llama a casa con el móvil.

—¿Valentín…? ¿Eres tú?

—¿Raúl? —chirría la voz, y, tras una breve pausa—: ¿Qué ocurre?

—Hola, padre. Estoy en camino, llegaré a media tarde…

Un silencio.

—Así que te vienes para acá.

—Eso es.

—Ah. —La voz no deja entrever el menor interés—. ¿Qué pasa?

—Ya te contaré… Te oigo mal.

Otro silencio embarazoso y la voz remota y chirriante, electrificada, un remedo de la emoción que nunca asomó en el trato con él, compone la pregunta sin la menor entonación interrogativa:

—Sabes el montón de tiempo que hace que no llamabas…

—Más o menos.

—¿Por qué nunca has querido darnos un teléfono?

—Ya te lo dije, padre. Motivos de seguridad… ¿Cómo anda tu pierna?

—Aguanta.

—Y… ¿cómo está Olga? —¿O debería decir tu mujer?, piensa.

—En el picadero, trabajando. —Y después de otra pausa—: Iba a salir para allá, me pillas en casa de casualidad…

—Que se ponga mi hermano.

—Valentín no está. —Un viento envuelve la voz, se la lleva—. Llama más tarde. Si no está en casa, pásate por el picadero.

—Sí, hasta luego.

El taciturno y temerario regreso a la casa del padre. Menos de nueve horas al volante con tragos y furia en los ojos, apurando la velocidad al máximo por autovías relucientes bajo la llovizna, sin mirar por donde pasa, primero Orense y luego Burgos y más kilómetros y tragos de la botella y más no querer ver nada ni pensar en nada, salvo en el espejo negro del asfalto y en la lluvia cada vez mas pulverizada e invisible, hasta Zaragoza y después hasta Lérida. Mucho tráfico de camiones hacia el sur durante un largo trecho, entre roquedales y tierras yermas. Naves industriales en parajes desiertos, distantes, detrás de una húmeda calima contaminada, y, de pronto, pasado el peaje del Vendrell, aparece el mar de un azul clamoroso. Virando de nuevo hacia el norte, y obedeciendo, ahora sí, a un oscuro deseo de sentirse dentro del paisaje, abandona la autovía y enlaza con la C-243 bajo un estallido de plata en el cielo, un resplandor lívido que pugna por abrirse paso entre las nubes. Baja el cristal de la ventanilla. A un lado el mar embravecido y el graznido de gaviotas, y al otro, alternándose con tierras áridas y suaves desmontes, los viejos olivos renegridos, los almendros abandonados y los copiosos algarrobos. Estos sequedales siempre le han entristecido. Ya pronto estarás en casa. Deja atrás Vilanova y Sitges, y coge la botella de whisky y bebe a morro.

Desfilan a su derecha playas desiertas y zonas rocosas, batidas por el oleaje. Durante un trecho, observa a dos muchachos montando a pelo un brioso caballo negro a lo largo de la rompiente. Sobre los acantilados del Garraf, arroja la botella vacía por la ventanilla. Poco después avista Castelldefels, aminora la marcha y circula flanqueado por palmeras y pinedas. Ya estás en casa. Cámpings desiertos, instalaciones deportivas y pequeños hoteles cerrados. La resignada voz de su padre, como si la oyera: Se trabaja poco, estamos fuera de temporada. En efecto, muchos chalets y bloques de casitas pareadas parecen deshabitadas. La gasolinera, el centro comercial, algún chiringuito solitario. Hay poca animación, una sensación de invierno prolongándose más de la cuenta en toda la zona costera.

Un poco más allá, el paisaje se hace rocoso y agreste y menos poblado. El coche deja atrás un viejo y solitario edificio con persianas verdes en las ventanas y un vistoso rótulo de neón rojo en la fachada, que también se exhibe al borde de la autovía:

LOLITA'S CLUB
Bar Musical

4

Tiene acceso desde la autovía y es un edificio de dos plantas y aspecto anodino, un antiguo hostal que estuvo cerrado mucho tiempo. En la pequeña zona frontal para aparcamiento hay solamente un coche y un camión, cuyo conductor acaba de saltar de la cabina. Se pone la americana, se toca la bragueta, se alisa el pelo con ambas manos y entra en el local.

Troquelados burdamente en las paredes se ven pentagramas con notas musicales, guitarras, palmeras, playas, copas de champán y chicas en biquini y el rostro de un negro con sombrero de copa y sonriendo con su gran boca rosada. Una vieja y pintoresca sinfonola arrimada a la pared del fondo emite música caribeña y una joven cubana, Bárbara, baila sola con un ritmo muy sensual, los ojos cerrados y la expresión soñadora. Sostiene un vaso de agua en una mano, le echa una pastilla efervescente, mientras sigue bailando, y el agua empieza a burbujear. El bar exhibe una decoración tropical de trazo ingenuo y colorista, luces mórbidas que mezclan verdes y rosas, larga barra con taburetes altos y una pequeña pista de baile. Algunas mesas se hallan en zona de penumbra y, al fondo, más allá de la puerta de los servicios y de otra puerta vidriera que da al interior, una escalera de caracol conduce a los reservados en el piso superior.

La barra es atendida por Lola, una gorda madura y risueña de rasgos hombrunos y mirada incisiva, asistida a ratos por su hermano Simón, viejo de rostro impenetrable y maneras pausadas que se ocupa, cuando no atiende el guardarropa, en fregar vasos en un extremo del mostrador, aparentemente desinteresado de todo lo demás.

Debido a lo avanzado de la hora, sólo hay un cliente, está sentado a la barra y juega a los dados con Jennifer y Yasmina, una a cada lado. Jennifer es española y Yasmina marroquí, ambas de veintitantos años. Lola sirve a ambas unos supuestos martinis a petición del cliente, que rodea con su brazo la cintura de Jennifer y le soba las nalgas. Ella da un respingo y se ríe. El camionero sale del servicio, se instala en la barra y de inmediato acude a su lado otra chica que emerge de las sombras del local moviéndose como una lombriz con ropa fluorescente. Hola, papito. Me llamo Nancy y vengo de Colombia para alegrarte el corazón. ¿El corazón, bonita? Bueno, eso por el momento… Nancy se le arrima, pero el hombre, apoyando espalda y codos en la barra, parece más interesado en el baile solitario de Bárbara.

Al igual que las demás chicas del club, Bárbara viste ropas provocativas. Pero ahora no baila para llamar la atención de nadie, ahora baila para sí misma, para adentro y ajena a su entorno, y es precisamente esa manera tan espontánea de aislarse y de ensimismarse, de ponerse a soñar mecida por la música, lo que atrae las miradas no sólo del camionero, sino también de sus compañeras: baila convocando para sí misma el olvido de todo, del sitio en que se halla, de lo que ellas son y representan y de quienes la están mirando. Hay en sus movimientos algo de ceremonia íntima, una especie de exorcismo, una terca disposición mental cuya finalidad tal vez no es otra que la de afrontar sonámbula las horas de tediosa espera y los venales requerimientos de cháchara y manoseos que conlleva diariamente el trabajo. Los dos clientes de la barra observan las evoluciones de la joven bailarina con talante divertido y acaso con deseo, pero en la mirada de sus compañeras, en cambio, hay una extraña melancolía que las hermana con ella y con su sensualidad ahora espontánea, caprichosamente liberada, un sentimiento común de afirmación y al mismo tiempo de pérdida y desarraigo: aquel otro ondular natural de las caderas, aquella conciencia feliz de las nalgas, antes de que los cerdos hijueputas las trajeran aquí y las convirtieran en lo que son.

Las dominicanas Alina y Rebeca se sientan en una mesa en actitud displicente, acostumbradas al tedio de la espera. Rebeca se quita el zapato y se masajea el pie mientras escucha lo que le está contando Alina, que está arreglándose las uñas con una lima y la mirada puesta en el baile de Bárbara.

—Entonces voy y le digo, niña, no te fíes —dice Alina—. Tiene una sonrisa muy bonita que nunca se le va, como los delfines, pero mira lo que te digo: este hombre te hará daño. ¿Tú viste los delfines, Rebe, te has fijado que siempre sonríen? Están sonriendo todo el tiempo como almas benditas, eso es lo que parece, ¿verdad?, que sonríen divino… ¡Pues no, chatita, ni sonríen ni nada que se le parezca!

Rebeca, mientras la escucha, observa con el rabillo del ojo las ondulantes caderas de Bárbara, y con ambas manos calibra el volumen de las suyas, un poco escurridas, y hace una mueca de resignación dedicada a sí misma. Interrumpe lo que Alina le está contando para preguntar a Bárbara, que ahora pasa muy cerca:

—¿Para quién bailas, Barbarita?

—Para quien yo me sé, mi vida —dice con fuerte acento cubano, sin apenas pronunciar las erres–. Y no me llames *Babarita*. Me llamo *Bábara.*

–¿Me escuchas, Rebe? –insiste Alina–. Le dije, oye, Desi, mira, lo que pasa es que los delfines tienen la boca así, y algunos hombres, como te descuides, te la pegan lo mismito que el delfín: tienen la sonrisa igualita y siempre a punto, ¡pero ojo, porque no es que te sonrían, es que tienen la boca así! –Enseña los dientes–. Mira, así, como Ronaldinho. ¿De verdad tú crees que siempre está sonriendo ese chico? ¡No, es que no puede cerrar la boca, de grande que la tiene! ¡No puede!

Bárbara recoge su negra cabellera con los brazos en alto y llega con su cadencioso balanceo junto a la escalera de caracol, cuando por ella baja corriendo Valentín. Mono azul con peto y camisa a cuadros, delantal blanco y gorro blanco de cocinero. Sostiene por encima de la cabeza la bandeja con una pizza troceada y sonríe ampliamente. Al llegar al pie de la escalera salta y se planta frente a Bárbara con una reverencia y la sonrisa de oreja a oreja, ofreciendo la pizza y anunciándose al mismo tiempo:

–¡Ta-ta-chiiiiinnnnn…! ¡Bienvenidos al Club Lolitas!

Ella simula el susto, nada convincente, y luego le dedica una risita desganada, aunque generosa. La misma broma infantil una vez más, las consabidas gracias de un retrasado, un hombre de treinta años con mentalidad de diez, a ratos. Gracias, mi cielo, no tengo hambre, y se cimbrea generosamente ante él, los pies juntos y clavados en el suelo. Uñas azulgrana en zapatos de tiritas plateadas. ¿Qué tú me dices, compañero, qué más podemos hacer por ti, pobre amigo? Sonríe Bárbara y se aparta, se contorsiona, música y ritmo caribeños se apoderan nuevamente de su cuerpo.

Él la mira embelesado, bebiendo el aire perfumado que desplaza, la belleza de los movimientos, y ahora sí, ahora de pronto el desajuste en sus rasgos faciales, bajo el turbio cóctel de luces que se funden en la pista, acusan la intensidad del esfuerzo interior, la discapacidad mental que le aqueja y que a ratos dulcifica y atonta aún más su expresión. El mentón prominente podría sugerir insolencia, pero en la mirada anida cierta ensoñación o encantamiento, un fulgor apagado, sin el menor rastro de tensión o amargura. Al revés que su hermano gemelo Raúl, que posee los mismos rasgos pero tallados a cuchillo y dispuestos en armonía, tiene la tez morena y lleva el pelo largo con raya en medio y caído en alerones junto a las sienes. Habla con lentitud y su tono es monótono, sin el menor énfasis y con un deje característico, y ocasionalmente tartajea.

Sigue su camino hacia el extremo de la barra, deja la bandeja encima, pasa detrás y se sitúa al lado de la señora Lola, que repasa cuentas en una libreta.

—De queso, alcachofas y cham-cham-champiñones —anuncia Valentín.

—Qué bien. Seguro que está buenísima, cariño. —Lola coge una porción de pizza y la prueba—. Colócalo en la vitrina, anda. ¿Qué hace Milena, sigue acostada?

Alina ha dejado a Rebeca y se acerca al cliente que charla con Jennifer, le pide un cigarrillo y luego se sienta a la barra frente a Valentín.

—No ha querido ni probarla, señora Lola —dice Valentín mirando la pizza—. Tiene cis-cistitis y muchas ganas de llorar.

—Nancy le ha pintado las uñas como a ella le gusta, color cielo caribeño —dice Alina—. Pero no se anima.

—Que se tome otra pastillita y que baje —dice la señora Lola.

—Mummmm. Es que las uñas tardan en secarse una barbaridad. —Valentín habla como en sueños—. Mummmm. ¡El azul del Caribe es un color tan, tan, tan encendido!

—Ya no quieres morir en Palestina, ¿verdad, Valen? —bromea Alina.

—Sí quiero, pero no hay prisa —dice él.

—Deberías irte a casita, corazón —sugiere Lola.

—Milena ha escrito una carta a su ma-mamá —dice Valentín—. Bueno, se la ha escrito Nancy, tiene la letra más bonita.

—¿No me oyes, criatura? Llevas aquí todo el día.

No oye. Está embobado mirando a Bárbara. Suena otra música, una balada triste, la cubana deja de bailar y atiende a un cliente conocido que acaba de entrar. Valentín apoya los codos en el mostrador y el mentón en las manos y sigue embobado mirando nada. Entonces siente en la mejilla la caricia de algas marinas. Una gaviota suspende el vuelo sobre el agua abarquillada entre dos olas detenidas e iguales y su ojo de plomo gira mirando a nuestra amiga hundirse en el agua hacia los limos del fondo.

—¿Cómo se llamaba el barco de Desirée, señora Lola?

—Te hemos dicho mil veces que no pienses más en eso, hijo.

—Pero es que el mar se la tragó y se la llevó lejos, señora Lola.

—La deuda se la llevó lejos —corrige Nancy—. No fue el mar. Fue la cochina deuda… ¿Podemos poner una música más alegre, señora? ¿Te queda un poquito de chocolate, Alina?

5

El ojo de un caballo tordo, un ojo inocente y hermoso, brillante y alertado. Nervioso por algo. El respingo y un relincho, como si presagiara un peligro.

—¿Qué le parece? —dice José sujetando las riendas.

—Un poquito resabiado —dice Virginia—. Pero es una belleza.

En medio de la pista rodeada por una valla de troncos, José desensilla el caballo y carga la montura a la espalda, observando el Renault que se aproxima al picadero viniendo del lado de la autovía. Es un camino abrupto y el coche traquetea. José Fuentes es un hombre flaco, de baja estatura y toscas maneras, con una cojera bastante pronunciada, pero de un rudo y sombrío atractivo. A su lado, Virginia Duran, antigua y distinguida clienta de los fines de semana, sujeta las riendas del caballo que acaba de probar y lo acaricia.

El coche se para junto a las cuadras, Raúl se apea, y, mientras camina con aire desganado hacia la valla, observa con mirada torva al sujeto que está de pie junto a un BMW azul aparcado cerca de allí. El hombre, a su vez, no le quita el ojo, parece escrutar sus movimientos. Lleva gafas negras y se recuesta en el guardabarros del coche con los brazos cruzados.

José se disculpa con su clienta y va al encuentro de su hijo en la valla, donde cuelga la montura.

—Hola, padre —dice Raúl.

—Vaya. Sí que has corrido.

José examina las cinchas de la montura. El tono en que se hablan no deja entrever ninguna emoción o afecto entre ambos.

—He estado llamando a casa y no hay nadie —dice Raúl.

—Hemos comido aquí. ¿Qué pasa, te han trasladado?

—Más o menos. —Se gira y señala al desconocido con un gesto—. ¿Y este *segurata*...?

—¿Le conoces?

—Los huelo a un kilómetro.

—La señora es diputada y tiene escolta privado. Es la mujer del doctor Duran.

La mirada incisiva y rutinaria del policía calibra fugazmente a la clienta. Una rubia vistosa y sonsa, treinta y ocho años, botas y pantalón de montar, pañuelo Chanel al cuello y una piel con exceso de bronceado que combina los atributos de la pija y la fulana. Notable el cuello esbelto y el horcajo entre las dos piernas.

—Ya. —Una pausa y añade—: ¿Y Valentín?

Su padre, comprobando la resistencia de las cinchas, parece más interesado en el estado de la silla de montar que en el reencuentro.

—Así que te han dado vacaciones. Otra vez.

—Digamos que me envían por motivos de seguridad. —Se gira mirando en torno—. ¿Dónde está Valentín?

—Tu hermano ya no trabaja aquí. No le interesan los caballos. Olga te escribió. ¿No recibiste la carta?

—¿Carta de Olga...?

La presente. Desde que bajó del coche presiente el aroma asilvestrado de su pelo negro y el acre olor de sus axilas cobijando el de

46

la paja en los establos. No debo mirar allí, todavía. Atisba el quehacer desganado del joven empleado marroquí, que descarga forraje de una camioneta azul aparcada frente a los establos, pero no quiere fijar la mirada, todavía. Casi en el acto, cuando ella sale del establo dirigiéndose al tendedero donde se seca la ropa, la percibe con el rabillo del ojo. Despeinada, sin maquillaje, mantiene un aire de gitana. Nunca fue muy guapa de cara, pero irradia un furioso atractivo. Advierte la presencia de Raúl y saluda con la mano, sin entusiasmo. Treinta y cinco cumplidos y aparenta menos, siempre aparentó menos. Levanta los brazos desnudos y morenos y descuelga rápidamente algunas prendas de ropa, sin dejar de mirarle, un poco desafiante, las piernas abiertas, una pinza en la boca. Tras ella se extiende la tierra rojiza del huerto donde José y Ahmed cultivan tomates y lechugas. Olga da algunas órdenes al muchacho y entra de nuevo en el establo. Mientras, José ha proseguido explicando:

—Le dije que no valía la pena molestarte por tan poca cosa. Además, hoy en día ya no se escriben cartas, que se envían faxes y mails y toda esa gaita. Pero ya sabes lo terca que es...

El caballo come en la mano de Virginia Duran y ella le susurra algo al oído. Raúl la está mirando, su padre se da cuenta y añade:

—Oye, tenemos trabajo. Nos veremos en la cena.

Le tira unas llaves que saca del bolsillo. Raúl las coge en el aire y da media vuelta en dirección a su coche, diciendo:

—Valentín ya estará en casa, supongo.

—Debería estar.

Virginia Duran llega a su lado llevando al caballo de la rienda, acariciándolo.

—Me gusta —dice—. ¿Cómo se llama?

José prueba la resistencia de una cincha de la montura, dando fuertes tirones, cuando aún sigue a Raúl con la vista. La cincha se rompe.

—Roberto.

Virginia Duran sonríe divertida.

—No, digo el caballo.

José le muestra la cincha rota en la mano.

—¿Ve usted? Hay que estar en todo. —El coche de Raúl se aleja cabeceando por el tramo lleno de baches—. El caballo se llama Roberto. Pero si el nombre no le gusta le ponemos otro...

—No, está bien.

Cae la tarde cuando el Renault enfila el corto sendero hasta la trasera de la casa, en una zona despoblada y agreste muy cerca del arenal. Encarado a la playa y de espaldas a la autovía, un chalet rústico de dos plantas, con algún visible desperfecto pero sólido y bien asentado frente a las dunas erizadas de plantas de barrón y cardo de mar. En la parte de atrás hay pinos, adelfas y algún olivo cuyo cultivo fue abandonado hace tiempo.

Raúl frena el coche y se apea, saca la maleta y una bolsa y se queda mirando el viejo y parcheado saco de boxeo que cuelga de la rama de un árbol. Junto a la puerta trasera de la casa, apoyada contra la pared, hay una bicicleta de mujer. Deja el equipaje frente a la puerta y se dirige a la parte delantera bordeando la casa. Sube al porche, las viejas tablas crujiendo bajo sus pisadas, y contempla el mar unos segundos. La puerta principal está cerrada y los ventanales también. Raúl mira en torno: la vieja mecedora, la hamaca de vivos colores, los dos faroles colgando del techo y el velador con la cafetera, dos tacitas, un cenicero, restos de fruta en un plato y un periódico. Enfrente, la playa erosionada y desierta, con penachos de vegetación zarandeados por el viento, rocas, y el rumor del oleaje.

Vuelve sobre sus pasos a la trasera del chalet. Abre la puerta de la cocina con la llave, coge la maleta y la bolsa y entra, empujando con el hombro otra puerta inmediata, esta de rejilla metálica, que se cierra sola. Cruzando la cocina accede a una estancia más amplia, previa al salón principal de la planta baja, con ventanales de hoja amplia. Una escalera de madera lleva a la planta superior. El chalet tiene un aire de refugio confortable, con el hogar apagado, muebles rústicos, pieles y objetos y adornos diversos relacionados con la monta y la pesca: cuadros y fotos de caballos, cañas de pescar, remos. Nada más entrar en la sala, Raúl suelta la maleta y la bolsa y llama a su hermano.

—¡Valentín! ¡Valentín…!

No obtiene respuesta. Se quita la americana, se acerca al ventanal y observa el oleaje en la rompiente. Se sirve vino de una botella sobre la mesa, bebe, y con el vaso en la mano sube la escalera hasta la primera planta. En el pasillo vuelve a llamarle, y, antes de entrar en su cuarto, se queda mirando el póster del superhéroe Batman clavado en la puerta.

Sigue siendo la habitación de un adolescente. Banderines deportivos, tebeos, un cartel del ogro Shrek pegado a la pared, otro de Batman y Catwoman abrazados, recortes de revistas con pizzas y automóviles de Rallys y de Fórmula 1, unos guantes de boxeo, un monopatín, una radiocasete, un balón de fútbol sobre la cama turca arrimada a la pared. Y pegado al techo, un globo rojo algo desinflado y con el cordelito colgando. ¿También aquí, hermano?

En el estante sobre la cama hay dos fotografías toscamente enmarcadas con cinta adhesiva azul y apoyadas en el lomo de un fajo de tebeos. Raúl se para a mirarlas. En una terraza soleada, Valentín y una muchacha morena juntan las caras rodeados de sábanas que agita el viento, y sonríen al objetivo. Ella parece querer esconder el rostro y librarse del brazo de Valentín en su cintura, o tal vez ocultarse en su espalda, avergonzada; o podría ser lo contrario, que él quiera acercarla más al objetivo y ella se resista, rehuya el protagonismo y prefiera quedarse atrás con los ojos entornados. No va pintada. Una chica delgada y despeinada, en bata bastante raída y encima una cazadora de cuero que no parece suya. La cara demacrada, en la que predominan rasgos infantiles, los ojos oscuros, la boca pálida. En el labio superior hay un ligero respingo, como si acabaran de pellizcarlo, y en la oreja izquierda brilla un diminuto aro. También sonríe, pero con cierta tristeza o aprensión, apretando sobre el pecho las solapas de la cazadora. Tras ellos se distingue el reverso del rótulo de neón en lo alto de la fachada del edificio.

La otra foto ya la conoce. Muestra a los mellizos adolescentes, ambos en camiseta, sudorosos y despeinados, de pie junto al saco de boxeo colgado bajo el árbol. Raúl tiene el brazo por encima de los hombros de su hermano y los dos se ríen con ganas. Acaban de cumplir los doce años. Valentín mira al objetivo como embobado o sorprendido, y Raúl, de perfil, sólo tiene ojos para su hermano: una mirada, la suya, y un abrazo, que revelan no sólo amor fraterno, sino sobre todo una firme voluntad de protección.

Deja la foto en su sitio, coge los guantes de boxeo y se tumba en la cama turca.

Media hora después sigue en la misma postura y dormido. Tiene un sobresalto y se despierta al oír un ruido. Su padre, en albornoz y secándose el pelo con una toalla, se asoma en la puerta del cuarto.

—¿Cenas con nosotros o prefieres seguir durmiendo?

Raúl se incorpora a medias, soñoliento, mirando con extrañeza los guantes de boxeo que aprieta contra su pecho.

—Me cambio y bajo. ¿Llegó Valentín?

—No. —José inicia la retirada mientras añade—: He subido la maleta a tu cuarto.

Se va cerrando la puerta.

Poco después lo hace Raúl. Su habitación está en el mismo pasillo y entra en ella quitándose la camisa. La maleta y la bolsa están sobre la cama. Por sus dimensiones, la habitación es parecida a la de su hermano, pero sin la profusión de objetos, ni carteles ni juguetería, salvo un osito de peluche negro sobre la cama. El ventanal da a un sector rocoso de la playa. Abre la maleta y saca una camisa limpia, y mientras la desabrocha lentamente se planta frente al ventanal mirando el mar. Se oye el rumor apagado de las olas batiendo las rocas. A su lado, el viejo secreter de tapa corredera deja escapar un crujido familiar. Como si hubiese esperado su regreso para cerrarse del todo. No ha terminado aún de desabotonar la camisa limpia cuando, con gesto repentino, la cuelga de su hombro y saca del bolsillo del pantalón un llavero y abre la tapa del secreter. De un cajón saca, envuelto en una gamuza, un revólver. Hace girar el tambor, comprueba su estado, y en este momento se abre la puerta del cuarto y entra Olga.

Oye el ruido y levanta los ojos del revólver, pero no se vuelve, se queda mirando nada en el aire, con una persistente fijeza: sabe quién ha entrado, se diría que huele su presencia. Lentamente termina de ponerse la camisa, pero no se vuelve.

Olga ha cerrado la puerta con la espalda y permanece allí quieta mirando la nuca de Raúl. Viste una bata mal ceñida y lleva dobladas al brazo algunas toallas y un edredón. Después de unos segundos inmóvil y con la mirada fija en Raúl, se dirige a la cama, deja las toallas y el edredón encima, coge el osito de peluche negro y vuelve sobre sus pasos. Raúl permanece de pie mirando por la ventana. Unos metros detrás de él, Olga se para de nuevo con la espalda apoyada en la puerta, ahora apretando el osito contra su vientre, y de nuevo clava los ojos en la nuca de Raúl. Sin embargo, él no se vuelve, sigue con el revólver en la mano y la vista al frente. No quiere leer otra vez en los ojos negros que lo acosan un dolor secreto que no comparte ni le importa, que está muy lejos de asumir. ¿No basta esa espalda desdeñosa y esa inconmovible y persistente mirada al frente para que lo entiendas? ¡Joder, no se puede ser más elocuente!

Raúl abre la ventana y cierra los ojos, y ahora las olas suenan con más violencia, como si rompieran contra un acantilado. Pero no se vuelve a mirarla, no lo hará. Finalmente ella baja la vista, rindiéndose a la evidencia. Con la mano a la espalda gira la manecilla de la puerta, la abre, retrocede y sale silenciosamente del cuarto.

Una vez solo, Raúl guarda el revólver en su sitio, cerrando de golpe la tapa corredera del secreter. Contempla el mar a través de la ventana, y ya oye la voz de su padre inquiriendo.

6

—¿Y por tan poca cosa tenías que romperle el cuello? Maldita sea, hijo, ¿cuándo aprenderás a controlarte? No te iría mal una terapia de choque, de esas que rehabilitan a los maridos que maltratan a sus mujeres.

Están cenando. En un ángulo de la mesa, Olga acaba de depositar un cuenco con ensalada y se sienta.

—Se diría que no conoces a tu hijo —dice con los ojos en el plato.

—Precisamente —replica José—. Juraría que se las tuvo con el chico sabiendo muy bien quién era... ¿O no lo sabías?

—Qué más da —responde Raúl—. Pásame el vino. ¿Cómo es que Valentín se retrasa tanto?

José le alcanza la botella mientras cambia una mirada con Olga.

—¿A qué hora sale de la pastelería de la señora Mir? —añade Raúl.

—Ya no trabaja allí —dice Olga.

Raúl la mira sorprendido. José se anticipa a su pregunta.

—Está controlado, no te preocupes. Sabemos siempre dónde para y lo que hace. No pasa nada.

—Eso habría que verlo —dice Olga—. Algunas noches no duerme en casa.

—Lo sé, duerme en el picadero, con Ahmed.

—Eso es lo que tú crees...

—¡Te digo que no pasa nada!

—Pero bueno —tercia Raúl, cada vez más sorprendido—, ¿se puede saber qué ocurre?

—Que tu hermano ha cambiado en muy poco tiempo, eso es lo que ocurre —dice José—. Está mucho mejor, tú mismo podrás verlo. Digamos que ahora el chico tiene sus... asuntillos. —Habla sin dejar de comer, tranquilo, con visible buen apetito, la vista en el plato—. No iba a estar siempre tan pendiente de nosotros, de Olga sobre todo.

Raúl le escucha intrigado.

—¿Ya no trabaja en la tienda de la viuda? ¿Con lo que le gustaba la repostería?

—¿Qué esperabas, que se iba a pasar la vida repartiendo pizzas y pasteles con su bicicleta, hasta que un día me lo atropellaran en la autovía? Le va mejor donde está, quieto en ese bar.

—¿Un bar?

—Sí, el bar al que servía los pedidos. Le conocen, iba todos los días...

—¿Y qué hace allí?

—Pues un poco de todo, supongo. La cosa empezó de un modo casual... Bueno, no sé —se explica José, sin ganas, molesto—, parece que un día lo invitaron a una pequeña fiesta y él quiso corresponder, ya sabes cómo es, el chico se hace querer. Se metió en la cocina y las obsequió con uno de sus pasteles.

—¿Las obsequió? —dice Raúl—. ¿A quién diablos obsequió?

—A las chicas que trabajan allí —dice Olga, y duda un instante antes de añadir—: No es un simple bar. Es un club de alterne...

José la interrumpe, irritado:

—¡De acuerdo, sí, están esas chicas! ¡Y qué!

Raúl no da crédito a lo que oye.

—Un momento. A ver si lo entiendo... ¿Valentín está sirviendo en un puticlub?

—¡Bueno, será eso, un local de alterne o como queráis llamarlo! —exclama José, impaciente—. Pero no es una casa de putas... Y él no trata directamente con los clientes, si es eso lo que te preocupa. No es un empleado, no está obligado a nada. Va porque le gusta. Algo deben pagarle, pero eso importa poco... Se las apaña muy bien y se hace respetar, no es un ser tan indefenso como pensáis. Está contento con su trabajo, y por eso le dejo ir.

—¡No puedo creerlo! —dice Raúl.

—Lo que oyes.

Olga mira obsesivamente el dibujo del mantel.

—Hay algo más, José. Díselo.

—No tiene importancia.

—Sí la tiene. Díselo.

Olga levanta la cabeza y la gira despacio hacia el lado de Raúl, y por vez primera recibe esta noche la fría mirada. ¿Qué otra cosa esperabas después de casi dos años? Sí, tal vez es mejor así. La misma mirada que seguramente merece esa chica que ha encandilado a Valentín. Duda un instante, pero viendo que José prefiere guardar silencio, se decide. Valentín es lo que importa.

—Se ha enamorado de una chica que trabaja allí —añade con la voz oscura.

Exasperado, José suelta el cuchillo y el tenedor.

—¡Oh, vamos, Olga, qué manera de decirlo, ni que el chico hubiese pillado unas purgaciones! No veo por qué haces un drama de todo eso.

—¡Pero si está colado por ella! ¡Se ha emperrado en que es su novia! ¿Vas a decirme ahora que no lo sabías?

—Se le pasará —dice José—. No es más que un capricho…

—¡¿Queréis callaros un momento?! —reclama Raúl.

—Valentín es como un niño —insiste Olga—, y pueden hacerle daño.

—Siempre ha estado expuesto a eso, y siempre lo estará —responde José.

—¡Pero bueno, ¿he oído bien?! —Raúl consigue imponer su voz— ¡¿Dejáis que una puta se time con un pobre deficiente mental, es eso…

—¡No es un pobre deficiente mental!

—… es eso lo que me estáis diciendo?!

—Está enamorado y no atiende a razones —opina Olga.

—¿Enamorado? —entona Raúl con ironía—. ¡No me jodas! Valentín no sabe de qué pasta está hecha una mujer, nunca lo supo. Y no necesita saberlo, el coco no le pide eso y el cuerpo todavía menos.

—Ni el entendimiento ni el cuerpo tienen nada que ver con lo que le pasa a tu hermano —dice Olga sin mirarle—. El corazón es el que manda en estas cosas. Pero tú qué vas a saber…

Raúl se levanta bruscamente de la mesa.

—¡Ya está bien, vamos a calmarnos! —dice José—. ¿Adónde vas?

—Esto lo arreglo yo ahora mismo. ¿Cómo se llama el puticlub?

—Espera, a lo bruto no vas a resolver nada…

—¿Y esa fulana cómo se llama?

—¡Aguarda un momento! —Al ver que Raúl no le hace caso, alza aún más la voz—. ¡¿Quieres sentarte y escucharme?!

No se sienta, pero se para a escuchar a su padre. José arroja la servilleta sobre la mesa, contrariado, y en tono más contenido, pero firme, añade:

—No permitiré que le hagas ningún daño a tu hermano…

—Pretendo que no se lo hagan otros.

—¡Seguramente, pero sé cómo las gastas! Así que aclaremos una cosa. Yo le consiento a Valentín el capricho porque nunca le he visto tan feliz. Así de simple. El chaval está feliz y contento desde que frecuenta ese bar... De acuerdo, es un bar de camareras. —Furioso, se anticipa a la protesta de Raúl—: ¡De putas, vale, sabemos lo que es eso! Pero nadie se burla de él, se hacen cargo de su problema y le respetan.

—¿Cómo lo sabes?

—¡Lo sé y basta! Se ha encariñado con esa muchacha, pero se le pasará... Lo más probable es que ella no tarde en irse, estas desgraciadas vienen a ganar un dinero rápido y cuando lo han conseguido se van otra vez a su país...

—¿Pero en qué mundo vives, padre? —le reprocha Raúl en tono cansino, casi socarrón—. Bueno, vamos a dejarlo... De todos modos iré a contarle un par de cosas. —Coge su americana—. No armaré ninguna bronca, tranquilo. Sólo quiero que sepa dónde se ha metido, porque no lo sabe. Juraría que no os habéis tomado la molestia de explicarle de qué mierda están hechas las putas.

—¡No, con esa mala hostia que tú gastas no se lo hemos explicado! —Y de nuevo furioso, José se levanta y se dirige cojeando a las mesa de las bebidas—. A ver si lo entiendes de una vez. Tu hermano es feliz con lo que hace, y para mí eso es lo único importante...

—Está bien, ya vale. —Se dispone a salir y mira a Olga—. ¿Dónde está?

—Es el antiguo hostal Miramar —responde Olga—. Lo llaman el club Lolitas, o algo así. —Y sin ocultar su malhumor y como si hablara consigo misma, vuelve bruscamente la espalda a los dos hombres y masculla en voz baja algunas ensalivadas palabras en su áspera lengua croata.

7

En la penumbra del cuarto, Valentín sentado al borde de la cama y su sombra proyectada en la pared, con su gorro de cocinero. Es como la sombra de un pajarraco custodiando su nido sobre el abismo, velando el sueño de Milena que yace enredada en la sábana. Tenso, vigilante, muy adelantado en relación con el cuerpo, el perfil negro del rostro de Valentín se inclina sobre la muchacha.

Ella tiene la cabeza parcialmente oculta bajo la almohada y un puño prieto frente a la boca, como si lo besara. El pelo derramado apenas deja ver su rostro. Junto a la almohada, un vaso medio tumbado con colillas y restos de un líquido turbio. Valentín se inclina despacio sobre ella, coge el vaso y lo deja en la mesilla de noche, y, con cuidado de no despertarla, abre su puño para quitarle lo que tiene cogido y bien apretado. Un zapatito blanco de niña. Lo guarda en el cajón de la mesilla, arropa a la durmiente, la besa en la oreja. Ya de pie la mira una vez más y luego se encamina hacia la puerta del cuarto y sale.

El local está ahora bastante animado. Música bailable, humo congelado, luces turbias, sexo que se presiente. La señora Lola atiende en la barra asistida por Rebeca, que tose de vez en cuando. En un extremo, el viejo Simón está ocupado proveyendo de cervezas y refrescos el frigorífico. Nancy, Jennifer y Alina alternan con diversa fortuna a la vera de clientes en la barra o en las mesas, haciéndose invitar. Alguna baila en la pista con su pareja. En la barra, Alina ofrece la última porción de pizza a su pareja.

—Para que vayas haciendo boca. Pero ¿tú sabes, mi cielo?, tengo cositas aún más sabrosas…

—¡Seguro! —se ríe el cliente.

Un poco más allá, Valentín se incorpora detrás de la barra empuñando una botella de cava y dos copas, que coloca en una bandeja con gestos ceremoniosos que son una parodia del quehacer artificioso y exquisito de un barman profesional: sopla el cristal de las copas, las mira al trasluz, envuelve la botella en una servilleta.

Sosteniendo un cigarrillo sin encender, Bárbara se acerca a él desde la pista y espera pacientemente a que termine con la parodia.

—¿Fuego? —dice Valentín esgrimiendo con mucho estilo el mechero—. ¿Fu-fu fuego encendido?

—*Po favó*.

Después de sonreír y echarle una bocanada de humo a la cara, Bárbara da media vuelta y se va a lo suyo. Valentín sale de detrás de la barra llevando en alto la bandeja con el servicio.

—De paso espabila a tu palomita —le recomienda la señora Lola.

—Es que ha dormido tan poco…

—Que baje aunque sea dormida. —No está enfadada, a no ser consigo misma. Es como si hablara a solas con su descontento—. Qué más quiere que hagamos por ella. Que aprenda a dormir de pie. Qué se habrá creído esta niña…

Valentín se apresura a cruzar la pista hacia la escalera de caracol y sube corriendo. Arriba, ligero y de puntillas, como si pisara huevos, enfila el angosto pasillo alfombrado bajo una luz rosada y verdosa, irreal. Detrás de una de las puertas se oyen risitas y gemidos de placer femeninos, simulados, demasiado urgentes, monótonos y planos para ser creíbles. Él reconoce el estilo. Yasmina, ¿quién, si no, podía hacerlo tan mal? Como una gatita enfurruñada. La Catwoman del Lolita's Club, pasen y vean. ¿Cuándo aprenderá?

Valentín y su expresión chusca escuchando vocecitas simulando ese amor urgente. No conoce otro. Yasmi es que no pone interés, es un poco pánfila, siempre con esa flojera y esa desgana en las caderas morenas que se trajo del desierto, dicen sus compañeras. Pero son amorosos esos grititos, a pesar de todo, piensa él. Un simulacro encima o debajo de otro simulacro, una máscara sobre otra máscara. Pero es amor, piensa.

Hacia la mitad del pasillo se para y golpea una puerta con los nudillos. Abre Yasmina y se asoma, semidesnuda, coge la bandeja, guiña el ojo a Valentín y se retira cerrando la puerta. Valentín sigue pasillo adelante hasta la última puerta, frente a la cual vuelve a pararse. Un poco más allá, al fondo del pasillo, la cortina granate y la puerta vidriera dan acceso a un balcón, en la trasera del edificio, y a una vieja escalera metálica contraincendios, herrumbrosa y en estado de abandono.

Entra en el cuarto sin llamar, enciende la luz y avanza sigilosamente por un dormitorio que es cuarto de estar a la vez, coqueto y de un gusto chillón, limpio y confortable aunque bastante desordenado, con prendas femeninas tiradas aquí y allá y restos de comida en una bandeja sobre la cama. Moqueta y algún puf de colores vivos, cortinas vaporosas y una luz tamizada e indirecta, para crear intimidad. Hay un armario empotrado, un diván con profusión de cojines, una mesita baja y un televisor portátil en un rincón. La ventana de celosías da a la escalera contraincendios, de modo que lo que se ve desde la habitación es monte bajo y tierras yermas con algún pino solitario, en la parte trasera del edificio.

Parado de pie junto al lecho, Valentín contempla a Milena. Duerme de bruces y abrazada a la almohada, con el pelo negro revuelto tapándole parcialmente el perfil. Se sienta al borde de la cama y se queda mirándola con un ligero balanceo del torso adelante y atrás, el tic nervioso. Desnuda, oscura, con la sábana enredada en las piernas. Una muñeca rota, piensa, ro-ta-ro-ta, armonizando balanceo y palabra, mientras examina con aprensión y curiosidad, entre la maraña de pelos sobre el rostro, el carmín derramado en torno a los labios ligeramente inflados. Tiene el brazo estirado, y, cerca de la mano, un pequeño frasco de pastillas, destapado. Recoge las pastillas blancas esparcidas sobre la sábana.

Las pastillas girando en el remolino de agua del váter. La mano fuerte de Valentín tirando de la cadena, una y otra vez, hasta que la última pastilla desaparece engullida por el remolino. A las cloacas y al mar con Desirée, puñeteras. Puede que a ella le aprovechen...

Milena dormida en la cama y a su lado, en la mesilla de noche, la foto enmarcada de una niña de tres o cuatro años que sonríe, carita sucia sobre un fondo de chabolas. Apoyada en la foto, una carta en cuyo sobre hay escrito un nombre y una dirección con caligrafía grande y tosca:

Sra. Adoración Holgado
Calle 3, nº 22 - 45
Barrio Otún
Pereira (Colombia)

La sábana revuelta deja ver la cara externa del muslo derecho de Milena con un garabato sedoso en forma de estrella. Un estallido pálido, de suave color violeta, una cicatriz casi a la altura de la cadera. Valentín vuelve a estar sentado en el borde de la cama, mirando el perfil de la durmiente con un sentimiento de afecto y de protección. Apoya la mano en su muslo, se inclina y, apartando los cabellos, sopla suavemente en su nuca. Aparece el rostro de Milena en su totalidad, es una prostituta muy joven, de una belleza sombría y degradada.

—Despierta —sopla más que dice Valentín en su cara—. Y no tengas miedo. Estoy aquí. —Milena refunfuña, soñolienta. Valentín desliza la mano por su cadera, en las cercanías de la cicatriz, y susurra—: Despierta. A ver, esa sonrisa. No temas, Valentín vi-vigila... Venga, has dormido mucho. La señora Lola se va a enfadar.

Los dedos rozan apenas, con delicadeza, la cicatriz. Ella le mira con simpatía, adormilada y ronroneando con una voz ronca y amarga.

—¿Qué haces aquí todavía? ¿Qué hora es?

—¿Te duele...? ¿Te escuece la estrellita?

—Noooooo... —Le mira con ojos risueños y niega con la cabeza—. No cuando estás cerca, mi niño.

—¿Ponemos un poco de pomada...?

—No hace falta. —Sonriendo, vuelve a negar—. Hoy no me duele.

—Le he dicho a la señora Lola que tienes cis-cistitis otra vez.

—Tan lindo, gracias. Bueno, déjame sola un ratico. Ya bajo, mi amor.

—Te espero.

—Tengo que tender la cama y ordenar un poquito todo esto.

—¿Quieres que lo haga yo?

—No. —Alcanza la carta de la mesilla de noche, la besa y se la entrega—. ¿Puedes mandarla ahorita mismo? *Porfa*, es para que salga por la mañana...

—Conforme y vale. —Valentín se quita el gorro de cocinero, saca del bolsillo una gorrita de visera plastificada y se la pone—. Propina para el cicli-ciclista esprintador…

Milena le besa en la nariz. Valentín empieza a levantarse y ella enlaza las manos en su nuca de ciclista y aprovecha el tirón suyo para incorporarse en la cama.

—Qué haría yo sin mi bizcocho —le susurra al oído.

8

Raúl al volante de su coche, atento a los rótulos luminosos que desfilan al borde de la autovía C-31. Surge en la oscuridad el garabato verde y rojo anunciando el LOLITA'S CLUB. BAR MUSICAL.

Desde el guardarropía, Simón le ve entrar y es el primer sorprendido. Raúl le mira fugazmente y sigue a buen paso hacia donde suena la música. La barra del bar está muy concurrida y animada, la música suena alta, una pareja baila abrazada en la pequeña pista y otras se mueven torvamente en la penumbra, por entre el humo del tabaco que flota en el aire como una gasa inmóvil. Raúl se planta al borde de la pista ovalada de losetas azules y gira sobre los talones escrutando el entorno. Su mirada no es amistosa ni festiva, y la señora Lola, detrás de la barra, lo advierte al instante. Una presencia tan inesperada y sorprendente atrae de inmediato las miradas de las chicas, miradas que van más allá de la mera curiosidad que puede suscitar un nuevo cliente al que se debe ayudar a encontrar lo que busca, alcohol o sexo o simplemente una calentura verbal. Pero no se trata de nada de eso. Se trata de que el parecido físico que el recién llegado guarda con Valentín es asombroso. Bárbara, sin poder apartar la vista del desconocido, comenta algo con Yasmina, y Nancy intercambia una mirada de estupor con la señora Lola, que está preparando dos vasos de vodka con naranja.

Raúl se acerca a la barra y mira a Nancy, pero sus palabras van dirigidas a Lola.

—¿Quién lleva este negocio? —Pasea la vista por el local y añade—: ¿Usted?

—Soy la encargada...

—Baje la música. ¿Dónde está Valentín?

Lola acusa el tono autoritario, así que baja el sonido en los mandos del amplificador que tiene a su espalda. Nancy parece fascinada, sin poder apartar los ojos del rostro de él, y dice:

—Se fue en su bicicleta a mandar una carta...

—Y de paso a jugar a carreras de coches, como si lo viera —añade Lola en tono resignado.

—¿Hace mucho de eso?

—Pues no sé, yo no le controlo.

Raúl sigue escrutando al personal y Nancy se mueve en torno a él, se le arrima un poco por la espalda.

—¿Me invitas a una copa, papito?

Raúl se vuelve hacia ella y la mira por primera vez.

—¿Eres tú la que lo ha engatusado?

Lola se anticipa a la respuesta de Nancy:

—Mis chicas no engatusan a nadie, a menos que uno se deje... Hace horas que le estamos diciendo a Valentín que se vaya a casa. Pero hay que ver lo tozudo que es su hermano. —Suspicaz, añade—: Porque es su hermano, ¿verdad?

—Vamos, papi, anímate —insiste Nancy arqueando la cadera—. ¿No tomas nada? ¿Te gusta bailar?

Raúl parece no oírla. De pie ante la barra, las manos en los bolsillos, pasea nuevamente la mirada por el local, mientras Nancy, obedeciendo a una seña de Lola, recoge del mostrador dos vasos de vodka con naranja, dedica a Raúl un mohín desdeñoso y se va por entre las mesas que bordean la pista. Lola observa a Raúl con recelo.

—La casa invita. Qué quiere tomar.

—Quiero hablar con esa puta… como se llame.

—Aquí no gastamos ese lenguaje, señor. ¿A quién se refiere?

—Lo sabe muy bien.

—No está disponible.

—No me venga con hostias, *mastresa*.

—Yo no soy *mastresa* de nadie…

—¿No es así como llamaban a las dueñas de las casas de putas?

—Sería en tiempos de su abuelo. En todo caso, se ha confundido usted de lugar.

Raúl se acoda lentamente en la barra y se encara con ella.

—¿Mi hermano no le ha dicho que soy un madero con muy mala hostia…?

—No sé qué idea le trae, pero aquí solamente se ofrecen los servicios que constan en el permiso del local. Masajes y manicura y nada más…

—¡No me diga! Para empezar, habría que ver si estas mujeres tienen los papeles en regla. Pero hoy está usted de suerte, vengo a otra cosa… ¿Qué coño hace aquí mi hermano? ¿Por qué le da usted trabajo a un pobre discapacitado?

—Él se ofreció. Y no le llame con esa palabra tan fea…

—Se ofreció para qué.

—Es un entusiasta de la repostería, ya debe usted saberlo —dice Lola—. Siempre estaba merodeando por aquí, se pasaba las horas en la cocina, con el permiso de su familia… Pero no quiero líos, así que ustedes verán. Yo hablé con su padre, el señor Fuentes, y llegamos a un acuerdo.

—El señor Fuentes y yo no opinamos lo mismo sobre este asunto.
—Vuelve a mirar alrededor, y, como si pensara en voz alta, añade—:
En cuestión de fulanas, nunca hemos estado de acuerdo... ¿Dónde
la tiene? ¿Está ocupada?

Pone su atención en la escalera de caracol, al fondo del local, por
cuyos peldaños descienden unas piernas femeninas con una cadencia cansina. Zapatos de tiritas negras y tacón de aguja, con las uñas
pintadas de azul y una cadenita de plata en el tobillo.

—Mire, lo crea o no —dice Lola—, queremos mucho a Valentín...
—Ya. Tan manso y servicial, y tan cebollino, ¿verdad?
—Nada de eso, no señor. —No se le escapa la mirada que Raúl
dedica a la muchacha que baja por la escalera—. Bueno, es un chico
especial, lo sabemos, pero no hay problema... Sabemos que de recién nacido el pobre sufrió un accidente cerebral, o algo así, pero es
un chico estupendo... Y en todo caso es libre de irse, aquí nadie le
retiene.

Las piernas cansinas alcanzan el último tramo de la escalera de
caracol. Quietas, las rodillas desnudas y juntas, sugieren cierta aprensión, un leve escalofrío. Milena aparece maquillada y vestida de forma llamativa, aunque persiste el aire enfermizo en su semblante. Se
para en el último escalón abanicándose con un paipay, levanta la
pierna por detrás y observa uno de sus zapatos, se lo quita para exa-
minar el tacón, y, estando en eso, un joven chulesco y parsimonio-
so, con traje blanco y camisa negra de seda, se le acerca y le dice
algo. El tipo, estirado y guapo, engominado, piel curtida en un rostro de serpiente, habla con ella arrimándose a su cuerpo y le pone la
mano en la cadera. Ajena al tacto, la chica baja los ojos, muestra no
sólo indiferencia, sino cierto desafecto.

Es ella, ahí está. La mosquita muerta de la foto, la puta consen-
tida de mi hermano. Esa mirada vacua colgada en el vacío, ese par-

padeo lento, enredado en la ensoñación. En medio de la penumbra verdosa de esta zona del local él percibe su boca emborronada de carmín, los labios como tumefactos, como una fresa machacada y esparcida. La puta de Valentín, un alma perdida que él se ha propuesto tomar a su cuidado y proteger, el muy capullo. ¡Ésa es! No podía ser otra, si uno se fijaba bien, porque algo indefinible la une a Valentín, porque ambos están vagamente ungidos de la misma somnolencia y extravío, una torpeza de obnubilados o sonámbulos.

Con una fijación crispada observa atentamente a la muchacha, su manera triste y desdeñosa de escuchar al cliente con los ojos bajos, cómo retira suavemente su mano de la cadera y le enseña el zapato, el tacón que parece algo flojo, cómo deja que el hombre se lo vuelva a calzar y cómo acto seguido acepta el cigarrillo que él le ofrece acercando su rostro indiferente a la llama del mechero. Luego ambos se dirigen a una mesa próxima y, antes de sentarse, ella vuelve los ojos y repara en Raúl. Su cara expresa una repentina sorpresa ante su parecido con Valentín y se queda inmóvil un instante, mirándole fijamente a través de la atmósfera enrarecida del local. Se sienta despacio, sin apartar los ojos de él, hasta que el hombre a su lado reclama su atención.

Lola, mientras prepara unas bebidas, observa a Raúl, y en los ojos de éste mirando a Milena intuye que habrá problemas.

—Ella no ha hecho nada malo —dice.

—¿Cómo se llama?

—Es una buena chica…

—¿Cómo se llama la puta?

Valentín acaba de entrar, sonriente, con su gorra de ciclista y saltando a la pata coja para quitarse los clips metálicos que le sujetan los bajos del pantalón. Lleva a la espalda una pequeña mochila.

—Ahí tiene a su hermano —dice Lola.

Al ver a Raúl, a Valentín se le ilumina la cara y corre a abrazarle. Lo levanta en vilo y gira con él. Las exclamaciones de alegría de Valentín se funden con el bullicio del entorno y con la música, y Raúl aplaca su entusiasmo apretando sus mejillas con las manos.

Bárbara y Yasmina, que alternan con dos clientes en la barra, observan cómo los gemelos bromean un instante parodiando golpes bajos con los puños.

—¡¿Estás viendo lo que yo veo, *Babarita*?!

—¡Boxean como los púgiles de *vedá*!

—No me refiero a eso, tonta —dice Yasmina—. ¡Es igualito-igualito a Valentín, pero en guapo!

—No sé, no me acaba de gustar... Fíjate en los ojos, son como bichas.

Nancy se junta con ellas y con expresión de resignado fastidio constata:

—Oíste, ¿no había dicho Valen que el hermano era policía?

—¡Pues eso! —dice Bárbara.

Raúl ha conseguido calmarlo y lo inmoviliza mirándole a los ojos, la cara cogida cariñosamente con las manos.

—¿Qué demonios haces aquí, hermano? —susurra en tono conminatorio.

—Yo trabajo aquí... más o menos.

—¿Ah, sí? ¿Estás de pinche, o de gorila, o de qué?

Valentín se ríe.

—¡Pues... más bien de qué!

—Vamos a casa, tenemos que hablar.

Le coge del brazo, pero Valentín se resiste y con una sonrisa pregunta:

—¿Has venido a ver el conejo de Milena?

—¡¿Pero qué hostias dices...?!

—Es que de noche se esconde… Pi-pide lo que quieras, menos eso, porque de noche no se puede ver. —Golpea el mostrador reclamando la atención de la señora Lola—. Es mi hermano Raúl y sé lo que le gusta. ¡Ginebra con limonada y mucho hielo!

—No, eso ya no me gusta…

—Ajá. Conforme y vale. Mummmm…¡Entonces sin hielo!

—Que no, que no quiero nada.

—No me digas que has dejado de be-beber —dice Valentín sinceramente apenado—. ¿Quieres un dry martini… o algo así?

—Lo celebraremos en casa. Anda, vamos.

Vuelve a tomarle del brazo con intención de llevárselo, esta vez con más fuerza, pero Valentín le coge a su vez de la muñeca, y, sonriendo, intenta librarse de la presión encarándose con él. Raúl se resiste a soltarle.

—Tengo más fuerza que tú —le susurra Valentín al oído—. ¿Lo habías ol-olvidado?

Sin dejar de sonreír, manteniendo atenazada la muñeca de Raúl, hace fuerza y poco a poco consigue retirar la mano.

—¿Lo ves, hermano?

—Sí, ya sé que eres muy fuerte —admite Raúl, contrariado—. Pero nunca olvides que has estado enfermo…

—Quiero que conozcas a mi novia.

—Déjate de hostias. Salgamos de aquí.

Valentín ha localizado a Milena y la está mirando. Freddy Gómez, sentado junto a ella, rodea sus hombros con el brazo y le habla al oído. Raúl interpreta la mirada de Valentín, y, más que una pregunta, lo que hace es constatar:

—¿Desde cuándo te interesan las tías? ¿Y para qué?

—¡¿Cómo para qué?! ¡Para el amor, Raulito!

—Ya veo que te han comido el tarro, chaval. Hasta el fondo.

—Ajá. Conforme. Es más dulce que mis pastelitos… Por favor, señora Lola. La can-canción.

—Déjalo —dice Raúl—. Vas a contármelo todo, pero no aquí. Anda, vamos…

—Espera. Es su canción… Quiero que la escuches. Sólo es un momento.

La señora Lola manipula detrás de la barra los mandos del equipo CD y empieza a oírse «Luna de miel», una vieja melodía de Gloria Lasso. Valentín mira a Raúl esperando ansioso su aprobación y su complicidad, sonriendo, queriendo hacerle partícipe de su propia felicidad. De vez en cuando mira a Milena.

Por su parte los ojos de Raúl van de la fulana a su hermano, calibrando la intensidad emocional de éste. Joder, la cosa va en serio. Esta canción tan cursi se le antoja un homenaje personal a la puta de sus sueños y, al mismo tiempo, un mensaje dirigido a él, una declaración de intenciones que el mismo Valentín bisbisea en voz baja:

Nunca sabré cómo tu alma
ha encendido mi noche.
Nunca sabré el milagro de amor
que ha nacido por ti.
Nunca sabré por qué siento
tu pulso en mis venas,
nunca sabré en qué viento llegó este querer.

—¡A que es bonita! —exclama Valentín— ¡A que te gusta, a que sí!

¿Qué mierda de emoción despierta esta mierda de melodía en un pobre bobo?, piensa. A ver si el problema puede ser más grave de lo que suponías. Reacciona, saca del bolsillo las llaves del coche y coge la mano de Valentín.

—Sí, muy bonita. Luego me cuentas… ¡Despierta, joder! Ahí afuera tengo el coche para ti, es un Renault, pero se porta como un Ferrari. Toma las llaves. Todavía te gusta conducir, ¿verdad? ¿Eh, qué me dices?

Valentín mira las llaves en su mano.

—¡Ajá! ¡Conforme! —Saluda en dirección a Milena. Ella le sonríe y Freddy le mira con ironía. Sigue sonando la canción de Gloria Lasso.

—Pero no corras, no pases de los cien, ¿vale? —dice Raúl.

—Está ocupada… Mañana te la presento.

—Eso es, mañana.

—Adiós, señora Lola. Hasta mañana.

—Hasta mañana, cariño.

Aceptando el brazo protector de su hermano en los hombros, Valentín se deja llevar hacia la salida, susurrando:

—El que está con ella es su primo. Le trae noticias de su hijita, allá en Colombia…

—Ése es un jodido proxeneta, ¿es que no lo ves, calamidad? —dice Raúl—. Anda, vamos.

—Ojalá hoy tenga suerte. Últimamente no ha tra-trabajado mucho, es por culpa de la estrellita… —Y en tono más confidencial—: No lo digas por ahí, pero algunos tíos se arrugan al verla, se piensan que es una enfermedad fea de la piel…o algo así. ¡Y es una estrellita!

—Una estrellita. Está bien, luego me cuentas.

Desde su mesa, Milena los ve irse. A su lado, Freddy escruta el perfil de la muchacha con sus ojos de culebra. Tiene frente a él un tazón de café. Sin apartar los ojos de Milena, rodea lentamente el tazón con la mano, introduce dos dedos por dentro del asa y lleva los bordes a la boca. Una serpiente que bebe café. Después dice:

—¿Qué, muñeca, me tiene *alguito* extra?

—Pregúntale a la señora Lola, ella es la que lleva las cuentas.

—Y qué pasa si se lo pregunto a *usté*.

—Ni un peso. Nada. No, menos que nada. Estuve con gripa, con mucha fiebre… Y tuve que bajar las tarifas por culpa de la pierna.

—¿Segura? ¿Y lo que tiene debajo del colchón?

—Todo va para casa, Freddy. Es que he trabajado muy poquito.

—Conque muy poquito, ¿no? ¿Y es por la piernita jodida…? ¿Cómo anda? ¿Todavía tiene venda? A ver, muéstreme.

Le levanta un poco la falda. Milena le aparta la mano y cruza las rodillas. Observa a un cliente que le sonríe desde la barra con el vaso en alto y le devuelve la sonrisa. Nancy pasa por delante del cliente y éste la retiene enlazándola por el talle.

—Bueno, pues *usté* se lo buscó —dice Freddy con su ojo de reptil fijo en las rodillas cruzadas. Bruscamente se mete la mano en el bolsillo—. Mire, esto es para ayudarla un poco. —Coge la mano de Milena, deposita en ella un pequeño frasco con pastillas y le cierra el puño para que lo sujete bien—. Me lo debe. Y no mezcle. Le dije a su amiga Nancy que la vigile. Ahora voy y hablo con ella.

Nancy está en la barra trabajándose al cliente. Le corrige el nudo de la corbata mientras se deja sobar, enseguida coge su mano y le mira las uñas.

—Nancy ya se va a ir —dice Milena—. Qué suerte, ¿no? Su tío le prometió liquidar su deuda, se la va a llevar y hasta le va a poner un negocio de esteticien y *maniquiur*.

—¿Ah, sí? Los hay degenerados —dice Freddy.

—Qué degenerado ni qué nada, es su novio formal…

—Bueno, usted a lo suyo. Doña Lola dice que hay días que usted sólo trabaja hasta la medianoche.

—Es que estuve enferma…

—Pues mire a ver cómo se porta, porque de seguir así habrá que ir pensando en el traslado. Aquí ya está muy vista...

Milena lo mira con una mezcla de súplica y rabia contenida.

—No, ya no me muevan más de aquí —dice con la voz ahogada—. ¡Ya no más, vida hijueputa, ya no más!

—Tranquila, mamita... Cómo se me ha vuelto, carajo. Me parece que el retrasadito de mierda me la consiente demasiado.

—A este pobre chico me lo dejan tranquilo, por favor.

—¿No quería irse a Palestina a vender kleenex, el majareta? —se ríe Freddy—. ¿Todavía se echa a llorar hablando de Desirée?

—No se burle así de él, hijueputa.

—¡La ahogadita! ¿Ya no sueña revolcones y besitos con ella? ¿Ahorita se lo hace contigo? ¿Eh?

La mano de Freddy en la mejilla de Milena, en un gesto que es una mezcla de bofetada y de caricia. Ella lo esquiva.

9

En la zona de aparcamiento, sentado al volante del Renault parado y con Raúl a su lado pendiente de lo que hace, Valentín se agazapa sobre el volante como si estuviera conduciendo en persecución de alguien, cambiando compulsivamente las marchas y entonando ibrruumm, brruumm! Es la parodia doliente de una imitación: sabe muy bien que él no es un motor de explosión y lo lamenta, aunque su rostro refleja un júbilo infantil y procura mantener el cuerpo en tensión y la vista clavada más allá del cristal del parabrisas, donde sólo hay noche cerrada.

—¿Por qué no dejarán que me saque el carnet? —refunfuña—. ¡Brruummmmm, brruummmmm...!

Raúl le sigue el juego.

—Vaya, un buen repaso no le iría mal al motor, ¿no crees?

—¡Sí, también está un poco tar-tar-tartaja!

—¡Oye, tío, que vas a toda hostia, frena un poco!

Le palmea el cogote cariñosamente. Valentín le mira con el rabillo del ojo, sonriendo.

—¡No puedo! ¿No ves que los frenos son de mentira, hombre?

—Bien, vale, ahora para un momento y escúchame...

—Después de esta curva, y este cruce, y este cambio de rasante, etcétera.

Raúl se rinde. Opta por otra solución:

—De acuerdo, espérame en la curva... Vuelvo enseguida.

Se apea del coche y se dirige al club a grandes zancadas.

Freddy Gómez acaba de salir de la cocina y a su espalda, antes de cerrarse la puerta, en el interior y durante un segundo, visto y no visto: sentados en torno a una mesa, la señora Lola y dos tipos de mediana edad bien vestidos, ante unas copas, hablando. Ella está abriendo una pequeña caja de caudales y uno de los hombres examina unas facturas agitando una panzuda copa de coñac en la mano. Imagen fugaz de los tres, el tiempo justo que la puerta de la cocina tarda en cerrarse a la espalda de Freddy, que se dispone a cruzar el pequeño vestíbulo donde nace la escalera interior que lleva a la primera planta. Al pie de la escalera se para y mira a lo alto, duda un instante, luego sigue y abre la puerta de cristal esmerilado de enfrente y accede directamente a la pista del club, junto al extremo de la barra. Cruza lentamente la pista con sus andares chulescos, ambas manos en los bolsillos de la americana, llega a la mesa de Milena y se sienta de nuevo en la misma silla con un intento de caricia en su cara, que ella esquiva mientras enciende un cigarrillo y ve acercarse al hermano de Valentín con paso calmo, fija la mirada en alguna parte de su cuerpo que ella no sabría precisar. Lo que sí sabe, lo ha sabido todo el tiempo, es que él volvería y se plantaría ante ella como lo está haciendo ahora y le hablaría con una voz ronca y dura como ésta:

—¿Eres tú la Milena?

Raúl dedica una mirada rápida a Freddy Gómez, que se ha llevado la mano lentamente a los cabellos, alisándolos.

—Sí —dice ella con la voz queda.

—¿Qué te propones con mi hermano?

—Yo nada, señor.

Freddy observa a Raúl en silencio, asombrado: un careto idéntico al taradito mental, pero sin la bobería petrificada en la expresión. Un tío mala leche.

—¿A qué estás jugando? —Raúl no aparta los ojos de Milena—. ¿Te divierte burlarte de un retrasado, o me lo estás camelando para sacarle los cuartos?

—Ay, no diga eso. Valentín es un amigo.

—Te prevengo, puta. Apártate de él.

—Señor —Freddy al quite, meloso—, hágame el favor de no tratar así a mi prima. Mire que ella es cariñosa con todo el mundo.

Raúl le dirige otra mirada fugaz y esquinada, y no le responde. Apoya las manos en el respaldo de la silla que tiene ante él y se encara de nueva con Milena:

—No te lo diré dos veces. Aléjate de mi hermano si quieres conservar el coño y el trabajo. Él no tiene más que serrín en la cabeza, pero yo tengo mala sangre. ¿Me explico?

Freddy se dirige a Raúl sonriente y conciliador:

—Oiga, qué forma de hablarle, carajo, me la va a asustar. Siéntese y mejor así charlan tranquilos...

Inicia el gesto de levantarse con una tensa y lenta gestualidad, cuando ya Raúl masculla sin mirarle y sin alzar la voz:

—Dile a tu primo que se calle o le rompo los morros.

Freddy vuelve a sentarse sonriendo a Milena:

—¿Y este hijueputa? ¿Me va a tocar darle en la jeta o qué...?

No termina la frase porque Raúl ya le atenazó la nuca y lo acogota sobre su taza de café de manera brutal y persistente. Lo mantiene con la boca aplastada sobre la mesa.

—Atiende, soplapollas. La lengua en el culo o te largas. Escoge.

Freddy hace un gesto conciliador y Raúl lo suelta. Algunos clientes cercanos a la mesa se han vuelto a mirarlos. Freddy Gómez se duele de los labios y la nariz magullada. Raúl apoya de nuevo las manos en el respaldo de la silla y habla con Milena.

—Y tú ya sabes. Si vuelvo será peor. No se me da muy bien repetir las cosas.

Media vuelta y se va. Milena le mira irse, mientras Freddy se aplica un pañuelo en la boca. El labio le sangra un poco.

—¡Este malparido…! —A Milena, furioso—: ¡Mierda, le dije que el retrasado de la cocina nos iba a meter en vainas…!

Milena se levanta bruscamente y se encamina hacia la barra cruzándose con Lola, que se acerca a la mesa de Freddy con una carpeta bajo el brazo, un bolígrafo en la boca y dos combinados en vaso alto, uno en cada mano.

¿Por qué no le he partido los morros a esa puta, en vez de machacar al macarra?, se pregunta. ¿Por qué no he liquidado el asunto a mi manera? La verdad es que no esperaba ese encoñamiento tan a fondo en Valentín, eso ha sido lo jodido, no contaba con verle entonar ese bolero sentimental de mierda, cómo iba a pensar que me daría pena. Ha sido una cabronada que no me esperaba.

Al volver al coche, el temerario automovilista sigue aferrado al volante y a toda velocidad. Raúl abre la puerta, se sienta a su lado y se queda unos segundos mirándole con preocupación.

—Corres demasiado, Valen.

—¡Brrrruuummmm…! ¿Adónde has ido?

—¡No puedo creerlo! Vuelvo a casa después de mucho tiempo,

¿y qué me encuentro…? Al alcornoque de mi hermanito locamente enamorado de una furcia.

—Lo-lo-locamente… Quieres decir que estoy loco, ¿verdad? ¿Es eso lo que quieres decir?

—¡No, joder, no he dicho eso!

—Automovilista loco, eso sí soy… Pero la chispa nunca falla. Si la tratas bien, te responde enseguida, de inmediato, rápido, en el acto y etcétera.

Raúl se agita impaciente.

—Piensa lo que dices, joder, piensa un poco antes de hablar. —Le mira pensativo, mientras Valentín sigue manejando el volante del coche—. Vamos a ver, ¿por qué dices que esta desgraciada es tu novia?

—Porque lo es —dice Valentín frenando—. La chispa, eso es lo importante… Pero lo que de verdad necesita tu coche es un limpiaparabrisas submarino. Es mi novia, pero aún no se lo he dicho. Pensando estoy en cómo se lo voy a decir.

—¡Pero hombre, si es una puta! ¿Cómo puedes echarte una novia puta? —Coge su cabeza con ambas manos y lo encara—. Mírame… ¡Mírame! ¿Tú sabes lo que es una puta, Valentín? ¿Lo sabes?

Valentín le mira con un destello de ironía en los ojos, las manos siempre en el volante del coche. Inicia su característico balanceo adelante y atrás.

—¡¿Qué quieres —insiste Raúl—, que te lo escriba con letras así de grandes, como cuando te enseñaba las palabras en una libreta…?! ¡Vamos, vamos! ¡¿Sabes lo que es una furcia?!

—Claro. No soy tan tonto… No lo soy, no señor.

—Bien, ¿y qué tienes que decir?

Valentín sonríe, afable.

—Estás cadu-caducado como un yogur, Raulito. Tú te crees que yo soy tonto, crees que aquí —se toca la sien con el dedo— no hay nada, que no pienso... Pues aquí hay cosas, hermano. Yo primero las pienso y las veo, lu-luego me las guardo aquí y las vuelvo a ver cuando quiero... Igual que un vídeo. Así veo a mamá, ¿sabes?, la veo todos los días, la veo con los globos que me compró el día que se marchó de casa para siempre vestida...

—¡Quedamos en no hablar nunca más de eso! —corta Raúl.

—... vestida de fu-fulana. Eso dijiste. Vestida y pintada como una fulana.

—¡Cállate, no tiene nada que ver...!

—Ya sé que no te gusta oírlo. —Manotea en el aire—. Tengo moscas en los ojos, las espanto con la mano, pero no se van. Etcétera. Se vistió de fu-fu...

—¡Basta, joder, no dices más que disparates!

—Vale, vale.

Raúl se exaspera, suspira, intenta recuperar el control de la situación.

—Está bien, de acuerdo, tú lo ves todo y lo sabes todo. Ahora estrújate un poco más la mollera y dime qué piensas hacer con un putón que fuma petardos y tiene cicatrices, y que a lo mejor te pega una sífilis o el sida o vete a saber...

—¡Hala, y qué más! ¡Y etcétera, hombre! Ya te lo he dicho, es mi novia.

—Ya, tu novia. ¿Y qué tal se porta tu novia en la cama con los clientes? ¿Cuánto cobra por un polvo?

Valentín piensa. El movimiento de vaivén del torso, adelante y atrás, parece generar su energía mental, el esfuerzo de concentración imaginativa:

—El comportamiento de una novia en la cama es imprevisible —murmura, y acto seguido se pone a imitar nuevamente el ruido del motor de explosión con notable veracidad, como si realmente hubiera un motor escacharrado en su garganta–. ¡Brrumm, grraaccc, grrrogrrrcroc...! Este prototipo está para el arrastre, habrá que ajustar el motor. ¡Están fallando la chispa, las bujías, el diferencial y etcétera! ¡A que sí!

Por un momento su hermano no sabe si reír o enojarse. Cierra los ojos y piensa lo que va a decir.

–Oye una cosa. Esa chica... Mira, lo siento por ti, pero me la voy a follar. Para que veas lo que es. ¿Qué te parece? Seguro que la mama como los ángeles. A mí no me dan asco las cicatrices, he visto bastantes. Y ella está para eso, para follar con todo dios. Lo sabes, ¿no?

–Sí que lo sé, claro que lo sé, ¿te crees que soy tonto? Pero eso, tú no... Por favor, tú no. –Repentinamente triste, lo señala con el dedo y remarca las palabras, temblando un poco, balbuceando–. ¡Tú no, tú no, tú no! ¡Nunca, tú nunca...!

–¡Eh, eh, quieto ahí! ¡Está bien, chico, tranquilo, ha sido una broma!

Sorprendido ante una reacción tan emotiva, palmea su nuca. Valentín se agarra más firmemente al volante mirando al frente, pero el motor ha enmudecido. Su hermano espera que se calme, y luego, en tono amistoso, añade:

–¿Tanto te gusta?

–¡Más que el arroz con leche! –Sonríe maliciosamente.

–¿Cuánto tiempo lleva contigo?

–Desde que la conozco.

–¿Y desde cuándo la conoces?

–Mummmm. Un día le hice una pizza con calabacín y se la llevé a la cama. Pero no le gusta el calabacín... ¡Cuidado, un cambio de rasante muy peligroso! ¡Muuuuy peligroso!

–Valentín, mírame. ¿Por qué no me llamaste para contarme lo

que te pasa? ¡Esta vez la has hecho buena! Has cocinado un bonito pastel, ¿sabes?

—¡Sí! ¡El más dulce, el mejor…! Ya hemos llegado.

Hace como que echa el freno de mano y se queda mirando a Raúl con media sonrisa. Raúl intenta leer en las aguas quietas y limpias de sus pupilas. Resignándose, le da un cachete cariñoso.

—Está bien, calamidad… Hablaremos mañana. Déjame a mí.

Lo empuja suavemente y coge el volante. Valentín se apea y cierra la puerta, pero no va a sentarse al otro lado de Raúl, sino que se aleja del coche con paso decidido.

—¡Eh, ¿adónde vas?! ¡Vuelve aquí!

Valentín ya monta en su bicicleta y se ciñe los clips en los bajos del pantalón.

—¡A que llego antes que tú! ¡¿Qué nos apos-postamos?! ¡Vamos, *Chumake*, arranca…!

Sale disparado con la bicicleta, pedaleando sin sentarse en el sillín, y enfila la autovía como un verdadero sprinter, mirando a Raúl con el rabillo del ojo y la cabeza gacha.

Raúl pone en marcha su coche y va tras él enfocándole con los faros. Le sigue de cerca por la autovía mirándole con expresión pensativa, que enseguida deja paso a una chispa de resignación en los ojos. En ningún momento hace por adelantarle.

El ciclista vuelve el rostro risueño de vez en cuando, sonríe a su hermano y reanuda el furioso pedaleo. Por delante de Valentín, sobre el asfalto, más allá de la luz de los faros del coche, la tiniebla se expande hasta el mar.

10

Sentada en el tocador, Olga se mira en el espejo mientras aplica crema desmaquilladora en su rostro. Una máscara blanca donde destacan los ojos intensamente negros y la mueca amarga de los labios. Viste camiseta y bragas. Además de su cara, el espejo refleja la cama de matrimonio y parte del dormitorio con la puerta entreabierta que da al pasillo, donde José y Raúl dejan oír sus voces:

—¿Se ha dormido por fin? —pregunta José.

—No.

—¡Pues vaya, con el sermón que le has soltado...!

Raúl responde en tono cortante:

—Deberías tomarte más en serio el asunto, padre.

—Ya lo haces tú por mí, ¿no crees? Buenas noches.

La puerta del dormitorio se abre del todo y entra José embutido en su albornoz y cojeando levemente. Lleva en la mano una revista de hípica y un vaso de agua, y fuma un cigarrillo. Olga le ve reflejado en el espejo. Sentado en la cama, José se echa una pastilla en la boca, bebe un sorbo de agua, deja el vaso en la mesilla de noche junto a un libro y se recuesta en la cabecera del lecho con una almohada en la espalda y la revista.

—¡Hay que ver! —dice—. Lo abronca y luego se queda a su lado hasta que se duerme, como cuando eran niños. Sigue siendo su ángel de la guarda.

—¿Has dicho ángel de la guarda…? —inquiere Olga.

—Eso he dicho.

—Pues vaya angelito. Según tú, ya le pateaba la cabeza en el vientre de su madre.

—Yo nunca dije eso. Te dije que su madre lo comentó una vez, estando borracha, y que Raúl lo oyó y se pasó un día entero llorando. Era muy pequeño. Llegó a creerse de veras que había dañado el cerebro de su hermano dándole patadas en el útero.

—Haga lo que haga ahora, será inútil —dice Olga esparciendo la crema en los altos pómulos con furia—. Conozco a Valentín. Lo suyo con esa chica es muy serio.

José mira el humo del cigarrillo elevándose al techo. Sigue dándole vueltas a los gemelos encarados ya en el útero, tal vez sí, quién sabe, y como hablando consigo mismo dice:

—¿Sabes?, siempre he creído que a Raúl le quedó mala conciencia… ¿Te parece que ha cambiado?

—No sé…

—¿Cómo le ves?

—Me da miedo. ¿Te ha contado lo de su expediente?

José se ha quedado pensativo, no atiende.

—¿Me oyes? —dice Olga—. ¿Qué planes tiene?

—¿Qué…?

—Raúl. ¿Se va a quedar mucho tiempo?

Ha empezado a limpiarse la cara con un paño, empleando en ello un exceso de energía. Le incordia una llaguita en la comisura de los labios. José ha tirado la revista al suelo y coge el libro de la mesilla. Tarda unos segundos en contestar:

—No lo creo.

Olga termina la limpieza del cutis y se cepilla el pelo. Se mira en el espejo y se queda un instante pensativa. Esa pupa de mierda. La toca con la punta de la lengua. Pero quizá no se fijó...

—¿Y mientras qué va a hacer? —dice—. ¿Le has pedido que nos eche una mano en el picadero?

—Pensaba hacerlo.

—No me parece buena idea.

José la mira con una velada preocupación en los ojos, pero no dice nada.

Olga se levanta del tocador, sin dejar de cepillarse el pelo, y se dirige a la cama, cogiendo de pasada el osito de peluche negro que está sobre una banqueta.

—No es por lo que piensas —añade—. Aunque juraría que bebe mucho más que antes. Lo digo porque...

—Tarde o temprano se irá —corta José—. Se irá y no volverás a verle.

—Es que se propone controlar personalmente a Valentín. Y no me parece la persona adecuada para eso. Tiene mala entraña.

Se tumba en la cama con el osito de felpa en las manos, expurgando distraídamente entre el pelaje algunas adherencias con gesto nervioso. De pronto lo aparta con brusquedad, se mete bajo las sábanas y se estira en el lecho sobre un costado, de espaldas a José, y añade:

—¿La señora Duran no dijo que iba a necesitar otro vigilante?

—No creo que Raúl esté autorizado para ese trabajo.

—¿Desde cuándo tu hijo pide autorización para lo que sea?

Viniendo del cuarto de Valentín empieza a oírse débilmente la música y la voz de hojalata de la cantante oriunda del Penedès atacando «Luna de miel».

José cierra los ojos armándose de paciencia, ladea la cabeza y mira la cabellera de su mujer derramada en la almohada. Una mirada que expresa afecto y una reflexiva tristeza. Después de un rato, como si dudara y con la voz más ronca de lo habitual, dice.

—¿Quieres que se vaya?

Olga tarda algo en contestar, malhumorada.

—Que no beba tanto. No delante de mí, por lo menos.

José se inclina y besa sus cabellos. Ella echa la mano atrás y le acaricia el rostro, sin girarse. Luego José vuelve a su postura anterior, pensativo, y abre el libro.

Raúl echado en la cama con el pantalón del pijama, las manos en la nuca, mirando el techo. Coge la petaca de licor de la mesilla de noche y bebe unos sorbos. La música que proviene del cuarto de Valentín llega ahora más nítida.

> *Yo sé que el viento es la brisa*
> *que dice a tu alma*
> *ven hacia mí, hacia ti yo vendré,*
> *que amanece por ti...*

Raúl abandona la cama y sale al pasillo. Entra en el cuarto de su hermano sin llamar. Una lámpara de flexo, en el suelo, proyecta su luz en la cabecera de la cama turca, donde yace el cuerpo desnudo de Valentín, dormido. La expresión es apacible y risueña, como si en sueños escuchara su canción favorita. Su mano yerta sobre el pecho ha dejado caer la foto de Milena y él en la azotea del club. Sobre la sábana hay una vieja caja de zapatos atada con una goma elástica. Raúl se sienta al borde del lecho y se queda mirando la desnudez inocente de su hermano. Aquí estoy, Valen, no temas nada.

Velando un sueño imposible y estúpido que nada bueno presagia, una promesa de felicidad engañosa. Aquí estoy. Vigilante y solidaria, la silueta de Raúl se acopla despacio y exacta a otra de su hermano custodiando otro sueño con la misma inquietud y amorosa atención, inmersos ambos en la misma canción fantasmal, sentados ambos al borde de una cama distinta y proyectando en la pared el mismo perfil un poco aguileño y vigilante sobre idéntico abismo. Una silueta ensimismada y devota. Aquí estoy, hermano. Olvida la estúpida canción.

Nunca sabré qué misterio
nos trae esta noche,
nunca sabré cómo vino
esta luna de miel...

Observa la mano fuerte sobre el pecho y el sexo desfallecido sobre el muslo. El prepucio arropado casi completamente por la piel, siempre sin descapullar y ensimismado, como un gusano dormido. Inmóvil frente a esa sexualidad que sabe inoperante e inofensiva, el policía se interroga desde sus propios hábitos de furia sexual y desamor, de soledad y violencia. ¿Por qué este cuerpo tan semejante al suyo, pero roto por dentro, desechado para el ejercicio del amor y desposeído de pulsión sexual, sin posibilidad de encenderse, puede albergar todavía y con tan desmedido empeño un simulacro del deseo, una burda parodia de pasión amorosa con una puta degenerada y seguramente drogadicta?

Apaga el radiocasete, le quita a Valentín la fotografía de los dedos y la coloca en la repisa. Coge también la caja de zapatos y advierte lo que hay escrito con rotulador en la tapa, con torpe caligrafía, letras torcidas y caídas: **para deuda milena**.

Agita la caja y suena en su interior un tintineo de monedas. Retira la goma elástica y abre la caja. Dentro hay una hucha de cerámica blanca en forma de conejo sonriente. La saca y la examina, pensativo. Tiene la ranura para tragar monedas en la boca. Vuelve a poner el conejo en la caja, la tapa y la devuelve a la repisa. Arropa a Valentín, le dedica una última mirada y sale del cuarto apagando la luz.

11

Milena se pasea en bata de un extremo a otro por el balcón herrumbroso en la trasera del club, fumando un cigarrillo y abrazándose los hombros. El sol cárdeno del alba y la brisa marina ciega sus ojos abotagados por el sueño. Se para, se arrebuja con el cuello de la bata y contempla el horizonte sobre el descampado. Enfrente tiene un desmonte árido y desierto, una zona intermedia entre la trasera desconchada del edificio y un tramo de la autovía que gira hacia el sur.

Yasmina le hará compañía dentro de unas horas, cuando venga a broncearse las piernas echada sobre una toalla, pero ahora está sola. Llega remoto el rumor del mar y el desmonte pedregoso atrae su mirada. Abajo, a unos treinta metros, un conejo blanco mordisquea algo junto a los resecos matorrales. A su lado se pudre una jaula de pájaros rota y los restos crispados de un paraguas. Amanece, se deslizan jirones de neblina, y, al fondo, algunos automóviles circulan por la autovía con los faros encendidos.

Bruscamente, asustado por algo, el conejo levanta la cabeza y la mira.

Desde su observatorio en el balcón, Milena mira al conejo.

No te vayas.

Media hora después ha modificado su postura, ahora está sentada en el suelo del balcón con una taza de café sobre las rodillas alzadas y la espalda apoyada en la pared. Parece haber dormido un rato, bosteza. Sigue despeinada y ojerosa y su mirada sombría no se aparta del árido paisaje, contemplado ahora por entre los hierros oxidados de la barandilla. El sol, ahora más alto, termina de fundir los jirones de neblina. Ya no se oye el rumor del oleaje. A un lado del balcón, la antigua y descalabrada escalera de incendios del hotel muestra su herrumbre y su ruina, pero todavía se sostiene. Faltan escalones, el tramo que llega al suelo está retorcido y las zarzas se enredan en él.

No te vayas, conejito. No me dejes.

En la pantalla de un juego electrónico, bajo el rótulo RALLY PARÍS-PEKÍN, un automóvil amarillo y rojo como una llama en imagen virtual corre velozmente en zigzag avanzando a otros dos automóviles negros. Te pasé, y cuando me den el carnet vas a ver... Conduce Valentín en medio del guirigay del entorno, en la zona de juegos recreativos en el área del súper, no lejos del club. La zona se anima con gente joven desde primera hora de la mañana, pero él ni oye ni ve, toda su atención puesta en la carrera de coches, la gorra de ciclista calada hasta las cejas y la bicicleta con la cesta de la compra aparcada a su lado.

El automóvil choca con otro vehículo y se estrella. La caja de cambios, que está muy dura. Chasquea los dedos, decepcionado, da media vuelta y coge su bici, monta y se va pedaleando con brío, silbando, la pequeña mochila a la espalda y un ramillete de margaritas amarillas en el cestillo delante del manillar.

Casi al mismo tiempo, sobre el mar en calma y de un azul intenso, vuelan gaviotas lanzando chillidos y Raúl las observa desde el porche. Consulta su reloj y se dirige apresuradamente hacia la trasera del chalet mientras se pone la cazadora. Antes de llegar al coche, ya ha sacado la petaca del bolsillo y echa un par de tragos. Se asoma a la puerta de la cocina, mira el interior, se vuelve y ve la bicicleta de Olga en su sitio, pero no la de Valentín. Sube al Renault, lo pone en marcha y enfila el camino que lleva a la autovía.

José, en el centro de la pista vallada, sujeta la cuerda de un poni que da vueltas al trote montado por una niña de ocho años. A su lado, de pie, la americana echada sobre los hombros y comiendo un bocata, el escolta de Virginia Duran observa las evoluciones del caballito.

—¡La espalda recta! —ordena José a la niña—. ¡Así, muy bien!

El BMW de la señora Duran está aparcado junto a la pista, al lado de la vieja camioneta azul. El Renault se acerca aminorando la marcha y Raúl se asoma a la ventanilla para preguntar a su padre si Valentín anda por aquí. José entrega la cuerda del poni al escolta y se encamina hacia Raúl haciéndole señas para que baje del coche. Raúl obedece, al tiempo que, viniendo de las cuadras y tirando de las riendas de su caballo tordo, ya ensillado, la señora Duran llega hasta ellos. Viste sofisticado atuendo de montar y protege sus ojos con unas gafas de sol. Brazos en jarras, impaciente, Raúl inquiere acerca de Valentín y José niega otra vez con la cabeza.

—No ha venido. Y no debes preocuparte —dice, y se vuelve hacia Virginia Duran—. Mi hijo Raúl.

—Qué tal. —Una voz dormida, opaca. Con la fusta en el sobaco y escudada en sus gafas oscuras, la señora Duran termina de ponerse los guantes y sonríe. Una voz nasal, con mocos, piensa él.

—Hola. —Estrecha su mano enguantada, blanda y caliente. Siente en la lengua el conocido escozor. Dedica a la señora una mirada poco atenta, y ella se gira disponiéndose a montar. Un culo plano, domado. Raúl busca los ojos de su padre—: Anoche me prometió que vendría a ayudarte.

No acaba de creerse que Valentín haya incumplido su promesa.

—Pierdes el tiempo —dice José—. Pero dejemos eso ahora… Hemos estado hablando de tu trabajo. Como ya sabes, la señora Duran necesita un nuevo escolta los fines de semana, y sugiere que hables del asunto con su marido.

—Sí, cuanto antes mejor —dice secamente la señora, un pie ya en el estribo y asiéndose con ambas manos al borrén trasero de la montura—. Mi marido es muy quisquilloso en cuestiones de seguridad. —José ha iniciado el gesto de ayudarla, pero ella monta con rapidez y observa el poni que cabalga su hija—. Que Isabel lo cepille y luego que aprenda a ponerle la cabezada. ¡Y no me la mime tanto, José!

—¡Qué va! La niña aprende enseguida.

La amazona espolea los flancos del caballo y se aleja galopando a campo través, al tiempo que Raúl, contrariado, le vuelve la espalda a su padre y se encamina a los establos.

Olga está preparando el forraje y Ahmed limpia los pesebres.

—¿Buscas a Valentín? —dice Olga al verle entrar.

—Me dijo que vendría.

—Pues no. Ya puedes figurarte dónde está.

Raúl se dispone a decir algo, pero da media vuelta y se dirige al coche. José le espera.

—Bueno, qué dices.

—No me interesa.

—¿Por qué no lo piensas?

—No se me ha perdido nada con esa gente.

—Te hará bien ocuparte en algo mientras...

—¡Ya estoy ocupado en algo! —Se sienta al volante cerrando la puerta con violencia—. Además, no tengo licencia para ejercer de escolta.

—No creo que eso le importe al doctor Duran. Habla con él, por lo menos.

Con el motor en marcha, Raúl se ha quedado mirando el caballo de la señora Duran, que galopa espoleado en dirección a un bosquecillo no muy lejano.

—Está bien —dice—. No te prometo nada, pero veré a tu doctor si me dejas que resuelva lo de Valentín a mi modo.

—Claro —concede José—. De todos modos harás lo que se te antoje...

Raúl mira al escolta, que come tranquilamente su bocadillo sin dejar de sujetar la cuerda del caballito que da vueltas con la niña, y vuelve a mirar a Virginia Duran.

—¿La deja ir sola?

—No va muy lejos. Tiene amigos en una finca, al otro lado del bosque...

—Aun así, este capullo debería seguirla.

—Aquí no hay peligro...

—¿Tú qué sabes? —corta Raúl malhumorado—. Nunca te metas en eso, no es asunto tuyo.

—Sé muy bien lo que digo. En Barcelona no sé qué hará, pero aquí nunca se aleja mucho y prefiere ir sola.

—¿Se lo has dicho a su marido?

—¿Decirle qué...? —Raúl no contesta y José insiste en su idea—:

Oye, es un trabajo descansado. Y te ganas unos cuartos mientras esperas que se arregle lo tuyo.

Sin soltar el pie del embrague, abstraído en sus pensamientos, Raúl sigue con los ojos entornados el galope del caballo y la amazona al fondo de la explanada. Luego maniobra bruscamente para encarar el coche al camino, arranca y José tiene que hacerse a un lado mientras le grita:

—¡Me parece que habría que vigilarte más a ti que a Valentín, mira lo que te digo!

12

El ramillete de margaritas amarillas se abre en el jarrón del centro de la mesa de la cocina. Entra la luz del sol por alguna ventana, es casi mediodía. Alrededor de la mesa están sentadas Alina, Yasmina, Jennifer, Nancy y Bárbara, con tazones de café con leche, tostadas y bollería, yogures y zumos. Acaban de desayunar, aunque ya es muy tarde. Despeinadas o con rulos, sin maquillaje, visten piezas de chándal o batas y tienen cara de sueño. Alina hace ganchillo. Nancy fuma un canuto mientras pinta las uñas de Alina con los colores de la bandera española. Le ofrece el canuto a Alina, que lo rechaza con una mueca. Tras ellas, de pie ante la cocina acrílica, Rebeca prepara la comida-cena, echa algo en una olla y lo remueve. Lleva una toalla liada a la cabeza y la bata mal ceñida con un cinturón de cuero. A su lado, con su gorro blanco en la cabeza y su delantal, Valentín se afana preparando la pasta y los ingredientes para pizzas. Luce las uñas pintadas de rosa y plata. Un par de veces se acercará a la mesa llevando más tostadas y café, volviendo enseguida a lo suyo, mientras ellas siguen hablando todas un poco a la vez, sin mucho orden ni concierto.

—… y yo que le digo al muchacho, oye, ricura, qué hacemos

—dice Alina—, y entonces él me dice: cuánto. Y yo le digo, bueno, depende del servicio. Y él: ¿qué servicio?, yo no quiero ningún servicio, señora, me dice muy serio, yo vengo a... —sin poder contener la risa—, yo vengo a pagar el rótulo de ahí afuera que mi hermano rompió anoche de una pedrada porque estaba borracho...

Alina y Rebeca se ríen a carcajadas. Jennifer se mira las uñas con mueca de desagrado.

—¡Nancy, esta laca de uñas multirreflejos que te regaló tu novio es una mierda! ¡Se cae toda cuando me lavo, no queda ni un poquito...!

—¡¿Pues tú con qué te lavas la chocha, con gasolina?! —dice Nancy—. ¡Porque a mí nunca se me ha caído!

—A mí me da un picor muy grande en la garganta —dice Rebeca.

—¡Eso te pasa por hacer gárgaras con aquello, mamita!

—¡Tú, niña, ya vale! —protesta Alina—. ¿No quedamos en no hablar de la faena mientras se come?

—¡¿Quién está hablado de la faena?! ¡Lo que estoy diciendo...!

—¡Ay, Nancy, por qué no te callas! —Jennifer manotea delante de su cara para ahuyentar el humo del canuto—. Y deja de fumar esta mierda.

Nancy furiosa:

—¡Tú a mí no me digas lo que tengo hacer, Jennifer! ¡Nunca vuelvas a decirme lo que tengo que hacer!

En medio del guirigay, Yasmina trata de hacerse oír:

—¡Momento, momento...! ¿Quién dijo que yo chillo como cochinillo degollado? ¿Tan malamente suena...? ¡Momento, chicas! A ver... ¡Ahhh, ahhhh...!

Cierra los ojos imitando gemidos de placer, como si estuviera en faena, pero le salen pequeños chillidos, angustiosos y bastante poco convincentes.

—¡Pésimo, Yasmina, lo haces pésimo...! —declara Jennifer.

—Muy mal, cariño —dice Rebeca.

—¿Sí ves? Gritas como una marranita —confirma Nancy.

—¡Bueno, eso es diferente! —aduce Yasmina—. ¡Una cerdita es femenina!

—Así no engañas ni a un primerizo, niña.

Rebeca se acerca a la mesa limpiándose las manos con un trapo.

—¡Eh!, ¿a quién le toca cocinar mañana?

—A Yasmi —dice Alina.

—¡Cuscús otra vez! —masculla Nancy.

—Pues que sepa que no hay harina —replica Rebeca.

—Yo me en-encargo —anuncia Valentín.

No le han oído, o puede que sí, pero a menudo no lo distinguen, ese tartajeo es un sonido ya muy familiar en la cocina, como el del lavaplatos o la licuadora o el microondas. Rebeca acaba de servirse un zumo y apoya las nalgas en el canto de la mesa. Se ha quitado el cinturón y examina un defecto en la hebilla, está con la bata abierta y al ver pasar a Valentín enlaza su cintura y lo aprisiona con las piernas.

—Ven aquí, Valentín, cariñito, cuéntanos cómo enamoraste a Milena.

—¿Sabes una cosa? —dice Valentín debatiéndose—. Sin leo-leotardos te vas a resfriar. Suelta, Rebe.

—Se la ligó por el insomnio nocturno que sufre la Milena —dice Bárbara—. ¡Insomnio nocturno total, de vedá...!

—Pues sí —confirma Alina, convencida—. ¡Yo creo que muchas de nosotras nos enamoramos por culpa del insomnio!

—¿Cuál insomnio, Alina? —se burla Nancy.

Valentín se libra de los muslos de Rebeca con un esfuerzo controlado, manoseándolos sin intención, pero sin el menor recato. Rebeca suelta su tos seca.

—¿Quieres coger una pul-pulmonía o algo así, Rebe?

—Me han dicho que tienes un culo muy bonito, Valen —bromea Jennifer—. ¿Es verdad?

Él no contesta. Meneando la cabeza gravemente regresa a sus pizzas sobre el mármol y enciende el transistor con el volumen alto, mientras ellas se ríen comentando el truco que Valentín se inventó, en los inicios de su enamoramiento, para quedarse algunas noches con su novia sin que nadie se enterara. Después que la señora Lola cerraba el club y se iba a su casa, él se quedaba un rato para ayudar a Simón a recoger y limpiar el bar, y cuando ambos terminaban y Simón subía a acostarse al segundo piso, Valen se despedía de él diciendo que saltaría por la escalera de incendios, pero nunca lo hacía, en realidad se metía en el cuarto de Milena, si ella le dejaba, claro, si esa noche tenía insomnio o ganas de jugar al parchís. Rebeca opinaba que Simón no es tan tonto y que si consintió el engaño fue a cambio de algo, seguramente pactaron a espaldas de la señora Lola repartirse el trabajo de limpieza más duro.

—En todo caso, ¿quién fue más listo? —dice Jennifer—. ¡Valen!

—Chico, que te la estás jugando —dice Alina—. ¿Tu hermano el poli no dejó dicho que no quería verte más por aquí?

—Mummmm. Se acabó la albahaca, se acabó, no hay más albahaca —anuncia Valentín buscando en la alacena. Oye toser de nuevo a Rebeca y añade—: Mi madre guardaba una botella de anís Machaquito. Muy bueno para la tos, Rebe.

Ha cogido un ramito de perejil, lo trincha rápidamente en una tabla y espolvorea con él la pizza antes de introducirla en el horno. Vuelve a la mesa llevando lo que queda de una tarta y Bárbara le dice:

—No te dé apuro, mi cielo, cuéntanos tu culebrón de amor eterno, *po favó…*

—*Babarita, po favó*, no digas pen-pendejadas —responde él muy serio.

Yasmina se dispone a destapar un yogur y Valentín se lo quita de las manos y comprueba la fecha de caducidad. El espanto se refleja en sus ojos.

—¡No te lo comas! —grita horrorizado—. ¡Justamente caduca hoy, mira, mira! ¡21-3-04! ¡Mismamente hoy, Yasmina! ¿Eres tonta o te quieres envenenar o toxicar o algo así, etcétera?

Yasmina se echa a reír.

—¡Otra vez! ¡Pero bueno, chico, qué perra la tuya con la fecha de caducidad! ¡Qué obsesión, qué manía! ¡Te lo he explicado mil veces, no hay peligro porque se pase un día...! ¡Devuélvemelo!

Forcejea con Valentín, intentando recuperar el yogur, que él no suelta.

—¡Sí que hay peligro! —dice—. ¡Te puedes mo-morir ya mismo, Yasmina! ¡Luego no digas que no te avisé!

Tira el yogur a la basura y le trae otro mientras ellas se ríen. No parece molesto. Se quita el delantal, se sirve un tazón de café, lo pone en un plato junto con un trozo de tarta y dos tenedores pequeños y se encamina hacia la puerta de la cocina refunfuñando:

—¿Hablo claro, o no me se entiende? Si no fuera por mí, ya estaríais todas envenenadas de yogures y jaleas y mostazas caducadas, y por lo tanto, todas muertas y enterradas y etcétera...

—No te enojes, cariño —dice Alina.

Aún oye sus risas cuando sale al vestíbulo. Sube ágilmente la escalera interior con el plato en la mano y emboca el largo pasillo de la primera planta. De las habitaciones abiertas salen bocanadas del vaho caliente de la noche. En una de ellas, la mujer de la limpieza arranca las sábanas de la cama dando fuertes tirones, como si quisiera desgarrar la tela. Bu-bu-buenos días, señora Emilia. Sortea en medio del pasillo un carrito atiborrado de botellas vacías y vasos y ceniceros sucios, más allá un cubo y una fregona y una pila de toallas y sábanas usadas, blancas, azules, amarillas, rosadas, y alcanza el balcón trasero.

Milena sigue sentada en el suelo del balcón y abrazada a sus piernas. Apenas ha modificado la postura, la taza de café sobre las rodillas alzadas, los cabellos mal anudados en la nuca, los ojos soñolientos fijos en el paisaje, sin verlo.

Valentín se sienta a su lado en silencio, deja el plato en el suelo, vierte un poco de café en la taza de Milena, enciende un cigarrillo, se lo pone en los labios y con la otra mano le aparta un mechón caído sobre los ojos.

—Aquí estoy. Mummmm. ¿Qué estás mirando?

—Nada.

El vuelo rasante de una paloma, sobre el desmonte cercano, perseguida por una gaviota.

En la entrada del club, Simón acaba de sacar unas bolsas de basura que deposita en el contenedor. Raúl baja del coche y pregunta por Valentín. Después de mirarle un instante en silencio, frotándose un pringue de las manos en el pantalón con extrema lentitud, el viejo le dice que seguramente estará en la cocina. Raúl se dispone a entrar, pero se vuelve y le apunta con el dedo.

—Tú eres el gorila, ¿no? ¿Por qué no le impides la entrada?

Simón parece husmear algo en el aire.

—El chico trabaja aquí —dice.

—Eso lo veremos.

—Bueno, hable con mi hermana. —Simón no aparta los ojos de

él, y, sin embargo, no parece que le esté mirando. Su mentón levantisco y su mirada huidiza pueden sugerir desdén hacia el interlocutor, quienquiera que éste sea, pero en realidad sólo es su peculiar manera de prestar atención—. Ella es la que manda, señor.

Raúl entra en el club y se dirige al bar con paso rápido cruzando la pista. Sillas patas arriba sobre las mesas y el piso recién fregado, utensilios de limpieza, bolsas de basura, envases de bebidas y una mujer escurriendo el mocho en un cubo. Pregunta por la cocina y ella le indica la puerta vidriera, más allá del extremo de la barra, y que comunica con el antiguo vestíbulo del hostal y la escalera interior, debajo de cuya vuelta la puerta de la cocina, entreabierta, deja escapar risas y voces femeninas:

—¡Lo que el pobre Valen tiene caducado no es el entendimiento, guapa, es el muñeco!

—¡Pues anda que tú, Yasmi! —dice Nancy.

—¡¿Yo, qué?!

Raúl acaba de entrar en la cocina cuando Nancy responde:

—¡Que te mires esa chochita moruna tan solicitada, reina! ¡Está más caducada que la de la señora Lola…!

Las risas se cortan bruscamente ante la presencia de Raúl.

—¿Dónde está mi hermano?

—Oiga, usted —dice Alina—, aquí no se puede entrar.

Jennifer, llámate a la señora Lola —sugiere Nancy.

—Fue a la peluquería, creo…

Raúl se impacienta.

—Vamos, vamos, no querréis ir todas a comisaría, ¿verdad? ¿Por dónde anda? ¡Tú, ¿no me has oído?!

Coge bruscamente a Rebeca de la solapa y la obliga a levantarse. A la muchacha le resbala la toalla liada a la cabeza, y el pelo, negro y rizado, le cae sobre los hombros. Raúl coge la toalla y se la arroja a los pechos, que la bata mal ajustada y el meneo recibido dejan al descubierto.

—¿O prefieres que te arree un par de hostias? —añade—. ¡¿Está con esa furcia colombiana?! —Y de improviso la abofetea—. ¡Contesta!

—¡Pues con quién si no…! —Rebeca mira a sus compañeras, llorosa y asustada—. ¿Verdad…?

—*Vedá*. —Bárbara haciéndose a un lado—. Seguro, de *vedá*…

—Sí, arriba —se apresura a indicar Jennifer—. Por la escalera.

Raúl da media vuelta y sale de la cocina.

—Tranquilas, no va a pasar nada —dice Nancy—. Se lo va a llevar para la casa y no va a pasar nada…

13

Permanecen sentados al sol con sus tazas de café y sus cigarrillos, un cojín entre la espalda y la pared, el plato en el suelo con la porción de tarta y dos tenedores. La colombiana tiene las uñas pintadas de verde esmeralda. Valentín, con su gorro blanco de cocinero en la cabeza, pincha un bocado de tarta con el tenedor y lo lleva a la boca de ella, que de pronto ve algo con el rabillo del ojo y gira la cabeza a un lado.

Raúl está en el umbral del balcón, las manos en los bolsillos y escudado en sus gafas oscuras, aparentemente tranquilo.

—Tu hermano viene a recogerte —dice Milena.

—Sieeeeempre llega en horas de comer —entona Valentín en tono de chunga—. ¿Quieres un poco de tarta, Raulito?

—No.

—Conforme y vale. ¿Vienes a buscarme?

Raúl opta por mostrarse conciliador:

—A papá le gustaría que volvieras a casa. Y también a Olga.

—¡Gustaría, no! A papá le da igual, me lo dijo. ¡Gustaría a papá! ¡Venga ya, Raulito, que tienes más cuento que yo qué sé! —Mira a Milena, con sonrisa astuta—: Tiene mucho cuento, ¿sabes?

Raúl hace acopio de paciencia.

—Mira, Valentín, no me encabrones... Quiero que vuelvas a casa, éste no es lugar para ti, ¿vale?

—Sí, mi niño —susurra Milena—, ahorita es mejor que te vayas.

—¡No!

—¿Te vienes o tendré que sacudirte? —dice Raúl.

—¿Tú y cuántos más? Je, je. La tarta la he hecho yo, mira.

Le ofrece un cacho con el plato, pero Raúl se queda mirando sus uñas pintadas de rosa y plata.

—¿Qué te propones con esta mariconada?

—Ha sido Nancy, que está practicando. —Abre desmesuradamente los ojos y se ríe—. ¡Piensas que se me ha ido la olla! ¡Sí, siempre piensas eso!

Raúl observa a Milena a través de los cristales ahumados de las gafas, pero sus palabras van dirigidas a Valentín.

—Está bien. Quiero hablar un momento con tu novia. ¿Por qué no me esperas en el coche? ¡Y quítate ese gorro, coño, no seas payaso!

De un suave manotazo le hace saltar el gorro de la cabeza. Valentín se apresura a recogerlo al tiempo que Milena se levanta y se dispone a abandonar el balcón. Raúl la retiene atenazando su muñeca.

—Tú quieta.

—Usted y yo no tenemos nada que hablar...

—Yo creo que sí. Vamos a aclarar algunas cosas. —La deja forcejear un rato, sin soltarla. Siente en el pulgar, por un breve instante, las pulsiones de la sangre bajo la piel fina, y aprieta con más fuerza la muñeca, que se le entrega frágil y palpitante como el cuerpo de un pájaro—. En primer lugar las fulanas como tú...

No puede terminar la frase porque Valentín ha saltado a su espalda con la agilidad de un mono. En menos de un segundo le atenaza el cuello con un brazo y con el otro le inmoviliza totalmente. Las gafas de sol van por el suelo, y también la taza de café que Valentín ha dejado caer, y que se rompe.

—¡¿Qué haces…?! ¡Suéltame!

Sobrado de fuerzas, Valentín lo empuja hasta la barandilla de hierro, lo acogota sobre el vacío y le habla al oído en un susurro y marcando las sílabas:

—¿Vas-a-ser-malo-otra-vez, Rau-li-to? Mummmm… No te po-po-portes mal, ¿eh? Te lo diré cantando y así no me aturullo. No te-pooortes-maaaaaaaaal…

—¡Estás como una puta cabra, joder! ¡Suelta…!

Milena se interpone, pero Valentín la aparta. La máscara de una obsesión asoma en su rostro al decirle a su hermano:

—Tú-no-la-toques. ¡¿Me oyes?! No vuelvas a tocarle ni un pelo… Mira, lo que tienes que hacer es lo que te dijo papá, visitar al doctor Duran y buscarte un curro y etcétera. Tendrás trabajo y así nos dejarás tran-tranquilos a Milena y a mí…

—¡Que me sueltes, te digo! —ordena Raúl—. ¡No seas animal, Valentín!

Susurrándole al oído y apartándolo de Milena, como si quisiera evitar que ella escuchara, Valentín niega con movimientos compulsivos de la cabeza.

—A mí no me pasará. ¿Te acuerdas…? A mí no me harás eso, no me la llevarás al establo… ¡Sabes que te pillé! Yo no quería verlo, pero lo vi…

—¡Estás desbarrando, como de costumbre!

De nuevo Milena intenta apartarlo.

—Déjalo, Valen…

—Y con un solo ojo —prosigue Valentín—. ¡Con este ojo, mira!

—Se tapa el ojo izquierdo con una mano, pero con la otra le sigue atenazando y hablándole al oído—. ¡Ni por una vez, ni por una sola noche…! ¡Con ella, no, ¿me oyes?! ¡Nun-ca-más-nun-ca-más…! —Finalmente lo suelta, empujándole—. ¡¿Me se entiende o qué?!

Frotándose el cuello dolorido, Raúl se agacha y recupera sus gafas.

—Hostia, chaval, ¿por qué no te controlas un poco?

—Un poco. Ajá. Conforme.

También él se agacha y ayuda a Milena recogiendo trozos de la taza rota.

Raúl se queda mirando a su hermano sin saber qué hacer, con aire resignado, y decide cambiar de táctica.

—Está bien, de acuerdo, para qué discutir cuando se te va la olla…

—Claro. La olla. A ver, esa sonrisa. Ahora ya puedes irte a casa.

Raúl lo agarra del brazo.

—Mírame. ¡Mírame, hostia! Sólo quiero que ésta me hable un poco de lo vuestro… Soy tu hermano y debo cuidar de ti, lo sabes, ¿no? Quedamos en eso, ¿ya no te acuerdas?

Valentín recela y le señala el entrecejo con dedo acusador.

—Me acuerdo, sí… Una vez tuve una novia amarilla como la bicicleta y me la quitaste. ¡Me la quitaste!

—¡Nunca tuviste novia, joder, fue una invención de las tuyas! —clama Raúl, de nuevo enfurecido—. ¡Una golfa que te sacaba los cuartos! Y ésta hace lo mismo, qué te crees. Así es como se ganan la vida, calentando al personal, ése es su trabajo… ¿Y sabes qué te digo? Que me la voy a follar. ¡Sí, eso es, un día de estos me cepillaré a tu puta para que veas de qué va el asunto…! —Al verle avanzar hacia él con una mirada de súplica, añade—: Será una buena persona, no te lo discuto, pero se gana la vida follando. Esto es lo que hay, chico, lo siento, pero es así…

Valentín le interrumpe golpeándole el pecho con el dedo índice:

—Tú no, hermano... Te lo pro-prohíbo. ¡Tú no, y no, y no! Tienes que dejármela... ¡Si la tocas te ma-mato...!

Después de varios intentos infructuosos, Milena consigue interponerse entre ambos y coge la cara de Valentín con las manos.

—Óyeme, papito, hazme un favor, ¿sí? Vete al baño y abre la llave del agua... Si no hay champú coge el de Nancy. Yo llego en un ratico. Hoy es viernes, a que ya no te acordabas. —Lo conduce suavemente hacia el interior del pasillo—. Coge una toalla, siéntate en el taburete y espérame un segundito. Por favor. No me va a pasar nada, no te preocupes.

Valentín se vuelve hacia Raúl y vuelve a apuntarle con el dedo.

—Mummmm. Mucho cuidado. No la toques... ¡Tú no! Pero si te portas bien verás el conejo de Milena... ¡El co-conejo blanco de la suerte, el de verdad!

Y señala en dirección al campo. Seguidamente desaparece en el pasillo interior.

Apoyado en la barandilla, Raúl frota su nuca dolorida, y, expectante, observa a Milena y espera que se gire hacia él para mascullar:

—¡El conejo de la suerte! Bueno, ya ves cómo está... ¿Sabías que tiene una placa de metal en la cabeza?

—Me lo dijo.

Sostiene un cigarrillo en los dedos y está quieta, a la defensiva. Raúl la escruta y decide cambiar de actitud. Saca su mechero y suaviza el tono al ofrecerle lumbre.

—Un canuto iría mejor, a que sí... ¿O prefieres algo más estimulante? Puedo conseguirte lo que quieras.

Milena da unas caladas al pitillo y le mira de refilón con sus ojos castigados por el insomnio.

—¿De un policía? Ni loca.

Raúl baja los ojos, pensativo. Unos segundos. De pronto le suelta una bofetada que le gira la cara y le hace caer el cigarrillo.

—¡¿Qué pasa contigo?! —Se acerca más a ella y le grita—. ¡¿Qué buscas a la vera de este infeliz?! ¡¿Para qué le quieres…?! No será para follártelo. Porque para eso el chico no vale, no carbura, te habrás dado cuenta…

Se calla esperando una reacción de Milena, pero ella se dedica a recoger pacientemente del suelo los trozos de la taza rota. Raúl añade:

—La verdad es que no pareces muy enterada. Mi hermano ya nació con problemas del coco. Tuvo una meningitis y a los dieciocho años sufrió un accidente muy grave. Se puede decir que está mutilado. En fin, que no puede.

—Ya sé.

—¡¿Ya sabes?! ¡¿Entonces qué cojones haces con él, para qué te sirve…?! ¡¿Qué puede hacer ese infeliz para darte gusto, chuparte las tetas, comerte el coño?! ¡¿Te calienta la cama, te lame el puto culo?! ¡¿Eh?! ¡¿Para qué te sirve?! —Agachada, sumisa, ella termina de recoger los trozos de la taza y se incorpora, y él añade—: ¡¿Sabes que te estás aprovechando de un subnormal, y que puedo enviarte a la trena?!

—Nadie se aprovecha de él. Yo no dejo…

—¡No me digas! ¡¿Crees que no veo lo que pasa?! ¡Le has comido el poco seso que le queda, le has hecho creer que sois novios! ¡Y el pobre se figura que está enamorado de verdad, y lo va pregonando…!

—Y qué —dice Milena casi sin voz, desalentada—. Eso a quién le importa. ¿Acaso quién le para bolas? ¿Quién va a creerle a un muchacho que no está bien de la cabeza? Y nosotras… cómo íbamos nosotras a desearle ningún mal… —Parece dudar, busca las palabras. Le vuelve la espalda, arroja al campo la taza rota y se queda mirando a lo lejos–. Las niñas se encariñaron con él ahí mismo, le juro... Al principio yo no quería nada que ver, me parecía tan inocente que hasta miedo me daba... Una tarde me puse enferma y no bajé al bar, me quedé acostada. El me subió una tacita de té y una aspirina, y me dormí. Y luego por la mañana me desperté, y él estaba ahí, sentado en la cama, mirándome. Le dije qué haces aquí, y él me dijo: yo vigilo, señorita. –Se vuelve y mira a Raúl a los ojos–. Y ya, no hay más. Yo no sé si usted me cree, señor, pero una cosa le digo: ahorita mismo, Valentín es el único amigo de verdad que tengo.

Raúl, que la ha escuchado atentamente, tarda un poco en reaccionar. Como si despertara malhumorado:

–¿De veras? –masculla con sorna–. Qué bonito... Pues atiende, puta. ¡Me le das el piro, pero ya!

–Y cómo. Yo no quiero hacerle daño...

–¡Escúchame atentamente! Le dices que te has cansado de él, que no le soportas más. Que no puedes tener por novio a un tarado mental, y que no quieres verle más por aquí. ¿Me explico?

Milena arroja el cigarrillo por encima de la barandilla y vuelve a fijar la mirada en el horizonte. Luego cierra los ojos y rinde la cabeza sobre el pecho.

Raúl la observa y espera su reacción. No está satisfecho. Empieza a pensar que no ha actuado con suficiente mala hostia. Se pregunta por qué.

Valentín de pie ante el espejo observa con semblante pensativo el grifo cerrado del lavabo. Si yo no te abro, no te vas, agüita, no te hagas ilusiones. Inicia su característico balanceo adelante y atrás.

Abre el grifo y vuelve a cerrarlo. Se mira en el espejo un rato, y, de pronto, saca la lengua en una mueca burlona y le dice a su propia imagen:

—¡Y una le-leche!

Ordena en la repisa algunos objetos de su pertenencia: maquinilla de afeitar y hojas, cepillo de dientes en un vaso con un Superman pintado, un frasco de masaje, un programa del ogro Shrek encajado en un ángulo del espejo, la gorra de ciclista colgada en la percha, hasta que vuelve a mirarse en el espejo y añade sonriente:

—¿Te gustan las cositas de Valen en tu vida…? ¿Síiiiiii…? —Imitando la voz de la colombiana añade—: ¡Síiiiiiii, mi bizcochito!

Milena coge el plato con el trozo de tarta e inicia la retirada hacia el interior del edificio mientras habla.

—A las malas no va a conseguir nada… —Entra en el pasillo seguida por Raúl—. Ya vio cómo se pone. Va a tener que darme tiempo.

Se para delante de su habitación con la mano en el tirador de la puerta. La de enfrente a la suya es la de Nancy y está abierta.

—Váyase antes de que vuelva la señora Lola.

—Sí, no vaya a pensar que he venido a otra cosa —dice Raúl desdeñoso—. Ya lo sabes. Me lo despachas o vas a tener un problema serio. ¿Entendido? —Se va de espaldas por el pasillo, apuntándola con el dedo—. Cuanto antes le hagas caer del nido, mejor para todos.

Milena termina de abrir la puerta y entra, cruzándose con la mujer de hacer faenas que sale con ropa sucia y el cubo y la fregona. La voz chillona de Nancy desde su cuarto:

—… ¡Y con las ganas que tengo de que vengas a recogerme, mi amor! ¡¿Tienes la plata…?!

La mujer, con las dos manos ocupadas, deja la puerta del cuarto de Milena sin cerrar y se mete en el cuarto de enfrente, donde Nancy se pasea con un móvil pegado a la oreja y hablando en voz alta:

—¿Qué pasó con mi local de aeróbic y esteticien, ya te aseguraste el alquiler...?

Al fondo del pasillo Raúl empieza a bajar la escalera y gira la cabeza escuchando a Nancy:

—¡Estoy practicando el *maniquiur* y el *pediquiur*, ya me queda divino...! ¡Ah, y a ver si nos arreglas también lo de Milena...! ¡Ay, no, no me digas que no se puede, tío! La pobre está pasándola muy mal...

Milena se para ante la puerta abierta del cuarto de baño con la cabeza gacha. Piensa en la amenaza de Raúl. Le llega el rumor del agua manando del grifo, y entra al oír la voz de Valentín:

—Ya estoy sentado.

Poco después él sentirá de nuevo, como cada viernes, el cálido y dulce vientre de la muchacha en la espalda y los párpados escociéndole gratamente. De vez en cuando, sujetándose la toalla alrededor del cuello, atisba en el espejo sus propias uñas rosa y plata, mientras las bonitas uñas verde esmeralda de ella se mueven entre la espuma de champú coronando su cabeza.

—Rasca fuerte, rasca. Me gusta.

—Cierra los ojitos.

—¿Ya se fue mi hermano?

—Sí.

Valentín con la nuca estremecida, sentado en el taburete, y Milena de pie a su lado. La puerta del baño está abierta y permite ver parte del dormitorio, y, al fondo, la puerta que da al pasillo, entreabierta.

Por entre la espuma que resbala, los ojos maliciosos de Valentín escrutan a Milena de soslayo al decir:

—No le hagas caso. Siempre nos hemos pe-peleado... ¡Ya nos peleábamos en la barriga de mamá!

—¿En la barriga de tu mamá? ¡Tú sí eres chistoso, Valen! ¡Las cosas que se te ocurren!

Le llena la cara de espuma de jabón y Valentín se ríe.

—Mi hermano te ha pedido que ya no me seas amiga ni me seas novia, a que sí.

—Que no vuelvas por aquí ni me busques. Eso me ha pedido que te diga.

—Pero tú no nunca me dirás eso. —Levanta la cabeza y la mira—. A que no.

—Quieto.

—¡A que no!

Milena guarda silencio, frotando con suavidad la cabeza enjabonada.

—¿Sabes por qué? —añade Valentín—. Porque me quieres mucho, hoy y mañana y siempre y etcétera.

Ella inmoviliza las manos un instante para decir:

—Deberías obedecer a tu hermano. El sabe cómo cuidarte.

—¡Más que no me quería mi madre, me quieres tú!

—Yo quiero a muchos hombres, tú sabes.

—¡Conforme y vale! ¡Pero es un truco...! Tú tienes un truco para eso, yo lo sé, lo co-conozco.

Se ha movido y ella corrige bruscamente la posición de la cabeza.

—¡Estate quieto!

—Raúl es bueno. No lo parece, pero lo es. Sólo que… es un poco ca-ca-cabrito. ¿Quieres saber una cosa? ¡Siempre me quita las novias!

—Ah, no me digas. ¿Y cuántas novias has tenido tú, si se puede saber?

—¡Huy! ¡Un montón!

Ella echa la cabeza atrás y cierra los ojos, conteniendo la risa en la garganta. Raramente se ríe de las ocurrencias de Valentín, no si puede evitarlo. Vuelve la cabeza a un lado, pero los ojos cerrados le impiden vislumbrar, más allá del cuarto de baño y de la misma habitación, cuya puerta está entornada, la silueta de alguien que de pie en el pasillo mira y escucha.

—¿Ah, sí? ¿Un montón? ¿Y por qué crees que tu hermano te quita las novias?

—Porque es un *estupa*. Los polis como Raúl se llaman *estupas*… o algo así. ¿No lo sabías?

—¿Él no tiene novia?

—¡Los polis no tienen novias, tienen esposas! ¡Ja, ja, ja! ¡¿Lo has cogido, lo has cogido…?!

Se ríe como un niño, se troncha de la risa. Milena libera finalmente una risa tabacosa, doliente.

El rostro de Raúl parcialmente oculto tras la puerta entreabierta del pasillo, un leve fulgor en la sombra que se clava en los dedos de Milena frotando con suavidad, acariciando, mimando, entre la espuma, las sienes y la nuca de Valentín, que susurra con la cabeza y la voluntad rendidas:

—Por favor, ráscame aquí detrás de la oreja… Así.

Bruscamente Milena aclara el pelo sujetando la cabeza bajo el chorro a toda presión.

—Ya está. Si vas al súper, tráeme crema de dientes y bálsamo para el pelo. Y necesito hilo blanco y agujas de coser... ¿Puedes acordarte de todo?

—¡Huy, tengo una lista de encargos...! —dice Valentín—. Laca de uñas para Nancy, preser-preservativos para Jennifer, un gel lubricante y pastillas para dormir para Babarita y bal-bálsamo verde para Rebe. Y etcétera. Ah, y una peli del videoclub para Alina.

—Pues llévate la mía también y me traes esa otra... La *Pretty Woman* de Julia Roberts, parece que es muy bonita. ¿Te acuerdas de la canción...?

Milena le seca el pelo con la toalla. Uno de los faldones de su bata resbala dejando al descubierto el muslo con la cicatriz, que Valentín observa de reojo al decir:

—Y un regalito especial para ti. ¡Unas medias de rejilla! ¿O quieres una pierna nueva? He visto una la mar de bo-bonita...

—Qué pierna nueva ni qué tonterías, Valen. Nada de regalitos, ¿bueno? —Le atiza un coscorrón amistoso—. ¿Es que contigo no se puede hablar en serio, o qué? A ver, pórtate bien.

Le tira del pelo, le envuelve la cabeza con la toalla, riéndose los dos.

La sombra de Raúl se retira sigilosamente de la puerta de entrada.

14

El escolta privado de Virginia Duran se iba a despedir en menos de diez días, tal como anunció, y José no consigue convencer a Raúl para que solicite su puesto, siquiera provisionalmente. Un trabajo descansado y bien pagado, no encontrarás nada mejor. Ya resignado a tenerle en casa más tiempo del que había supuesto, y deseando verle ocupado en algo cuanto antes y lejos de su hermano, una y otra vez le sugiere que vaya a Barcelona y obtenga del marido de la diputada el visto bueno. Ya había hablado por teléfono con el doctor, recordándole que el chico era agente de policía, y por tanto una persona de confianza y con experiencia.

—No estoy autorizado para ese trabajo —se excusa Raúl—. No quiero problemas, y menos en mi situación actual.

También Olga insiste en el asunto. Un servicio eventual, hasta que se arregle lo tuyo en Vigo y te reclamen otra vez... ¿Y si no me reclaman, querida madrastra, y si el expediente me deja definitivamente en la puta calle, y lo mejor será que me largue cuanto antes? Está bien, tranquilo, nadie va a retenerte si quieres irte antes.

—Como si le hablaras a una pared —opina José.

Lo cierto es que en ningún momento a Raúl se le había pasado por la cabeza complacer a su padre, pero esta mañana, después de hablar con la puta colombiana y sin haberse decidido aún a sacar a Valentín del club a hostia limpia, sintiéndose un tanto confuso y por momentos furioso consigo mismo, sube al coche y unos minutos después, en lugar de verse conduciendo de vuelta a casa o al picadero, descubre repentinamente que va en la dirección contraria y más bien a velocidad indebida. Se ha puesto las gafas oscuras que sabe que intimidan. Intuye la sinrazón que le lleva a Barcelona, la siente correr por sus venas y nervios como alambres de púas, pero no quiere pensar en ello. Prefiere echar mano de la petaca. No queda más que un sorbo.

Una hora después está sentado frente a un whisky en la barra del bar Popeye de la calle Balmes. Un local estrecho y oscuro cuya mejor época parece haber pasado. Paredes desconchadas con viejos carteles amarillentos y botellería cubierta de polvo y alguna telaraña. Se ha quitado las gafas al entrar porque no veía nada. Le han servido el whisky en un vaso alto y ha hecho que se lo cambiaran a un vaso bajo, y sin hielo. A su lado, dos clientes de mediana edad beben cerveza sentados en taburetes, uno de ellos lleva la gabardina cuidadosamente plegada sobre el hombro y el otro está enfrascado en la lectura del periódico. En la máquina del millón arrimada a la pared juega un muchacho con un jersey anudado a la cintura por las mangas. El cliente que lee el periódico no parece interesado en lo que su compañero, cara larga y enfadosa, le reprocha bastante excitado:

—¡No me estás escuchando, puñetero!

—Llevo dos horas escuchándote.

—No, no me escuchas.

—¿No dijiste que ibas a mear? Al fondo a la izquierda.

—Rediós, tío, cómo eres —insiste el cara larga—. El periódico dirá lo que le parezca, pero yo te digo que este chaval que la ha palmado preparando una bomba, para muchos vascos es un héroe de la patria. Y así será ya para siempre en la memoria del pueblo... Así será.

—Vale, coño, vale.

—¡Y lo será con toda la carga de fanatismo y de violencia que quieras, os guste o no a los putos guardianes de la democracia como tú! —Remacha sus palabras golpeando el mostrador con el dedo.

—Baja la voz, ¿quieres? —dice el otro sin levantar la cabeza del periódico—. Y vete al servicio, joder, a ver si te alivias...

Raúl no puede evitar oírlos, acodado a la barra, el perfil volcado sobre su whisky aguado. El culo del vaso es delgado, el whisky pálido y traslúcido, Raúl ve a su través la mugre y la carcoma del viejo mostrador.

—¿Y qué piensas de la cabronada que le hicieron al pobre Iñaki? —insiste el cara larga—. ¿Tan grave fue lo que dijo de la guardia civil? Duro con ellos, Antón, eso fue lo único que dijo, ¡y la de hostias que le dieron! No, pues. No hay derecho...

Raúl apura su vaso de un trago y se pone las gafas oscuras.

Disponiéndose de mala gana a ir al lavabo a aliviarse, el cliente baja del taburete y acomoda la gabardina doblada sobre el hombro, añadiendo:

—¡Y yo no voy por ahí ejerciendo de vasco, que conste! Aunque te diré una cosa, Xema... Mi quinto apellido por parte de madre es vasco. ¿Y presumo de ello? ¡Di, ¿he presumido de ello alguna vez?!

—Vete a mear, anda, vete a mear.

—¡Por parte de madre, Iñaki, que es lo más sagrado que hay...!

Lo dice con la mano ya en la bragueta y dirigiéndose a los servicios.

Raúl mira su vaso vacío, pensativo. Un instante después deja unas monedas sobre el mostrador y, sin prisa, se encamina también al lavabo.

El cliente está orinando, con la vista en el techo. Raúl entra y se pone a su lado, aparentemente para lo mismo, mirando de soslayo sus manos ocupadas. De pronto, sin darle tiempo a reaccionar, lo acogota y golpea su cabeza contra la pared varias veces, con gran violencia, lo hace girar y lo encara, le clava la rodilla en los genitales y luego le machaca tres o cuatro veces el rostro con el puño y lo deja caer en el suelo del mingitorio manando sangre por la nariz. Ocurre todo en unos segundos, mientras oye claramente los clinclinc metálicos de la máquina del millón. Acto seguido se lava las manos en el lavabo, abre la puerta y sale encaminándose directamente a la calle.

15

—**D**isculpe por haberle hecho volver —dice el doctor Duran entrando en el estudio y cerrando tras él la pequeña puerta que comunica con el consultorio—. Pase. Cuando vino me era imposible abandonar la consulta...

—No importa —dice Raúl.

—¿Fue a dar un paseo?

—Más o menos.

—Me pareció que tenerle dos horas esperando en esa butaca era una descortesía...

—Le digo que no importa. Estuve entretenido.

—Siéntese, haga el favor.

La amplia y muelle butaca de piel negra lo acoge y lo engulle dejando escapar por las costuras un prolongado suspiro. ¿Una descortesía? Como para quedarse dormido en este rancio y silencioso estudio-biblioteca, altas vitrinas y estanterías llenas de libros, diplomas y distinciones del cirujano, maderas nobles y sombríos óleos en grandes marcos, el techo altísimo, la luz natural escasa y el suelo de diminutas losetas de colores. Un piso antiguo en un edificio modernista del Ensanche. Y ante él, sentado detrás de su escritorio, un sujeto de bata blanca con la pinta que le había supuesto, el tipo de ciudadano eminente y con mucha pasta casado con una mujer veinte años más joven que él. Cerca de los setenta, porte distinguido, ojos vivaces detrás de gafas con cristales como culos de vaso, facciones duras que denotan resolución y firmeza.

—Le agradezco que haya venido, señor Fuentes —añade—. Me interesa resolver este asunto cuanto antes.

—No sé qué decirle. Desde que llegué, mi padre no ha dejado de darme la tabarra con lo de vigilar a su mujer… ¿De qué se trata exactamente?

Duran le mira unos segundos fijamente, colocando con aire distraído la mano derecha sobre la caja de puros que tiene sobre la mesa. Junto a la caja, en un portarretratos de plata, Virginia Duran acaricia la cabeza de un caballo blanco.

—Vigilar, vigilar —entona con la voz meliflua—. Si quiere usted llamarlo así.

—Es eso, ¿no? Trabajo de escolta… —Con la mayor desgana, Raúl añade—: Si quiere que le diga la verdad, no acaba de gustarme eso de vigilar de cerca a su señora. Haga lo que haga, es cosa suya, ¿no cree?

Su propia voz le suena ajena, impostada. Menudo embuste. Lo estás haciendo mal, se dará cuenta. Duran guarda silencio y sigue mirándole con una atención recelosa, como queriendo captar en sus palabras algo más de lo que expresan.

—Oh, por supuesto —responde por fin—. Pero creo que no ha entendido en qué consiste exactamente este servicio. Me extraña que un policía no lo sepa… No se trata de vigilar lo que hace mi esposa, sino simplemente de acompañarla y por supuesto protegerla.

—Tal vez me he expresado mal.

—Seguramente. Pero dejemos eso ahora. —Abre la caja de puros y la ofrece a Raúl, que niega con la cabeza—. ¿Cómo está su padre?

Raúl hace un gesto vago con los hombros.

—No ha cambiado.

De nuevo el doctor Duran le mira unos segundos fijamente, mientras se dispone a encender un puro.

—¿Debo entender eso como una respuesta positiva, quiere decir que José se encuentra bien de salud?

—Está como siempre. Jodido.

—¿Ah, sí? Que venga a verme…

—No, físicamente está bien —corta Raúl con aire de fastidio—. A ver, mi padre pertenece a una generación que fue muy puteada, ya sabe… Está muy cascado el hombre.

Ahora Duran se esmera en el encendido del cigarro haciéndolo girar entre los dedos. Al cabo de un rato, con la voz neutra, dice:

—Tengo entendido que ha estado un par de años fuera de casa, señor Fuentes. Usted sabe que he sido un gran amigo de su padre. Conozco a ese viejo luchador hace muchos años, mucho antes de que le tirara aquel caballo de nombre tremendo… ¿Cómo era…? Ah, sí, Trotsky. Casi lo mata, y de puro milagro no perdió la pierna…

—Sé que el milagro lo hizo usted, doctor.

—No me interrumpa, se lo ruego. —Carraspea, se ajusta las gafas sobre la nariz—. José es un hombre valeroso y una buena persona, le tengo en gran estima. Ha sabido mantenerse fiel a sus ideas. Si me permite decirlo —añade con una leve sonrisa—, nunca pensé que su hijo llegaría a ser policía…

—Cómo ha cambiado el país, ¿verdad? —Sigue por ese camino y te pego dos hostias, doctor, piensa. Suspira abriendo las manos y las pone sobre los muslos, como si fuera a levantarse de la butaca—.

Mire, he venido por complacer a mi padre. Pero debo decirle que no valgo para ese trabajo. Sinceramente.

—¿De veras? —El doctor Duran comprueba que el puro arde correctamente acercando la brasa a sus gafas de miope—. ¿Y eso por qué?

Raúl contesta con sequedad:

—Al parecer tengo mala hostia.

—¿En serio? Pues le diré una cosa... Podría ser justamente lo que ando buscando. —Con un gesto ataja la réplica de Raúl—. Espere, déjeme al menos que intente convencerle. Ante todo, sepa que esa custodia no le ocupará mucho tiempo. En realidad se trata de un servicio que cubre solamente sábados y domingos. El resto de la semana la señora diputada lo pasa en Madrid, salvo alguna festividad y otros imponderables, naturalmente... Allí tiene protección oficial, pero aquí en Barcelona le fastidia enormemente llevar escolta, cree que no es necesario. La lleva porque yo la obligo. No me está bien decirlo, pero Virginia es una mujer muy inteligente en muchas cosas... salvo en cuestiones de seguridad personal. Se dará usted cuenta porque comete algunas imprudencias. —En un tono más convencional, repentinamente animoso—: Bueno, bueno, de modo que es usted policía. Me tiene intrigado, ¿sabe? ¿Por qué se metió usted...?

—Porque soy un hijo de puta —corta Raúl con su tosquedad cercana a la violencia—. Pregunte a mi padre.

El médico atisba inútilmente en sus ojos alguna señal de sensibilidad o de flaqueza. Luego dice:

—En todo caso, ahora mismo usted ya no es policía.

—Estoy en excedencia.

—Está siendo investigado por falta grave de indisciplina en un asunto de drogas. ¿Digo bien?

—Más o menos. Mire, doctor, no creo que lleguemos a ningún acuerdo. De modo que si me lo permite...

Duran se levanta a vaciar el cenicero en una papelera, al tiempo que le interrumpe:

—Disculpe mi curiosidad... ¿Qué opina usted de su padre?

—¿Por qué lo pregunta?

—Porque... ¿No cree usted que los hombres como su padre son dignos de admiración? —Vuelve a sentarse y le mira haciendo rodar el puro en la boca—. ¿No cree que supieron aceptar la transición política sin ánimo revanchista, y que eso tiene mérito? Perdieron la dignidad de la derrota, es cierto, pero ganaron la libertad del olvido... ¿No le parece?

—Lo que mi padre decidió olvidar no es lo que usted supone. No tiene nada que ver con eso.

—Mucha gente sostiene que fueron rematadamente cretinos los que apoyaron esa famosa transición... ¿Usted qué opina?

Raúl no oculta su desdén.

—No sé de qué me está hablando.

—¿Le gustaría conocer a uno de esos cretinos?

—No me muero de ganas, la verdad.

—Lo tiene usted delante. —El doctor Duran mira a su interlocutor sonriendo, como si acabara de contarle un chiste gracioso y esperara su carcajada. Él guarda silencio y mira descaradamente para otro lado. No se siente responsable de ese silencio ni de esa mirada a otro lado, ni de su ostensible indiferencia o desconsideración o desdén ni de nada que tenga que ver con el menor respeto por la antigua solidaridad o la ideología o como se llame lo que les unió y que compartieron un día su padre y este hombre. A la mierda con todo eso.

—Dígame una cosa, doctor —dice finalmente en tono desabrido—. Si quiere usted protección para su esposa, ¿por qué no contrata los servicios de una empresa privada?

Duran se queda unos segundos mirando la ceniza compacta de su cigarro.

—El anterior escolta pertenecía a una empresa de seguridad. Participó en un plante de su gremio y Virginia estuvo casi un mes sin protección... No quiero que vuelva a ocurrir. —Le lanza de soslayo una rápida mirada y deja el puro en el cenicero—. Y en fin, preferiría resolver esto de una forma discreta... ¿Bebe usted, señor Fuentes?

Raúl se levanta de la butaca con expresión de no aguantar más.

—A ratos.

—¿Poco o mucho?

—Lo suficiente.

Una pregunta más en este plan y le arreo la hostia. El doctor Duran también se levanta.

—No hemos hablado de la paga...

—Para qué.

—Seguro que le va a interesar. Piénselo, y llámeme mañana. Su padre se alegraría. —Se cuelga de su brazo y lo acompaña hasta la puerta del estudio—. Siendo usted policía, no hace falta recordarle que todo debe hacerse conforme a las normas.

Abre la puerta. Raúl estrecha su mano y se dispone a cruzar el umbral, pero se vuelve y le mira fijamente.

—Usted sabe que no estoy autorizado para ejercer de escolta.

—Justamente por eso me interesa. —Y en tono más bajo, casi en un susurro de complicidad, añade—: Sé que hará su trabajo de la forma más discreta y sin dar cuentas a nadie más que a mí.

Raúl parece dudar un momento. Duran lo advierte y añade:

—¿Le preocupa algo?

—No estoy seguro...

—¿Tiene usted algo contra los políticos, tal vez?

—Nada, salvo que me cago en todos ellos.

Los ojos del doctor Duran, apenas visibles tras los gruesos cristales de las gafas, parecen agitarse un instante como diminutos alacranes.

—Veamos —dice después de un breve silencio—. Tal vez quiera saber en qué partido milita la señora diputada. ¿O eso tampoco le importa?

—¿Debería importarme?

—Por supuesto. Si ella necesita protección será por algo.

—La ETA no hace distingos a la hora de matar.

—Cierto. Y usted... ¿es de algún partido, señor Fuentes?

Raúl esboza apenas un amago de sonrisa.

—Yo soy diabético.

Se miran fijamente a los ojos un breve instante. He aquí un hombre dispuesto a ganarse un hostión del carajo, piensa Raúl.

—Adiós, doctor.

—Hasta pronto. Espero sus noticias.

16

La mano grande y tosca de Valentín se mueve con delicadeza aplicando una crema en la cicatriz del muslo de Milena, echada sobre un costado en el diván, en albornoz, hojeando una revista y apurando un porro.

—Si te hago daño, me lo-lo dices.

—Ni te siento, mi niño.

Valentín está sentado a su lado con el pelo recién lavado, la toalla alrededor del cuello y el bote de crema en una mano. En el suelo, al alcance de Milena, el pequeño transistor emite música.

—¿Te sigo contando, no te aburre? —dice Valentín.

—Sigue, por favor.

—Pues entonces... Raúl salía con una chica que hacía faenas de limpieza en el cámping Solymar, cerca de aquí. Bueno, salió con ella muy poco tiempo, no estaba enamorado, ¿sabes?, enseguida se cansó y la dejó y la olvidó y etcétera. Después, un día, en casa, él y papá discutieron mucho, hablaban de mamá, de cuando se mar-marchó de casa con los globos...

Milena baja el volumen del transistor para oír mejor.

—Entonces —prosigue Valentín—, Raúl se fue a estudiar para ser poli, un día de pronto dijo que quería ser poli, y cuando volvió a casa, papá se había juntado con la chica que lo ayudaba en el picadero... Ella vino un día pidiendo trabajo, la pobre no tenía familia... Y resultó ser, ¿sabes quién? ¡La chica del cámping! ¡La mi-misma! Pero yo, mudo. A papá solamente le dije: papá, que no se nos olvide dar de comer al poni... Se llama Olga y es muy buena. Y Raúl tampoco dijo nada.

Milena levanta la vista, se da la vuelta sobre el sofá y le mira con cierta melancolía.

—Algunas tienen suerte.

—Así que tú tampoco digas nada, calladita y mutis y chitón y etcétera —concluye Valentín.

Milena sonríe y le peina los largos cabellos con los dedos en un gesto violento y cariñoso a la vez.

—No se lo vamos a decir a nadie.

En la plaza de España, el Renault enfila la Gran Vía saliendo de la ciudad dirección sur. Poco después se detiene ante un semáforo en rojo. A su izquierda se para un Porsche descapotado con la música al viento y cuyo conductor, un tipo más que maduro y de buen ver, pelo negro tintado con mechón en la frente y atuendo deportivo, gafas de sol en el bolsillo de la pechera y las mangas del jersey sobre los hombros, mientras espera que el disco se ponga verde, manosea sonriente y confiado la rodilla de la mujer que tiene a su lado. Ella le pone las uñas rojas en la nuca, él suelta la mano del volante y se besan en la boca. Ahora la otra mano explora bajo la falda. Un viejo carcamal presumiendo de tía buena en un Porsche de puta madre, piensa mientras tantea instintivamente la petaca en el bolsillo, pero recuerda que está vacía. La pareja sigue morreándose, el disco verde se ilumina, ambos coches arrancan y Raúl acelera bruscamente invadiendo el carril central y cortando el paso del descapotable con una maniobra conscientemente peligrosa. Oye la sarta de insultos a su espalda como quien oye llover.

Diez minutos después, sin levantar el pie del acelerador, circulando a más de ciento cincuenta y con el móvil pegado a la oreja:

—... sí, lo he pensado bien y no me interesa... Sí, señor, lo acabo de decidir y por eso le llamo... —Paciente, guarda silencio unos segundos y prosigue, cada vez más irritado—: No, doctor, no es por eso... ¡No señor, se equivoca, no todo lo que hago es por contrariar a mi padre, eso ya pasó...! ¡Oiga, ¿cómo quiere que se lo diga?! ¡No valgo para ese trabajo, joder, no cuente conmigo...! ¡Mire, sé lo que le pasa a usted y me tiene sin cuidado, ¿se entera?! —Otra pausa, escuchando, y después, furioso y perdiendo ya el control—: ¡Muy bien, gilipollas, se lo diré más claro! ¡Usted quiere un escolta para saber si la señora le pone cuernos! ¿O cree que no me he dado cuenta...?! ¡Cállese y escuche! ¡Ya puede buscarse a otro, porque yo no ando en esa mierda! ¡¿Me explico?! ¡¿Quiere que se lo repita?! ¡Búsquese a otro papamoscas para este trabajo!

Apaga el teléfono móvil, lo tira al asiento del copiloto y la mano se le va nuevamente a la petaca vacía.

Con el gorro de cocinero en la cabeza, silbando alegremente, Valentín pedalea en su bicicleta zigzagueando en medio de la autovía. De pronto ante sus ojos el asfalto se pone azul festoneado de espumas. Deja de silbar y con la cara compungida, los ojos clavados en la rueda delantera, escucha el rumor del mar. Delante del manillar, el cesto va repleto de bolsas con comestibles, y un poco más allá, el asfalto se desliza bajo la rueda como un agua turbia insondable, abismo marino sin fondo. El cuerpo de Desirée flota inmóvil entre dos aguas, la mejilla pegada al hombro, los ojos cerrados y los labios lívidos entreabiertos, la falda y la cabellera ondulando hacia arriba con la misma suave cadencia que las algas. La ahogada parece meditar cruzada de brazos, y en ocasiones Valentín la ve girar lentamente sobre sí misma, rígida y suspendida y envuelta en su propio sueño de ahogada, sin corriente que la lleve, sin saber qué camino tomar.

No quiero verla así, no quiero. Mejor pensar en mis gusanitos de seda.

Se arrima al arcén y abandona la autovía pedaleando rápido, enfilando el desvío hacia la zona de aparcamiento. Deja la bicicleta a la sombra del chamizo y entra en el club cargado con las bolsas de la compra.

En el bar se para un momento al borde de las losetas que forman la pista de baile ovalada, ahora intensamente azules y donde aún flota boca arriba el rostro de Desirée, como aquella noche que bailaba y se desmayó, y él acudió a levantarla. A veces, al cruzar el bar, yendo o viniendo de la compra o del guardarropía, esa agua le parece verde y traslúcida, y otras veces adquiere un color rojizo y turbio. En cualquier caso, lo frena de golpe y lo entristece. Levanta la vista y ve a Simón rellenando la nevera y a la señora Lola revisando la botellería en la barra con su bloc y su boli. Y al otro lado de la pista se para de nuevo, aparentemente para acomodarse mejor la bolsa con verduras que resbala de su hombro, en realidad para decirle a la doña que la ha visto otra vez, y que tenía los ojos abiertos y las pupilas como de hielo verde.

—Etcétera. Yo no hago por verla, no hago nada, pero la veo...

—Qué manía, Valen —dice la señora Lola—. Vas a hacer que me enfade de verdad. ¿Por qué no dejas de pensar en esa chica? No le pasó nada, está trabajando en Mallorca y sabemos que le va muy bien, de rechupete.

Valentín reanuda la marcha resignado.

–En el fondo sí, claro –dice–. En el fondo del mar todo debe ser de re-rechupete…

–Te mostraré una postal que recibió Nancy para que te convenzas de que está viva y feliz y ganando mucho dinerito –dice ella–. Anda, ven, te ayudo a llevar eso a la cocina.

Sentado en los escalones del porche, José se dispone a lustrar dos pares de botas de montar. El rumor del mar en la rompiente le llega como una respiración sosegada. En la mesita junto a la hamaca hay una botella de vino descorchada. Oye el motor del Renault aparcando en la trasera del chalet, seguramente frente a la puerta de la cocina, piensa, al lado de la camioneta azul. De modo que entrará en casa por la cocina, se dice, y se incorpora y decide salirle al paso en el salón.

Pero Raúl viene por el exterior, rodeando el chalet y de cara al mar, y, cuando alcanza la arena y avanza más lento y aplomado hasta el porche y ve a su padre de pie en los escalones con el cepillo y el betún en la mano, comprende que el doctor ya llamó.

–¡¿Quieres explicarme qué te has propuesto?! –lo increpa José.

–Ocuparme de Valentín, ya que a nadie parece importarle.

Sube los escalones, agarra de un manotazo la botella de vino y se tumba en la hamaca. Su padre permanece de pie, mirándole furioso.

–¡Acabo de hablar con Duran!

–Te dije que no me iba a interesar.

–¿Y por eso tenías que ofenderle, insultando a su mujer? ¡Maldita sea, ¿qué demonios te pasa, es que has perdido el juicio?!

–Está bien, le pediré disculpas.

—¿Cómo te has atrevido a decirle eso a Duran, cómo cojones has podido cometer semejante bestialidad? ¿Y para qué, qué te proponías con eso…? —José vacila, rojo de ira, parece no encontrar las palabras—. ¿Qué hostias pasa contigo? ¡Es como para pensar que tu cabeza rige peor que la de tu hermano! —Clava los ojos en él con una fijación obsesiva, desconcertado—. ¿Sabes lo que eres, hijo? ¡Un auténtico cafre, un matón de comisaría! ¡Nunca serás otra cosa!

Raúl bebe de la botella. Su padre lo apunta con el dedo y añade:

—¡¿Y quieres saber algo más…?!

—Ese médico —le ataja Raúl— es el que te salvó la pierna, ¿verdad? Y algo más que la pierna, supongo. ¿Me equivoco? En los jodidos años de la clandestinidad, ya sabes… Entonces no era nadie. Ahora es un tipo importante, un demócrata a la carta, ¿no es cierto? —Bebe un trago corto y apresurado de la botella—. ¿Le debes algún otro favor? Tú siempre debes favores a esa gentuza…

—¿Y eso a qué viene?

—¡Jodida gentuza! —masculla Raúl—. Puterío de lujo, conozco el paño. Quieren su ración diaria de protección y seguridad, están cagados de miedo… Pero se ríen a nuestras espaldas. ¡Siempre lo han hecho! Tú no te das cuenta, padre, llevas demasiados años tragando… —Se le anticipa—: ¡Espera, déjame terminar! ¡Ese buen doctor que te recompuso la pierna no es más que un mamonazo, un meapilas con unos cuernos de aquí al infinito! ¡Te lo digo yo!

Mirándole estupefacto, José balbucea antes de acertar con las palabra:

—¿De qué diablos estás hablando…? —Opta por retomar el hilo de un pensamiento anterior y de nuevo apunta con el dedo—. Escucha. ¿Quieres saber por qué se está jodiendo este país, quieres saberlo…?

—¡No empecemos con eso, padre, hazme el favor! Estoy hasta el gorro de oír la misma cantinela. —Y en voz baja, como para sí mismo—: Me vas a enseñar tú dónde está la mierda.

Mira el resto en la botella y bebe. José renuncia a seguir discutiendo. Le vuelve la espalda y empieza a recoger las botas y lo demás en los escalones del porche.

—¿Por qué has vuelto, hijo? ¿Para qué, quieres decírmelo?

Raúl se incorpora en la hamaca y trata de posar los pies en el suelo, cabizbajo. Se queda sentado mirando la botella.

—No temas, no voy a dejarte sin clientela.

—Eso no importa. Además, Duran no le contará a su mujer lo que opinas de ella...

—¡Por supuesto que no! —entona Raúl con ironía—. Conforme y vale, que dice Valentín. —Apura la botella, la arroja violentamente a la playa, lejos, mira a su padre con una vaga conmiseración y añade—: ¿Quieres que me vaya?

José termina de recoger sus cosas y no dice nada. Ha oscurecido. De pronto, los faroles que cuelgan del porche se encienden iluminando la escena.

En el salón, Olga aún tiene la mano en el interruptor de la luz que acaba de encender. Está mirando a los dos hombres al otro lado del ventanal. Con la otra mano sujeta contra el pecho un mantel de color rojo, sin desplegar. Inmóvil, mira a padre e hijo en el porche con cierto desasosiego, expectante, mientras, desde el otro lado del cristal, la voz de Raúl, ya sin acritud, llega a sus oídos:

—Me iré cuando a Valentín se le pase este desvarío. No dejaré que lo putee nadie. Y lo traeré a casa. Estoy aquí para eso y para nada más... Mientras tanto, si quieres, puedo dormir en el picadero. No sería la primera vez.

132

La primera vez, piensa Olga. Cierra los ojos un instante, ensimismada. Luego se vuelve hacia la mesa con el mantel en las manos y, sujetándolo por dos puntas, con gesto enérgico y preciso lo despliega lanzándolo sobre la mesa. Una nube roja cubre fugazmente el ventanal.

17

Mecido por la música bailable que le llega desde abajo, Valentín avanza por el pasillo de la primera planta del club bajo la luz cenital, aplomada y turbia, con una disposición galante, como si estuviera pisando un terreno nupcial. Lleva el gorro de cocinero y la bandeja en alto. Dos cubalibres, un paquete de cigarrillos y una bolsita de almendras saladas. Se para ante una puerta, llama con los nudillos, la puerta se abre, dos manos femeninas cogen los vasos, la cajetilla y la bolsa. La puerta se cierra, Valentín se retira y vuelve a desandar el pasillo hasta la escalera de caracol y empieza a bajar.

Mucha animación en la barra y en la pista ovalada. Música a tope. Bárbara baila con un cliente. En el extremo de la barra, sentado en un taburete, un cliente flacucho y con los ojos muy juntos pegados a una gran narizota escucha las zalamerías de Jennifer mientras le soba las nalgas.

—Tienes una cara interesante —opina ella—. De verdad...

—No me digas —sonríe el cliente, y su aspecto no mejora.

—¡Sí, en serio...! Hay algo en tu mirada, algo, no sé... una sensibilidad.

Lola le sirve una bebida a un cuarentón de pelo blanco y crespo, gafas oscuras en la frente, muy sonrientes los dos. Y unos metros más allá, Alina charla con un cliente rubio y bien vestido.

—¿Ah, sí? ¿Y en qué trabajas, guapo?

—Soy analista de sistemas.

—¡Anda! ¿Y eso qué es? —dice Alina—. ¡Parece muy excitante!

A su lado, dos hombres jóvenes apoyan la espalda en la barra y uno de ellos pasea la mirada alrededor.

—Ahora mismo estará ocupada —dice—. Cobra un poquito menos que las demás porque tiene una cicatriz en el muslo. Pero no veas cómo está la chavala, tío. Si te olvidas de la cicatriz, su cuerpo es algo serio.

—¡Puaj! Te la regalo.

Valentín saca del horno una pizza, la coloca en un plato y éste en la bandeja, junto con la esponjosa tortilla de patatas y cebolla que ya tenía preparada. Lo hace canturreando en voz baja, siguiendo el ritmo con el cuerpo, quemándose un poco los dedos con la pizza. La vieja que hace faenas, y que ahora está fregando cacharros, le dirige una mirada entre desdeñosa y compasiva. Moviéndose rápido, Valentín coge su bandeja, sale de la cocina, cruza el pequeño recibidor y entra en el bar.

Detrás de la barra, Lola prepara bebidas ayudada por Rebeca, que no para de toser. El cliente cuarentón de pelo blanco y gafas oscuras en lo alto de la frente se despide de Lola con un gesto teatral de amistad y gratitud: la mano en el corazón, o más bien en la cartera, suele pensar maliciosamente Valentín, pues a este señor nunca le ha visto pagar.

Situándose detrás de la barra, empieza a trocear la pizza con un cuchillo, y lo mismo hace con la tortilla, mientras a su lado la señora Lola cuenta unos euros y con ellos en la mano busca el bolsillo de Valentín.

—Ahí tienes, esto es lo tuyo.

—¡Que me hace cosquillas...!

—Tu paga. —Mete el dinero en su bolsillo—. Y no te lo gastes en las máquinas esas del videojuego. Dáselo a tu padre.

Rebeca extrae una píldora de un pequeño frasco, la engulle con un sorbo de agua y luego intenta leer las instrucciones del prospecto, tosiendo:

—No entiendo esta letra tan pequeña...

Después de mirar los euros que acaban de darle, Valentín se los guarda y le quita a Rebeca el folleto de las manos.

—¡Trae acá! Mira lo que te va a pasar, Rebe. —Lee el folleto—: Sequedad de boca, diarrea, fatiga mus-muscular, náuseas, pérdida del cabello, bloqueo cardíaco, espas-espasmos, inflamación de los tobillos...

Rebeca corta bruscamente la perorata y le arrebata el prospecto de las manos.

—¡Anda ya, niño! ¡Me quieres asustar!

Nancy baja apresuradamente por la escalera de caracol y llega a la barra muy alterada.

—¡A Milena le pasa algo, está gritando en su cuarto...!

—¿Tú ves? —exclama Rebeca—. ¡Le dije no subas con ese hombre...!

Valentín ya ha salido de la barra y corre hacia la escalera, mientras Lola escruta el local buscando a Simón.

—¿Dónde está mi hermano? Que venga enseguida...

El hombre termina de meter a manotazos los faldones de la camisa en el pantalón, se abrocha la bragueta e intenta recuperar violentamente la americana en manos de Milena. Un tipo de aspecto rudo, cara de palo, muñequera de cuero y grandes sortijones en los dedos. Forcejea con Milena, golpea su cara con el revés de la mano y ella cae sobre la cama gimiendo.

—¡Aparta! ¡Ni un céntimo me vas a sacar! —grita mientras sacude y alisa la americana—. ¡Si eres un muermo, joder, si no te sabes mover! ¡Pero bueno, ¿qué os habéis creído en este tugurio de mierda, que me chupo el dedo?!

Milena intenta escapar, pero el hombre la retiene y le suelta otro revés.

—¡No sé cómo he podido follar contigo! ¡Y ese pestucio a hierbajos! ¡No tienes derecho a reclamar nada! ¡Si te estabas durmiendo, tía! Y otra cosa, ¿crees que a mí me van las putas con semejante asquerosidad en la piel? ¡¿Eh?! ¡¿Crees que eso me pone cachondo, eh?!

—Yo le avisé, pues, señor… y usted dijo que no le importaba —consigue farfullar Milena, sentada en la cama con la cabeza oculta sobre las rodillas alzadas y doliéndose, con sangre en un pómulo—. Dijo que no le importaba…

—Mientes, cabrona. Yo no dije eso.

—¡Págueme la mitad por lo menos, por favor…!

—¡Pero bueno, si es que estás tarada, tía, si es que esto es una estafa de tres pares de cojones…! —Se pone la americana, coge la copa de cava de la mesita de noche, la apura de un trago y añade—: ¿Y sabes una cosa? Tienes las tetas demasiado pequeñas. Muy demasiado pequeñas, tía.

La puerta se ha abierto de golpe y aparece Valentín, que le corta el paso y con leves empujoncitos en el pecho le obliga a retroceder.

—Espere un momento, señor.

—¿Y tú quién eres…? ¡Eh, eh, muchacho, qué haces…!

—¿Muy demasiado pequeñas las tetas, eso ha dicho...? —susurra Valentín.

Lo agarra por las solapas y lo arrincona contra la pared, mientras Milena se escabulle hacia el baño, tapándose un ojo con las manos y llorando:

—¡Ahora me dice que dizque lo engañé...! ¡Y no me quiere pagar!

—¡Suelta, bobo! —protesta el cliente—. ¡Déjame que te explique...!

—¿Qué le pasa, señor? —pregunta Valentín sin alterarse—. ¿Ella no le gusta...? ¿Al señor cliente no le gu-gustan las chicas de tetas pequeñas...?

Sin poder librarse, el hombre le mira repentinamente asustado: cree estar a merced de un loco.

—¡Sí, eso es...! ¡Las tetas pequeñas me... me dan grima!

—Le gustan tetudas.

El cliente intenta sonreír.

—¡Mucho! ¡No lo puedo remediar! ¡Es como... como una manía!

—Mummmm. Ya no se ven golondrinas por aquí... Pero el señor cliente siempre ti-tiene razón. Eso dicen, ¿verdad? ¡¿Verdad?!

Le oprime la garganta con el antebrazo, manteniéndole contra la pared. Vuelve la cabeza y alza la voz al preguntar a Milena:

—¡¿El señor estuvo conforme con el servicio de bar, la tarifa y etcétera?!

—Sí, le pareció bien —gime Milena desde el lavabo—. Y yo le avisé de lo mío...

—Así que no le gustan sus teticas —dice Valentín encarándose de nuevo con el hombre—. ¿Y qué pasa con la estrellita...? ¿Tampoco le gusta?

—¡Suéltame, deja que te cuente...!

—¡Pero lo demás sí que le gusta, ¿verdad?!

—Sí, sí, no está mal…

—Mummmm. Entonces, ¿cómo hacemos? ¿Lo pago yo el servicio, señor? Quiero decir, ¿el gesto lo hago yo por usted?

Mientras habla le da la vuelta completa sin miramientos, le quita el billetero del bolsillo, saca unos billetes y los echa sobre la cama, vuelve a poner el billetero en su bolsillo y finalmente se deshace del cliente empujándolo hacia la puerta.

—El señor va servido.

Milena sale del baño con una toalla mojada que se aplica al pómulo. El cliente se escabulle del cuarto a trompicones y Valentín le apunta con el dedo diciendo:

—No me gusta su jeta. No me gusta nada, ¿sabe? Váyase, ande, váyase…

Se asoma al pasillo y sigue apuntándole con el dedo mientras el cliente se aleja.

—¿Quiere que le diga una cosa, usted? —añade—. Tiene cara de supositorio cadu-caducado. Y la cartera también la tiene caducada…

El cliente está llegando a la escalera para bajar cuando en lo alto de la misma aparece el viejo Simón con su arrugada cara inexpresiva.

—Mira, Simón, este señor ya se va —dice Valentín—. Tiene bastante prisa.

Simón sujeta al cliente por el sobaco y lo apremia a bajar con él la escalera, murmurando:

—Que no saben beber, carajo. ¿Ella está bien?

—Bueno… no podemos decir que esté peor —responde Valentín con tristeza—. Todos sabemos cómo está, Simón.

Cabecea pensativo y entra de nuevo en la habitación, dirigiéndose al baño a grandes zancadas. Milena permanece sentada al borde de la cama, doliéndose de un lado de la cara. Valentín sale del baño con gasas y tiritas y una solución antiséptica, se agacha ante la muchacha y le quita la toalla del pómulo con mucha delicadeza.

—Déjame ver... ¿Te duele mucho? No tengas miedo, ya estoy a tu la-lado.

Le aplica toques de yodo en el corte del pómulo y ella acusa el escozor.

—Mil gracias, mi cielo... ¡Ay...!

—Es la segunda vez que te pasa en quince días, Milena.

—Tú sabes que no los engaño, Valen, siempre aviso. Y hasta se lo enseño... Pero no te inquietes, mi niño. No pasa nada.

Con la mano le alborota el pelo cariñosamente mientras él le aplica una tirita.

—Ya está. ¿Quieres un café? ¿Un vaso de leche caliente con cocoñac...?

—Quiero dormir un poquito... Y tú vete para la casa, mi amor. Dile a la señora Lola que no me siento bien, ¿sí?

Mientras habla recoge los euros esparcidos sobre la cama, los cuenta y los va metiendo entre las hojas de una sobada libreta que saca del cajón de la mesilla, y en la que anota algo con un lápiz. De debajo del colchón saca una bolsa de cuero, guarda en ella algunos billetes enrollados y vuelve a esconderla en el mismo sitio. El resto del dinero lo mete en el cajón de la mesilla de noche junto con la libreta. Lo hace todo muy rápido, con movimientos precisos y casi con los ojos cerrados, como si lo hubiese hecho mil veces en presencia de Valentín y con su aprobación y ayuda.

—¿De verdad no quieres nada? —dice Valentín—. Hoy apenas has comido... ¿Te preparo un bocata de beicon bien crujientito, como a ti te gusta?

—No tengo hambre.

—¿Te gustaría un beso labiodental?

—¿Un qué?

—Beso labiodental, como los que daba Desirée.

—¿Pero de qué tú hablas, mi bizcochito? Vete, por favor... Tu hermano se va a poner furioso.

—Mi hermano que se joda.

La besa con sumo cuidado, se va hacia la puerta y abre. Se vuelve en el umbral y, sonriendo, antes de salir, repite con algún esfuerzo:

—¡Que se j-j-j-joda!

Al quedarse a solas, Milena saca una papelina y un canutillo del cajón de la mesilla, reparte con el filo de una carta de la baraja y esnifa rápidamente sobre la mesilla. Luego apaga la luz, se recuesta de lado y ovillada sobre la cama deshecha y cierra los ojos.

Más tarde, desde la fotografía enmarcada en la mesilla de noche, la niña que sonríe tímidamente con miedo y miseria en los ojos se empeña una vez más, desde su cotidiano desvalimiento y lejanía irremediables, en mirarla bajando la vista, como si también ella la supiera caída y replegándose temerosa al borde de la cama, incapaz de conciliar el sueño. Llega desde abajo, muy tenue, la música del bar. Un ruido vago y un cambio de intensidad en la penumbra de la habitación, como si acabara de abrirse la puerta suavemente, hace que Milena vuelva la cabeza y se incorpore un poco, primero para mirar a su hija y luego el entorno, pues ha creído ver la silueta de alguien parado en el umbral.

—¿Eres tú...?

La sombra, o lo que sea, parece moverse un poco. Milena, como si cayera en la cuenta, y ahora un tanto asustada, añade:

—Si viene por su hermano, señor, hace rato que se fue...

Nadie contesta. Muy despacio, mirando a su niña, temiendo por ella, se recuesta de nuevo.

18

Algunos días, a las siete y media de la mañana José ya está en el picadero preparando las monturas, regando la pista o herrando un caballo con la ayuda de Ahmed. Hacia las nueve llega Olga en su bicicleta con la cesta de la comida y un termo de café, y desayunan en una mesita debajo del algarrobo.

—Anoche fue a buscarlo —dice Olga—, pero volvió a casa sin él.

—No oí nada. —José observa a Ahmed, que está durmiéndose de pie mientras mordisquea un pedazo de pan sin dejar de cepillar al poni frente a las cuadras.

—¡Despierta, Ahmed, que te va a morder!

Ahmed abre los ojos risueños, y le da al cepillo frenéticamente.

—Buen chico —sonríe José.

—Tú ya te habías dormido —prosigue Olga, sirviéndose más café—. Me lo ha contado Raúl esta mañana. Dice que lo sacó de la barra a la fuerza, lo llevó al coche y le estuvo hablando durante una hora, parados delante de ese club… Y que no hubo manera. Esta chica es mi novia y no hay más que hablar, le dijo. Se puso furioso y acabó soltando esos disparates, ya sabes, quién se está ahogando, me quiero morir en Palestina y cosas así… Vamos, que empezó a desbarrar. Raúl le dijo que se hacía el loco para escaquearse del asunto, y él lo mandó a la mierda. A punto estuvieron de pegarse.

José emplea toda su atención en untar meticulosamente una tostada.

—Me gustaría verlo.

—No deberías tomarlo a broma.

—¿Dónde está ahora Raúl?

—Lo vi paseando por la playa como alma en pena.

—Esperemos que reflexione.

—Al parecer Valentín le dijo que tenía que quedarse allí toda la noche, vigilando. ¡Vigilando! Ya me dirás tú qué es lo que ha de vigilar el pobre.

—Yo creo que el chico sabe muy bien lo que hace —dice José con talante reflexivo—. No me preocupa, si está a gusto y le dejan... Raúl es el que me preocupa.

—Pues no sé —medita Olga—. Sea lo que sea lo que piensa hacer, se lo está pensando mucho. Tú siempre le has visto como un salvaje, una persona sin entrañas...

—Mujer, no exageres.

—Y sigue igual, está acostumbrado a resolver las cosas a lo bruto. Pero en este asunto no parece muy decidido a cortar por lo sano, se diría que no sabe qué hacer.

—Quiere proteger a su hermano, lo ha hecho siempre. Aunque pienso que es él —refunfuña José, como si el asunto le fatigara ya mucho— el que debería protegerse de sí mismo.

Guardan silencio un rato. Olga mira el agua jabonosa resbalando sobre el lomo lustroso del poni y el brazo moreno y lampiño de Ahmed manejando el cepillo cansinamente. No se está riendo de nosotros, piensa, es que Ahmed es así de pachorra. José bebe un poco

143

más de café y se levanta, arrastrando con cierta dificultad la pierna izquierda. Olga empieza a recoger la mesa y dice:

—¿Te atreverías a preguntarle a tu hijo Raúl una cosa?

José se vuelve y la mira.

—¿Preguntarle qué?

Olga rehúye sus ojos.

—Si alguna vez ha torturado a un detenido.

José desplaza un poco más la pierna mala, ahora con energía.

—¿Torturado…? ¿A qué viene eso?

—Sí, torturado.

—No creo que su trabajo sea ése. —No lo es hasta que te ordenan hacerlo, hoy como ayer, piensa mientras le vuelve la espalda a Olga, y, cojeando, se encamina hacia Ahmed—. ¡Por san Judas, muchacho! ¡¿Tienes la muñeca rota?!

De madrugada, una vez cerrado el local, con las luces apagadas y sin el más remoto eco musical escapando por alguna rendija, la fachada del Lolita's Club recupera el semblante anodino y modesto del hostal de carretera que fue un día. La luna le devuelve su color ceniza apagado y excluyente. En la trasera del edificio, un gato de piel atigrada se encarama a la descalabrada escalera de incendios. La ventana del cuarto de Milena es la única que está iluminada.

Las noches que Valentín requiere el consentimiento de Milena para quedarse a dormir en su cuarto, lo que le mueve no es solamente el deseo de velar por ella y custodiarla, eso que a Olga se le antoja un ridículo pretexto y un peligroso disparate, sino sobre todo un sentimiento que sólo acierta a manifestarse mediante una reiterada e inconsciente parodia, una escenificación ingenua de atenciones soñadas y dulces cuidados, de miradas y palabras y posturas y roces que el discapacitado vive intensa y apasionadamente como un ritual nocturno de nupcias, y que la novia prostituta consiente y asume como un sucedáneo ocasional de compañía lo mismo que algunos programas de la tele, las cintas de vídeo alquiladas, las cartas que le dicta a Nancy o el tablero del parchís. Al igual que sus compañeras, libra un día a la semana, y la noche de ese día es la que él suele escoger para quedarse.

—¿Jugamos o ponemos una pe-peli? —pregunta Valentín.

—Deberías irte a casa, mi amor.

—¿No quieres que me quede?

—Quiero y no quiero.

—¡Bien!

—No grites. Simón cambió de cuarto, duerme justo encima de nosotros.

—Simón es mi amigo.

Valentín ha vaciado el cenicero en el váter y ahora vuelve, lo deja en el velador y se sienta repantigado junto a ella en el diván. En la mesita del velador, dos platos de cartón con restos de comida, una manzana, vasos y una botella de Coca-Cola. Milena fuma mirando en el televisor mudo imágenes de lluvia en blanco y negro en un film japonés. Se ajusta la bata sobre el pecho y parpadea remedando una somnolencia que está lejos de alcanzar. Cubre su rostro una máscara lívida de crema hidratante, tiene el labio superior un poco hinchado y una tirita en el pómulo. Después de un silencio añade:

—Vino tu hermano…

—¿Cómo lo sabes?

—Anda por aquí, mientras yo duermo… La otra noche también entró.

—¡No!

—Te digo que sí. Estuvo mirándome, pero no dijo nada.

—No puede ser —dice Valentín—, ha estado conmigo todo el rato, abajo, en la barra. No se ha movido de mi lado, regañándome y mamando... ¡Quería llevarme a casa a la fuerza!

—¿Os habéis peleado?

—Mummmm.

—¿Sí o no, Valen?

—Tengo más fuerza que él...

—No te pregunto eso. ¿Habéis peleado?

—Mummmm. Casi casi.

La máscara de Milena se escuda en el humo de hierbas.

—Eso está muy mal —y piensa en voz alta—: ¿Por qué no te has ido con él?

—¡Ni hablar! ¡Nadie ni nada me separará nunca de ti! ¡Nunca!

—Tengo miedo...

—¿De qué? ¿No sabes que yo vigilo? Raúl no ha estado aquí. De verdad. Seguro. —Y, sujetando la lengua a punto de tartajear, silabea el resto—: ¡Lo has so-ña-do, es-tre-lli-ta, lo has so-ña-do!

Se levanta de un salto. En el calendario colgado en la pared, junto al armario, su mano nervuda y rápida marca con lápiz una X en la casilla del viernes. Los viernes anteriores también están marcados.

—¿Lo ves? —dice—. Hoy libras, así que esta noche me puedo quedar... Te contaré lo que me pasó con Ju-Julieta. Por favor.

—Pero sólo un ratico. Ven aquí, toma, sostén el espejo.

—¡Conforme y vale!

Se sienta nuevamente a su lado, sostiene el espejito de mano frente a la cara de ella y empieza a hablar de Julieta. En las pausas, el bum-bum del ritmo discotequero que llega desde abajo, monótono y casi sin melodía, se une a los latidos de su corazón. Milena, mirándose severamente en el espejito, cuya posición corrige de vez en cuando, se limpia la crema del rostro con kleenex. Lentamente, Valentín recuesta la cabeza en su regazo manteniendo el espejito en alto y sin dejar de hablar:

—... antes de irse a casa, mi padre me dijo no te olvides de ponerle paja limpia... Así que en ese momento ya iba a entrar en el establo justamente para eso, y Julieta movió el belfo y me dijo no entres. Era una yegua muy lista y muy cariñosa, pero sólo hablaba conmigo, con nadie más. Siempre que le frotaba la barriga con el cepillo decía conforme y vale, me gusta mucho. Aquel día me dijo no entres ahora, Valentín, ¡no entres! No le hice caso y entré, tapándome un ojo... Así, mira. —Se tapa un ojo con la mano libre, mientras en el espejito que sostiene con la otra aparece el rostro de una muchacha de rasgos vagamente indios, muy joven, y unos ojos negros que se interrogan a sí mismos—. Y los vi a los dos juntos —añade Valentín—, allí, sobre la paja que yo tenía que sacar del establo... Y no pu-pude sacarla porque no se movieron, estaban tan abrazados que parecían una sola persona. ¡Me quedé de pasta de boniato! Y además ella no quiso mirarme, escondió la cara y se bajó la falda y el jersey, y etcétera. Él sí me miró, sus ojos eran como los de una serpiente... Me hizo seña de que me fuera enseguida, lárgate, y yo le dije conforme, hermano, pero la paja la cambias tú, ¿vale? Eso le dije.

—¿Y él, qué hizo?

—Pues qué iba a hacer. ¡Cambió la paja!

—Cambió la paja.

—Quitó la paja sucia y puso la limpia. Eso fue lo que hizo.

Rinde la mano con el espejo, coge la manzana del velador, cierra los ojos, apoya la cabeza sobre los cálidos muslos y le ofrece la manzana a Milena, que da por terminada la limpieza del cutis.

—No comiences con tus truquitos —murmura ella sonriendo, y se inclina sobre él y le abraza la cabeza con un gesto de protección, meciéndola, enredando en sus cabellos las uñas verdes y dejando caer sobre sus párpados cierta tristeza en la voz–. No me hagas eso, ojitos, no me hagas eso…

Estas manos que tocan mis pechos estando quietas. Estos ojitos que acarician mi cuerpo estando cerrados, esta boca que besa como la de un niño y habla bonito siendo tartaja. Seguramente no es nada parecido a eso lo que su hermano imagina que hacemos aquí los dos solos, se dice recostándose en el diván, por supuesto un policía imagina algo más sucio… Si pudiera vernos se echaría a reír con su boca grande y burlona de gruesos labios, piensa, y se demora un instante en ese pensamiento, en esa boca idéntica a ésta e igual de hermosa pero con un pliegue levemente amargo en las comisuras…

Con estos mismos labios musculosos, o tal vez con los otros, ahora Valentín cosquillea sus pezones, y ella simplemente le deja hacer mirando el techo. Son estos labios tensos y duros, que conoce bien, y también podrían ser los labios del otro. Y siente que por fin la vence el sueño, y su mano suelta el corazón de la manzana cuando siente el cuerpo deslizarse suavemente sobre el suyo. Él la mira a los ojos desde muy cerca, y, deprisa, impelido más por una idea que por el deseo, mediante jadeos de placer y movimientos simulados bastante torpemente, finge hacer el amor igual que lo haría, imagina, su propio hermano o un cliente afable y respetuoso. El simulacro es algo más que una parodia o una broma, es un juego, pero también un secreto anhelo. Se ayuda con besitos, palabras mimosas y susurros, que sólo se libran del tartajeo si los entona, y enseguida se esfuerza en simular el orgasmo poniendo súbitamente cara de pasmo feliz, buscando en los ojos de ella su aprobación. Y en este punto, Milena suspende por un momento la entrada en el sueño y le sonríe, separa los muslos y hace como que le recibe con leves suspiros de placer.

–¿Te ha gustado… o algo así? –ronronea Valentín.

Milena asiente y él añade:

—Olga me dijo una vez que soy muy afortunado por tener toda la sangre en el cerebro... ¿Qué quería decir?

—Que eres muy inteligente y muy bueno.

—Prométeme que siempre serás mi chica. ¡Pa-pase lo que pase! ¡Siempre!

—Te lo prometo.

—Y no te rías.

—No me río, mi bizcochito. Me estoy durmiendo...

La explosión silenciosa levanta el automóvil y lo voltea suspendido en el aire, junto a la ría bilbaína, y al caer al suelo ya es un amasijo de chatarra envuelto en llamas. La imagen muda y ralentizada se desvanece al incorporarse Raúl bruscamente en su cama, sudoroso y aturdido. Fuera ya del sueño, entra en la resaca y en ella aún percibe el tufo de los neumáticos ardiendo y el acre olor de la gasolina.

Permanece sentado unos segundos escuchando el rumor del oleaje, luego se levanta, camina descalzo hasta la ventana abierta, apoya las manos en la tapa corredera del secreter y se queda mirando el mar de un azul sombrío. No hace falta que vayas a comprobarlo, no ha dormido en su cama, se dice. Observa el vuelo rasante de una gaviota sobre las olas, la retiene en sus pupilas, pero ya no la ve. Mira la línea neblinosa del horizonte y el cielo blanquecino, pero no ve nada. Es el cielo el que le mira, la gaviota girando le mira, hasta las olas viniendo con su espuma encrespada le miran.

19

Valentín introduce una pizza en el horno y luego lleva otro plato de rosquillas a la mesa donde Yasmina y Rebeca, sin maquillaje y en bata, se sirven té de la tetera. Yasmina se mira una pupa en los labios con el espejito de mano. Valentín retira de la mesa tazas y platos y restos del tardío desayuno de las demás, que ya abandonaron la cocina. Bárbara desaparece por la puerta del fondo mordisqueando una rosquilla, y Jennifer, en un ángulo de la mesa, está troceando judías verdes en un cuenco mientras fuma. Valentín repite en voz baja para no olvidarse:

—… champiñones y gambas, y la pasta muy fina…

—Salsa de tomate es lo que me falta, cariño —dice Jennifer.

—¿Vas a ir al supermercado, Valen? —dice Yasmina.

—Luego.

Jennifer da una calada al canuto y se lo pasa a Rebeca, que dice:

—Valen, cariño, ¿te acordarás de traerme una crema para las manos?

—Y pregunta si tienen bálsamo labial —añade Yasmina.

—¡Qué van a tener! —dice Rebeca—. ¡Eso es una droga, Yasmi!

—¡No señora! Es para labios muy resecos... A ti cualquier cosa te da el colocón, Rebeca. Tú pregunta, chico.

—Yo pregunto —dice Valentín.

Poco después pedalea animoso en su bicicleta por la autovía. Lleva en la cabeza su gorro blanco de cocinero y en la espalda la pequeña mochila. Saluda a los automovilistas que pasan por su lado, y a ratos, silbando alegremente, circula zigzagueando, como si bailara.

El centro comercial CRYSS, en el área urbanizada al lado de la autovía, está en una zona de mil quinientos metros cuadrados que para Valentín tiene apenas metro y medio, el espacio justo que ocupan él, sentado, y una consola de videojuego en cuya pantalla se persiguen veloces automóviles. Pero lo primero siempre es la compra, de lo contrario se le van los encargos de la memoria. Recorre los expositores del súper empujando el carrito que va llenando de vituallas, quesos, galletas, leche, mermeladas, yogures... Se fija detenidamente en la fecha de caducidad de los envases. Un yogur llama su atención, se gira rápido buscando a alguien y exclama:

—¡Oiga, está ca-caducado...!

Pero no hay nadie cerca. Al pasar por caja denuncia el peligro mortal. Allí hay un yogur caducado, señorita, lleva dos meses caducado. Caray, Valen, no se te escapa ni uno, dice la joven cobradora. Es que alguien se podría envenenar. Claro, mandaré aviso de que lo retiren, vete tranquilo.

Después va a la farmacia y allí repasa mentalmente su lista de la compra mientras la dependienta le sirve. Crema para la piel, desodorantes, somníferos, condones, aspirinas, compresas. Una clienta rolliza y lustrosa que espera su turno le mira con curiosidad. Valentín intenta recordar algo.

—Antipérdidas —dice—. Dos cajas. De olor con-controlado.

151

—¿Antiqué has dicho...? —inquiere la dependienta, que le conoce bien.

—Paños antipérdidas. De olor controlado. ¡Lo dice la tele!

La dependienta cambia una sonrisa con la clienta mientras Valentín examina unas espectaculares gafas de sol de montura blanca.

Cinco minutos después está parado ante el escaparate de una tienda de ropa femenina, mirando tres piernas enfundadas en medias de red. Entra y coge una de las piernas, comprobando la tersura del muslo. La dueña va rápidamente hacia él con grandes espavientos y diciendo que no.

—¡Pero qué hace usted! ¡Esto no se vende...!

—¿Es la izquierda o la derecha? —dice Valentín, y aprieta la pierna contra su pecho como si quisiera asegurarse la compra.

—¡Ni la izquierda ni la derecha! —grita la dueña, una rubia de tez rosada y hombros elegantes—. ¡Es un expositor y no se vende!

—¿Por-por qué no?

—¡Suéltelo!

Dos mujeres con la cesta de la compra se han parado frente al escaparate y observan la escena del interior de la tienda a través del cristal: un hombre con gorro de cocinero y la dependienta disputándose una pierna femenina con malla negra, tirando de ella cada uno por su lado.

—¡Que no está en venta, oiga, que no, que no! —chilla la señora, que finalmente se hace con la pierna, y, con ademán imperioso, muy enfadada, indica la puerta a ese cliente tan raro e impertinente, por no llamarle otra cosa.

De vuelta al club, mientras descarga la compra en la cocina, le cuenta lo ocurrido a la señora Lola, que le previene riéndose de buena gana:

—¡Pero bueno, cariño! ¡Qué buena idea regalar piernas a las chicas! ¡Pero mira, ya se las apañan con las suyas, ja, ja, ja, ¿no crees?!

Su risa cantarina se enreda guturalmente con sus palabras y eso suele fascinar a Valentín, que no puede apartar los ojos de la boca de blanquísima y potente dentadura que siempre, al reírse mientras habla, le da la impresión de masticar una fruta rosada y fresca y olorosa.

—Olvidé comprar naranjas y mandarinas, señora Lola.

20

Poco antes del mediodía Raúl llega al picadero levantando una nube de polvo con el Renault. Sale del coche y enciende un cigarrillo mirando el entorno. Ahmed acarrea cubos de agua detrás de las cuadras y José examina una manguera nueva debajo del algarrobo, mientras habla con un cliente sentado en una silla plegable y frente a un botijo. Más cerca, al lado de la pista, Olga está mostrando a una joven pareja de jinetes una silla de montar colocada sobre un tronco de la valla, explicando algunas ventajas de la misma.

—Es muy cómoda. Una combinación de cuero y ante. Vean… —Mira a Raúl, advierte su pésimo aspecto y piensa de nuevo, ¿por qué ha vuelto, por que?–. Los estribos están forrados… Disculpen un momento.

Raúl sigue indagando con la mirada cuando Olga llega a su lado.

—¿Aún te preguntas dónde estará?

—Me dijo que hoy vendría a ayudar –dice Raúl–. Que trabajaríamos juntos. Anoche me lo prometió.

—Y tú le creíste. —Olga se vuelve en dirección a José, que está mirándolos mientras le muestra al hombre sentado frente a él un manojo de cebollas arrancadas del huerto. Raúl también advierte esa mirada.

—No lo entiendo, joder —masculla—. ¿Es que ya no le importa que su hijo subnormal ande suelto día y noche, no teme que le pase algo?

—Ya conoces a tu padre. Valora la libertad de las personas por encima de todo...

—Chorradas —corta Raúl, y consulta su reloj dejando entrever un gesto de cansancio.

—Es inútil que vayas ahora, no abren hasta media tarde —dice Olga—. ¿Por qué no te quedas a comer con nosotros? Venga, di que sí.

Se vuelve otra vez hacia donde José y da unos pasos, disponiéndose quizá a ir a decirle que su hijo se queda a comer. Raúl le mira las nalgas. Ella recupera la posición despacio, como si hubiera advertido esa mirada, pero él ya sube al coche y pone el motor en marcha.

—Te he dicho que está cerrado —insiste Olga—. ¿Qué vas a hacer, sacarlo a rastras?

—¿No es lo que tú querías, sacarlo de allí como sea?

—Quizá pensaba eso antes de que volvieras a casa. Ahora ya no estoy tan segura...

—¿A qué hora abren?

—A las cinco, creo. ¿Qué vas a hacer mientras...? Lo mejor es que vuelvas a casa y le esperes allí. Encontrarás comida en la nevera...

—Ven conmigo. Tenemos que hablar... No me gusta comer solo.

Iba a añadir algo más, pero se calla. Con las manos yertas en el volante, la mira fijo, y ella cree ver en sus ojos una señal de aturdimiento, una luz corrosiva. Baja la vista enseguida y guarda silencio.

—Ahora no —dice Olga finalmente—. Después de comer, tal vez…

Raúl aprieta el acelerador y enfila el camino polvoriento por el que ha venido.

Mintió, está acostumbrado a comer solo. Lo prefiere. Está comiendo solo y pensando que nadie sabe los años que lleva comiendo solo, las incontables veces que se ha sentado a comer solo en solitarias mesas. Y a quién cojones le importa. Ensaladilla rusa, alitas de pollo fritas y una botella de vino casi enterita, tumbado en la hamaca a la sombra del porche. El siseo de las olas en la rompiente acrecienta su ritmo implacable al abrirse la tarde. Más allá de las dunas, el horizonte atrae su mirada, como siempre: una vaga propensión a hacerse preguntas sin respuesta. Ese tenso alambre sin funámbulo, sin imágenes tangibles por encima y por debajo, ni en el cielo azul ni en el mar cárdeno, sostiene sin embargo en algún punto un enjambre de sueños que zumba en su mente desde que era un niño.

Decide esperarla hasta las cinco, aunque sabe que no vendrá. Hasta las cinco, la hora que abren el club. También podría llegar Valentín, aparecer a su manera siempre tan inoportuna, piensa, vendrá en algún momento, seguro, aunque sólo sea para cambiarse de camisa… Pero da lo mismo que coincidan como que no. Venga quien venga, su hermano o su madrastra, esas dos referencias sentimentales que siempre lleva enredadas en la sangre, en ambos casos necesita actuar con la misma finalidad. Que sepan que ha vuelto, que se enteren, que le acepten tal como es. Que sepan que todo ha de volver a ser como antes.

Pero no vendrá ninguno de los dos. Se adormece en la hamaca, el sol cayendo alcanza su cabeza y despierta bruscamente cegado por un fulgor. Ahora sí está solo. Debería sentirse más que contrariado, furioso, pero lo que siente es un vacío extraño. Y poco después, conduciendo por la autovía, cae de pronto en la cuenta —tan súbitamente, que nota incluso una alteración en la sangre, una oleada suave que obedece a un oscuro mandato que prefiere no analizar— de que, para conseguir que Valentín deje de hacer al ganso por ahí y se quede en casa, llevando una existencia más acorde con su limitado entendimiento, lo que hay que hacer es dejar de discutir con él y encararse seriamente con la colombiana, obligarla por las buenas o por las malas, a hostias si es preciso, a que termine de una vez con esta relación que es una vergüenza, una burla, una cosa anormal, despreciable y repugnante... Hay que ir a por ella, está claro. Porque la peligrosa independencia de Valentín, ese ritual nocturno de risas y embelesos, esa deriva impensable en su vida hace apenas un año, ¿a quién se debe sino a esa niña puta de voz ronca y mirada envilecida? En cuanto a Olga, ahora se da cuenta, ¡rediós!, un alivio que no acudiera a la cita. ¿En qué diablos estaría pensando? ¿Acaso olvidó que todas son unas putas?

Hay una furgoneta de reparto de bebidas frente al club, y el conductor y Simón acarrean cajas de cerveza y refrescos. En la zona de aparcamiento todavía ningún coche, sólo una motocicleta de gran cilindrada. Simón le ve aparcar el Renault e inicia un saludo, pero Raúl ni se fija en él.

—Este es un local pequeño, señor —dice la señora Lola—. Hemos tenido un máximo de doce chicas. Ahora tenemos siete, estamos como en familia...

—No —corta Raúl—. No vengo a que me calienten la braqueta. No se confunda conmigo, *mastresa*.

—Ya sé, usted viene a lo que viene, y de paso a beber de gorra. A eso viene usted. —Lola frota el mostrador con un paño y le guiña el ojo—. ¿Me equivoco?

Instalado en el extremo de la barra, en el ángulo que gira hacia la pared, Raúl juguetea con las llaves del coche en su mano. Persiste su aspecto entre cauteloso y aturdido, pero su voz es firme.

—Del todo. Yo pago mis copas.

—Entonces no es un madero como los demás.

—Puede usted jurarlo.

—De todos modos, la casa invita. ¿Qué va a tomar?

No la oye. Se ha girado y observa la espalda de Milena, sentada a una mesa del fondo con un cliente.

—Dígale que venga.

—¿Yo? Yo no mando en la chica, oiga. Este señor la ha invitado.

El local acaba de abrir y sólo hay dos clientes, el otro está en la barra charlando con Alina. La música suena bajito y apaciguada a esta hora. Milena lleva un vestido rojo de tirantes muy finos que deja ver su espalda desnuda hasta más abajo de la cintura. En el respaldo de su silla cuelga una bolsa descolorida con las letras azules de Air France.

—Bueno, ¿qué va a ser? —añade Lola.

—Qué me sugiere.

—Agua, señor —dice con sorna—. La tenemos con gas y sin gas.

Raúl enarca las cejas con aire de aburrimiento y fatiga.

—Con gas y una cerilla.

—¡Vaya! ¿Viene de buen humor, o de verdad quiere usted volar el local y dejarme sin trabajo?

—Whisky. Solo.

Lola se vuelve para coger la botella del estante y Raúl echa otra mirada a la espalda de Milena mientras dice:

—Así que esta mañana olvidó comprar algo, y ha vuelto al súper.

—Eso me ha dicho. Naranjas y mandarinas.— Le sirve una generosa ración en un vaso grueso y añade—: Su hermano es muy quisquilloso con la compra. Aunque juraría que ha ido a sus carreras de coches. Disfruta mucho con los videojuegos.

—Claro —irónico Raúl—. Un chico cumplidor, un buen machaca, ¿verdad? ¿No le sisa en la compra?

—Nunca lo ha hecho.

—Lástima. —Una pausa y añade—: ¿Hace mucho que se fue?

—No. Pero seguro que lleva algún encargo de las chicas, así que puede que tarde un poco… ¿Quiere usted compañía?

La espalda desnuda de Milena, su nuca infantil al apartar la melena a un lado con la mano. Esta vez, como si adivinara su mirada, la muchacha se vuelve y le mira a su vez, fugazmente y de soslayo. Enseguida vuelve a prestar atención al cliente, un careto sonriente y con ojos saltones muy volcado hacia ella por encima de la mesa. Un motorista viajante de comercio, robusto, chaqueta de cuero y vistosa gorra, pelo rojizo y largo anudado en la nuca y con una coleta, un aire petulante y dicharachero. Sobre la mesa, dos panzudas copas de coñac y las gafas y los guantes del motorista, que Milena se prueba por entretenerse.

Bajan lentamente por la escalera de caracol Jennifer y Rebeca, la una espejito en mano y repasando sus labios con la barra de carmín y la otra ajustándose la falda y bostezando. Alina encarga a la señora Lola un dry martini y un gin-tonic y se lleva al cliente a una mesa.

Raúl prueba su whisky y se queda mirando el vaso con una mueca desabrida.

—Dígame una cosa. ¿Sus deberes de alcahueta incluyen servir esta porquería a los que no venimos a chingar?

Lola, que ha empezado a preparar las bebidas, suspende lo que hace y se encara con él.

—Voy a explicárselo otra vez, señor Fuentes. Este local, que no es mío, ya se lo dije, está inscrito en la Asociación Nacional de Empresarios de Clubes de Alterne, de modo y manera que es perfectamente legal, y mi trabajo también. Hace seis meses el propietario solicitó una licencia de pensión con bar musical, así que las chicas se alojan aquí legalmente y están mejor y más seguras que en la calle o en el arcén de la autovía parando coches... Pagan su habitación como lo harían en cualquier casa de huéspedes, tienen un porcentaje en las consumiciones y son libres para dejarse invitar o para irse a la cama con el gato. ¿Me explico?

—¡Eh, un momento, por quién me ha tomado, ¿por uno de esos gilipollas a los que endilga su whisky de garrafa?! Puedo cerrarle la barraca mañana mismo... Venga una cerveza.

—Bueno, no se enfade —dice Lola—. Lo sentiría por la chicas... Sobre todo por Milena. No sé qué hacer con ella. Si no fuera por Valentín, hay días que ni se levantaría de la cama.

—¿Por qué no la vende? —sugiere Raúl con aire de chunga—. Le pago el billete de vuelta a su país y le regalo un consolador para que se entretenga durante el viaje...

—¡Usted no tiene sentimientos! —Le planta la cerveza delante y ve a Yasmina cruzando la pista—. ¡Yasmina! Ven, lleva esto a la mesa de Alina. —Empuja los dos gin-tonics sobre la barra—. Y tú a ver qué haces. Dile a su amigo que también tienes sed...

—Mi amor, ya se lo dije. —Mira a Raúl sonriendo—. Pero él está por Alina. Qué le voy a hacer, si al cliente le gustan gorditas...

Se lleva las consumiciones, una en cada mano y meneando las caderas. Entra un nuevo cliente y se sienta en el otro extremo de la barra, y Jennifer y Rebeca acuden a su lado. Un tirante del vestido rojo ha resbalado sobre el brazo de Milena. Raúl aparta los ojos y enciende un cigarrillo.

—No tiene usted buen aspecto —dice Lola—. ¿Se encuentra bien?

—Deme otra cerveza y cállese.

Lola se dispone a atender al cliente recién llegado, pero antes vuelve a encararse con Raúl otra vez.

—Aunque piense usted lo contrario, aquí no se hace nada que no sea conforme a la ley. Y le diré una cosa. Nadie hace por ellas lo que una servidora. Muchas no saben leer ni escribir, y alguien tiene que ocuparse de ciertos trámites. Los giros que envían a su familia, por ejemplo...

—¿Pretende hacerme creer que todas están aquí por su voluntad?

—Tienen los papeles en regla.

—Falsos. ¿Por qué se empeña en tomarme el pelo, *mastresa*? —Empuja la botella vacía—. ¿No me ha oído? Deme otra y llame a esa furcia.

—¿No puede esperar un poco más? Por una vez que la invitan...

Raúl coge la segunda botella de cerveza y se dirige a la mesa de Milena. Rodea a la pareja para encararse con ella, ignorando la presencia del motorista. Se inclina y apoya las manos en la mesa para decir:

—Tenemos que hablar.

Milena se ajusta el tirante del vestido.

—Ahora no...

—Ahora.

El motorista mira a Raúl poniendo cara de chiste. No tiene que esforzarse mucho.

—¡Tiene huevos la cosa! ¿Qué hago, tío, me río o me cabreo...? Porque tiene huevos la cosa, de verdad. ¿No ves que la gachí está conmigo?

—Coge tu copa y tus huevos y lárgate.

Con los ojos bajos, Milena le susurra al cliente:

—Mejor haga lo que le dice el señor. Es policía.

—Puedes terminar la copa en la barra —dice Raúl—. La suya corre de mi cuenta. Venga, mueve el culo.

El cliente ha empezado a ponerse los guantes y se levanta, remolón.

—Bueno, no sé... Lo que molesta es la falta de modales, la poca urbanidad, joder. Hoy día la gente no tiene modales... ¿Verdad, preciosa? Te veré luego.

Coge su coñac y se dirige a la barra con andares moderadamente chulescos. Milena lanza a Raúl miradas de reojo que simulan una supuesta contrariedad por lo ocurrido. En realidad, hay en su ánimo más curiosidad y emoción que enfado. Con gesto resignado, saca de su bolsa colgada en el respaldo de la silla una revista de chismorreos amorosos y la abre.

—¿Qué pasa contigo, puta? ¿No me expliqué bien el otro día? Raúl se sienta frente a ella, que no aparta los ojos de la revista. Se la quita de un manotazo—. ¿No me oyes?

Milena se mira la laca de las uñas, pintadas de rosa y plata. Tarda unos segundos en responder y lo hace en tono muy bajo y soñoliento.

—Sí, te oigo. No es mi culpa... Yo hago lo que puedo.

—Mentira.

163

—Si es que no me escucha. —Nerviosa, disgustada consigo misma, cierra los ojos y se arma de paciencia—. No me hace caso, no quiere oír, o no me entiende…Y yo a él tampoco, a veces.

—De eso nada, no me vengas con hostias. Se expresa muy bien, yo mismo le enseñé a hablar. —Una pausa—. Le enseñé todo lo que sabe, le enseñé a andar solo por el mundo y a no fiarse de nadie.

—Pero no le enseñaste a tratar a las mujeres como yo. —Sonríe al añadir—: ¿Verdad que no?

Raúl reacciona un poco tarde.

—¡Pero bueno, ¿qué pasa, es que no te entra en la mollera?! Mi hermano nació con una parálisis cerebral, está… disminuido. ¿Qué busca una furcia en un hombre así, como no sea sacarle los cuartos?

—Nunca le pedí plata, ni él me dio.

—¿No? Entonces, ¿por qué le consientes que se meta en tu cama? Milena se queda pensando con expresión de fastidio.

—Libramos una día a la semana, por turnos —dice por fin—. Y también nos turnamos para cocinar, y cuando me toca a mí siempre me ayuda… A veces, la noche que yo libro, me pide de quedarse a dormir. No siempre le dejo. —Calla unos segundos y añade—: Qué más quieres saber.

—Quiero saber qué mierda esperas para despacharlo.

—No atiende a razones.

—¿Qué clase de puta eres? ¿No sabes sacudirte un melón de encima?

Milena tiene la copa agarrada con ambas manos y mantiene los ojos bajos. Pocas veces levanta los párpados azules y si lo hace es para mirar en torno, no a su interlocutor.

—Cuándo entenderéis que no somos eso las veinticuatro horas del día. —Y se anticipa a la réplica de Raúl—: Por favor, no armes un escándalo aquí... ¡Por favor! ¡No quiero que me trasladen otra vez!

Sería la solución, piensa. Enciende un cigarrillo mientras escudriña el rostro de la muchacha, los párpados sumisos y fúnebres, esa boca desmayada, el leve temblor de sus manos de uñas grotescamente festivas alrededor de la copa. Cambiando de táctica, le ofrece un cigarrillo y lumbre.

—Escucha. ¿Quieres volver a tu país legalmente? Yo te resuelvo eso...

—Sí, ya sé. —Ahora levanta los ojos y le mira con prevención—. ¿Pero qué pasa con mi niña, allá en Colombia? ¿Hay protección también para ella? Si hiciera lo que me dices, no vuelvo a verla viva.

—Creo que exageras. —Otra pausa—. ¿Cuántos años tienes? ¿Dieciséis, dieciocho...?

—Veintidós.

—Mientes. ¿Cuánto tiempo llevas aquí?

—Ocho meses.

—¿Y antes?

—¿Esto qué es, un interrogatorio?

—De veras que no. Me gustan más animados... ¿Cuántos puticlubs has conocido?

—¿Te importa mucho? Tres o cuatro, no me acuerdo.

—No te acuerdas. ¿Quién te sacó de Colombia?

—Qué más da. —Se encoge de hombros, enfurruñada—. Uno.

—¿Quién?

—No le conoces. También se trajo a Nancy. Un *pasador*. Así les dicen.

—Con un falso contrato. Te contaron el cuento chino y tragaste. ¿O ya viniste sabiendo lo que te esperaba?

—Puedes pensar lo que quieras. Venía a trabajar de mesera...

Nancy venía a cuidar niños. Eso le dijeron. Nos sacaron el pasaporte, nos dieron el pasaje de avión y mucha plata, un anticipo de lo que íbamos a ganar aquí...

—Y firmaste un papel aceptando la deuda. Me sé la historia.

—Me falta pagar la mitad... o algo así, como dice Valentín. Firmé toda clase de papeles, visas, contratos, la deuda, toda esa vaina. La promisoria es como una letra de cambio... Unos días antes de venirme, me quise echar para atrás, y ya no pude. Ya era tarde. No hay vuelta atrás, me dijeron, y cuidadito, que sabemos dónde vive su niña y su mamá... Y así fue. —Bebe un sorbo de la copa y añade en un susurro—: Si te contara todo lo que me ha pasado desde que me trajeron a España... Ni te imaginas.

Se fija en dos clientes jóvenes que hablan en la barra, mueve un poco la silla girando a un lado y cruza y descruza las piernas, sin duda para atraer sus miradas, piensa Raúl. Pero Raúl se equivoca, no son ellos el objetivo.

—¿De dónde eres?

—De un pueblito cerca de Pereira. Dos Quebradas.

—¿Padres? ¿Familia?

El estilo abrupto del interrogatorio le hace sentirse más entonado, más seguro, y poco después, obedeciendo a un impulso repentino, le pregunta si está casada, y ella niega con la cabeza. Tiene una niña, dice, está con su abuela en el pueblo.

—Eso es todo lo que tengo —añade—. Y el aprecio de Valentín.

—Oh, claro. —Una mirada descreída y directa al cuerpo, a los pechos, a los frágiles hombros y a las morenas piernas cruzadas—. ¿Sabes una cosa? Me cuesta creer que una chavala lista como tú se dejara embaucar.

—Me prometieron trabajo en un bar. Y esto es un bar... ¿O no? —añade con desganada ironía.

Raúl aparta los ojos de ella, enfurruñado. Por un breve instante, tiene la ridícula sensación de esforzarse por no mirar sus piernas. O más bien que ella no vea que se las mira. Yasmina se acerca a la mesa bailando al son de la música, que ha subido de tono. Han llegado más clientes y el ambiente se anima.

—La señora Lola que si tomas algo —dice Yasmina—. Que si este señor tiene un detalle contigo, vamos.

Con un gesto, Raúl da a entender que la invita. Milena pide una copa de cava.

—Y un cacho de roscón de los que hace Valentín —añade cuando Yasmina ya se va.

—Y a ver si bajáis un poco la música —dice Raúl, y volviéndose a Milena—: No sé cómo aguantáis tanto ruido. ¿No sales nunca de aquí, no se te puede ver fuera?

—Para qué.

No contesta. Aún no lo sabe. Realmente, para qué.

—Está bien —dice Milena siguiendo el hilo de otro pensamiento—, hablaré con él. Pero yo no mando en su vida. Tiene sus manías… Esa manía de la chica ahogada, por ejemplo.

—¿Una chica ahogada? —dice Raúl.

—Desirée. Así la llama él.

—¿Quién es Desirée?

—Trabajaba aquí. Era amiga mía.

—¿Qué le pasó?

—Se la llevaron. Valentín dice que se ahogó cerca de Mallorca. Está convencido… No hemos vuelto a saber de ella, pero no se mató. Seguro. Estará trabajando en Palma.

—¿Lo ves? Le habéis llenado el coco de historias…

—Fue que un día leyó algo —corta Milena bajando la voz, como si fuera a contar un enigma—, un sucedido extraño, en una hoja suelta de periódico, en la cocina, algo sobre una muchacha que se tiró al mar desde un barco. Se le metió en la cabeza que esa chica estuvo trabajando aquí y que era Desirée... Nosotras le seguimos la corriente.

—¿Por qué?

—Porque es mejor así. No hace mal a nadie con sus manías.

Yasmina deja sobre la mesa la copa de cava y el trozo de roscón en un platillo, y se va. Milena coge el roscón y empieza a comer. Raúl reflexiona un instante, sin dejar de mirarla.

—Sé que tu amiga Nancy se va muy pronto para Colombia, con su novio.

—Su tío. El novio es su tío, por parte de padre... Le prometió a Nancy que iba a pagar su deuda y a llevarla con él.

—Valentín también me dijo que Nancy es para ti como una hermana, y que quieres irte con ella.

—Se lo dije para que sepa que un día lo voy a abandonar, para que se acostumbre a no pensar en mí... Pero no me cree.

—Es una buena idea. La de largarte a tu país, me refiero.

—Pues no tanto. Es malísima.

—Sigo pensando que podrás escapar. Aquí no veo a nadie que os vigile día y noche.

—Simón está para eso, pero no hace ninguna falta. Nunca me escaparé... Ya te lo expliqué, si me escapo matan a mi hija, o me la roban para venderla. ¡Y son capaces, eso segurísimo! Además, ya traté una vez y me cogieron... ¿Valentín no te ha hablado de mi estrellita? Me ha hecho perder mucha plata... ¿Quieres ver? No te va a gustar, pero da igual porque... —recoge la falda por un lado, despacio, sin dejar de mirarle—, porque yo no tengo nada que te guste... Nada.

Bajo la luz verdosa del local, la cicatriz se le antoja un lagarto aferrado al muslo.

—No entiendo que le hagan eso a una puta —dice apartando la mirada con una indiferencia calculada—. Se supone que prefieren mantener la mercancía en buen estado, para ganar mucha pasta. Digo yo.

—No fueron ellos. Yo me lo hice solita. Cuando me venían a coger, me tiré contra una vitrina. Eso era en una droguería de Alicante... Más por acabar con todo que por escaparme, eso sí. En esa época todavía tenía ganas de hacer algo, lo que fuera, hasta de matarme. Ahora ya no me provoca nada...

Como si ahuyentara un pensamiento no deseado, Raúl recompone su postura en la silla, mira con repentino interés la botella de cerveza en su mano. La apura de un trago y se queda pensando. Eso es tener mala estrella, está a punto de decir. Pero lo que dice es:

—No parece tan fea.

—Tus ojos no decían eso... Valentín es el único hombre que la mira de otro modo.

¿Hasta cuándo vas a seguir escuchando los embustes que suelta esta boca mamona?, se dice. ¿Cuál era la pregunta? ¿Cómo se lo montan Valentín y ella, era esa la pregunta? Una puta haciendo su trabajo, eso es todo, no le des más vueltas.

—Ya. Te mira de otro modo —dice en voz alta—. Será por eso que eres tan cariñosa con él, será por eso que le das gusto... Y a cambio ¿qué puede darte él, un jodido discapacitado? ¡Hostia, es algo que no acabo de entender!

—Ya hablamos de eso.

—¡No, creo que de eso no hablamos lo bastante!

—Pues te diré una cosa... Valentín es lo único bueno que tengo desde que llegué de Colombia. Él es... no sé cómo explicarlo... Él cree de verdad que estar enamorado es lo más bonito del mundo, ¿ves? Yo sólo puedo decir que en toda mi vida no he conocido a nadie tan gentil, tan generoso.

Raúl se queda mirándola mientras enciende otro cigarrillo. Enseguida reacciona a la contra, violentamente.

—¡Muy bien, tía, me alegro por ti, pero lo que yo quiero es que me lo despaches ya! ¡Dale el piro de una puta vez, éste no es sitio para él...! —Baja la voz y la apunta con el dedo amenazador—. Escucha, no me obligues a hacer lo que no me gustaría.

—¿Me vas a denunciar?

—Sería lo mejor. —La mira fijamente a través del humo del cigarrillo—. Está bien. Tú verás cómo lo arreglas, pero quiero a Valentín en casa. Deshazte de él y búscate otro pagano... Desengáñale, mándalo a la mierda, dile que es un jodido tarugo mental, un tarado. A fin de cuentas, eso es lo que es.

—Pero si ya te lo dije, así no. ¿Para qué quieres que le hagamos daño? Espera un poco y todo se arreglará...

Su mano tantea sobre la mesa la mano de Raúl, que rehúye el contacto y estalla de nuevo:

—¡¿Qué diablos hay que hacer contigo, se puede saber?!

—Follarme. Para eso estamos aquí, ¿cierto? —Acerca la copa a sus labios y la máscara de tristeza permanece inexpresiva, aunque asoma una chispa irónica en las pupilas—. Media horita treinta euros, una hora cincuenta...

—¡Cállate! —Vuelve a mirar el reloj—. ¿Te chutas delante de él? Como metas a Valentín en la mierda, te parto el alma.

—¿Por qué dices eso? Lo nuestro es limpio, es otra cosa, te lo acabo de...

—¡Y dale con que es otra cosa! ¡Otra cosa, otra cosa, ¿qué hostias significa otra cosa, que os lo hacéis comiendo un rosco, sobre un piano, dentro de la bañera?!

—Ah, te preocupa mucho lo que hacemos —dice ella—. Pues no, nada de eso, no señor. Yo... —busca las palabras, duda—, yo a veces me pregunto qué clase de sentimientos tiene... Qué siente por mí un hombre que no me desea como los demás. Él se esfuerza, trata de imaginar cómo es eso del amor en pareja... cómo sería si pudiera vivirlo como nosotros, apurando los raticos dulces, ¿así me entiendes? Esa forma que tiene de tocarme... igual que un cieguito que acaricia las cosas para saber cómo son...

De nuevo, por un breve instante, Raúl suspende la actitud desdeñosa, pero reacciona enseguida y se pone en guardia.

—Vale, tía. —Se levanta bruscamente de la silla—. A otro con el cuento.

—Espera —dice Milena—. Lo de pagano no lo entiendo... ¿Por qué dijiste eso?

—¡Que me largo, joder!

—Ni un peso le he sacado a tu hermano, lo juro. A él le gustaría ayudarme, pero no le consiento.

—Pues está ahorrando para ti, ¿no te lo ha dicho? —Saca unos billetes del bolsillo y los tira sobre la mesa—. Pasa por caja y quédate la vuelta.

Se inclina apoyando las manos en la mesa, mira a Milena de arriba abajo y se dispone a añadir, a modo de despedida: Y no creas que he terminado contigo, puta, pero en el último momento retiene las palabras en la boca musculosa y cerril. A ver si cree que quiero desnudarla con los ojos, la condenada, piensa fugazmente. Sin embargo, intuye que no es sólo por eso. Algo más le impide de pronto mostrarse así, un impulso de raíz extraña que brota de su propio desarraigo sentimental, algo irreconciliable con la rabia que lo ha traído hasta aquí, algo que percibe en desacuerdo con su propio concepto de lo que es bueno o malo para Valentín, y que le deja mudo durante unos segundos. Un tanto desconcertado, opta por un escueto y ronco:

—Ahí te quedas.

–¡Sonríe con Fuldent! Deslizándose ágilmente sobre patines, la muchacha rubia que reparte propaganda en la zona comercial traza un círculo en torno a Valentín, que se acomoda la pequeña mochila a la espalda y ordena el cesto delantero de su bici lleno de bolsas con vituallas. Está parado en la rotonda frente al súper, con un pie en el suelo y otro en el pedal, mirando embobado a esta muñequita encantadora que gira ante él sobre patines igual que una peonza. Con su faldita blanca plisada y una camiseta escasa, la muchacha luce poderosos muslos y un *piercing* en forma de araña en el ombligo.

–¡Qué hay, Valentín! ¿Cómo te va con las Lolitas? –Alarga el brazo con un folleto–. ¡Toma, vale por un descuento del diez por ciento! ¡Sonríe con Fuldent!

Las evoluciones de la patinadora y el vuelo airoso de su falda le tienen fascinado, y aplaude. Siempre que se encuentran, la aplaude con entusiasmo.

–¡Qué bonita eres!

–¿Adónde vas ahora, Valen? ¿Me invitas a una carrera hasta Pekín?

—No puedo, hoy llevo a Desi de copiloto. Mejor conmigo en coche que irse en barco y para siempre, ¿no te parece?

—Claro. Yo también me iré pronto, pero volveré. Bueno, adiós. Y no corras mucho, ¿eh?

—¡Oh, mira, mira lo que tienes ahí, una araña negra! —Señala el ombligo, repentinamente alarmado—. ¡Te va a picar!

—¡Ésta no pica, Valen, es una araña buena! ¡Adiós!

Se aleja patinando, sorteando mujeres con carritos de la compra y viandantes y mirones petrificados, y él sigue su camino hasta el otro lado de la rotonda. La araña es buena, pero te picará, murmura cabizbajo.

En el local de juegos recreativos resuenan los timbrazos de las máquinas y un griterío juvenil en torno a futbolines, mesas de ping-pong, tragaperras y diversos juegos electrónicos. También hay un chiringuito donde se ha parado a veces a mirar la tele mientras toma un refresco. Muy cerca, el videojuego que luce el rótulo GRAN PREMIO RALLY PARÍS-PEKÍN celebra con un parpadeo luminoso la llegada del temerario piloto, que deja la bici apoyada en la máquina, se sienta frente a la pantalla, introduce las monedas en la ranura y agarra el volante con todas sus fuerzas.

¿Vienes conmigo, Desirée? Anda, siéntate a mi lado y cierra los ojos, yo te sacaré de aquí... Encorvado, tenso, oscuramente agraviado, maneja los mandos con una precisión nerviosa y vengativa y conduce temerariamente su imposible automóvil plateado en medio del tráfico infernal de una autopista de trazado laberíntico, curvas con peraltes vertiginosos, imprevistos cambios de rasante y conductores imprudentes o asesinos.

¡Ponte el cinturón, Desi! ¡Allá vamos!

En torno a su cabeza ronda otro guirigay de discusiones y chillidos, además del habitual estruendo electrónico. El televisor del cercano chiringuito emite con el volumen alto una tertulia con perio-distas del corazón y famosillas faldicortas y tetudas, muy pintarra-jeadas y con cara de perro. En el pequeño mostrador, consumiendo tapas y bebidas, dos matrimonios maduros sentados en taburetes miran el programa embobados. El televisor está colocado en alto, en un estante del extremo de la barra, y justo debajo un hombre cal-vo, de gruesa nariz vinosa y ensimismado, se aplica en resolver un crucigrama en el periódico frente a un vasito de tinto. Las voces his-téricas de la tertulia televisiva no consiguen distraer su atención, y tampoco la del temerario piloto con gorra de ciclista que a escasos metros circula por la fantasmal autopista asiática.

–¡…Tú eres periodista de chismes indecentes porque no puedes ser otra cosa, bonita! –se desgañita una famosilla ofendida–. ¡Eres una embustera y una liosa asquerosa, y tu revista no digamos! ¡El colmo de la cutrez, eso es lo que es tu revista!

–¡Di que sí, hija, que son unos carroñeros! –chilla una compañera.

–¡Pues fue tu ex quien me contó lo de tu aborto, rica, y ya pue-des negarlo las veces que quieras porque lo tengo grabado!

–¡Aquí lo que pasa –tercia una voz moderadamente masculina– es que algunas vivís más de la prensa del coño que de la prensa del corazón!

–¡No hace falta ser tan grosero, querido!

–¡Éste es un mariquita chismoso y más raro que un perro verde, lo sabemos todas!

–¡Calma, calma! –pide la moderadora–. Aquí el tema del asunto…

–¡¿Yo un perro verde?! ¡¿Y qué me dices tú, ricura, que te has dejado fotografiar en la bañera con tu cuñado sordomudo?! ¡¿Sabes qué te digo, guapa?! ¡Que si has llegado adonde…!

–Decía que el tema del asunto que nos ocupa hoy, amigas… –in-siste la moderadora sonriendo con su boca grande llena de dientes.

–¡… has llegado adonde has llegado nos lo debes a nosotros los periodistas!

–¡Pero deja ya de insultar, tío, que no haces más que insultar! ¡Este cabrón nos ha llamado pedorras!

Valentín acelera después del pavoroso cambio de rasante donde a punto ha estado de estrellarse contra una apisonadora en obras, y ahora enfila veloz un angosto desfiladero, cuando una enorme roca se desprende de lo alto y rueda hasta caer en medio de la autopista. Dos coches que le preceden se estrellan, y él evita el choque de milagro. Unos kilómetros más allá, de pronto, un elefante verde se cruza delante de su parabrisas.

–¡Y de crisis marital nada, yo no estoy viviendo ninguna crisis marital!

–¡Se dice crisis matrimonial, no marital, Maribel, analfabeta, que eres una analfabeta…!

–Señores telespectadores, la polémica está servida –anuncia la moderadora sin poder evitar una sonrisa profesional y golosa de triunfo.

–¡Mira, Cuqui, estoy muy harta! –le espeta otra famosilla a una periodista.

–¡No me obligues a poner las bragas sobre la mesa, no me obligues, Cuqui…!

–No escuches, Desirée –dice Valentín–. ¡Agárrate, que pi-piso a fondo!

–¡¿Habéis oído eso?! ¡Ésta se cree que está en chocholandia! ¡Que estás en la tele de todos los españoles, guapa!

–¡¿Y tú por qué te metes en mi vida privada, majadero?!

–¿Meterme yo en tu vida? ¡Dios me libre! ¡Si tu vida es puro polvo marbellí, maja!

–¡Pido la palabra, pido la palabra!

–¡Y a ti te digo, Carmenchu! ¡Como vuelvas a escribir que yo cobro por meterme en la cama con el conde te arreo una patada en los ovarios, fíjate!

–¡Te estabas morreando con él, Margaluz, te estabas morreando con él! ¡Lo vio España entera!

–¡Se acabó! ¡Yo a esta hija de su madre la sacudo...!

–¡¿Pero tú quién te has creído que eres, rica?! ¡A mí no me vengas con amenazas porque...!

–¡Como ven, la cosa se está animando! –corta la moderadora dirigiéndose a los televidentes con mirada cómplice.

–¡... porque ahora mismo te enseño yo modales, majadera!

–¡Tú a mí me vas a enseñar una mierda!

–¡Después de la publicidad, por favor! –sonríe exultante la presentadora, cuando Valentín, con un brusco golpe de volante, adelanta peligrosamente a un camión cargado de dinamita que maniobra con instinto asesino cerrándole el paso, y, acto seguido, en una recta interminable, circulando entre el ancho y fangoso río Yang-Tsé y vastos arrozales de platino que mece la brisa, reduce la marcha y se toma un respiro. Sus ojos, los ojos melancólicos de conductor privado de carnet, soñadores, apaciguados y dulcemente entrecerrados vagan por el paisaje como si quisieran comprobar qué hay de real en la luz, en los árboles y en las flores que jalonan la ruta. Y llegan los puentes y los túneles.

Mientras el local resuena y zumba despiadado, a la salida de un túnel, de pronto, un relámpago amarillo rasga el horizonte y empieza a caer una lluvia de oro.

–Oiga, ¿quiere hacer el favor de bajar el volumen? –El cliente que hace el crucigrama levanta el brazo, bolígrafo en mano, y le hace una seña al barman–. Perdone, pero esto no hay quien lo aguante.

El barman, observando que los demás clientes están enganchados a la tele, bebiendo y masticando sus consumiciones con expresión bovina, sigue limpiando vasos y responde en tono desabrido:

—¿Qué pasa, hombre, no le gusta el programa?

El televisor está en una repisa lateral, sobre la cabeza del cliente, que no tiene más que levantar otra vez la mano para bajar el volumen. Lo hace mientras dice:

—¿Gustarme? Deberían prohibir esta mierda. Me cago en la puta madre del jefe de programas de este canal y en toda su jodida parentela.

El televidente más cercano a él se gira en su taburete y le mira furioso.

—Mierda para usted, amigo.

—Con usted no hablo.

—¡Miren el intelectual de los cojones! ¡No le gusta! ¡Pues se aguanta o se larga!

—Lárguese usted.

El cliente baja del taburete y se acerca a él.

—Cuidado, Rafa —advierte su mujer—. Este hombre es un provocador.

—Bueno, a ver, tengamos la fiesta en paz —dice el barman.

—Mi marido tiene razón. ¡¿Con qué derecho quiere apagar la televisión?! ¡Sinvergüenza! ¡Vamos, hombre, ni que estuviera en su casa!

—¡Ni hablar, qué se ha creído! —interviene el marido de la otra señora—. Esto es un establecimiento público, y si hay tele, pues la miramos. ¡Qué pasa, estamos en nuestro derecho!

—¡Diga usted que sí! —sostienen a dúo el primer marido y la primera esposa.

—¿Y qué pasa conmigo, señores? —sugiere el calvo hacedor de

crucigramas—. ¿No tengo derecho a tomarme unos vinos tranquilamente y a pensar en mis cosas, sin tener que aguantar esta basura
que a ustedes tanto les gusta?

—¡¿Y a usted qué le importa lo que a nosotros nos gusta?! —salta
indignada la segunda esposa—. ¡¿Quién es usted para decirnos que
lo que nos gusta es una basura, mamarracho?! ¡¿Han oído eso?!
—añade mirando a los demás—. ¡¿Pues no será intolerante y sinvergüenza el pensador?!

—¡Y encima borracho! —dice la otra—. ¡Eso es lo que es, sí señora, usted lo ha dicho, un borracho intolerante y sinvergüenza!

—Oigan, un poco de calma —dice el barman; pero ni le escuchan.

La discusión sube de tono, hasta que el hombre del crucigrama
vuelve a levantar el brazo tranquilamente y apaga el televisor.

—¡Pero ¿qué hace usted, imbécil?! —exclama el primer marido.

—¡El hijoputa quiere salirse con la suya! —dice el otro marido
con gesto amenazador cuando ya su mujer se encara con el calvo, y,
súbitamente, le arrea en la cabeza con el bolso lanzándole insultos.
La otra mujer hace lo propio con su bolso y el hombre se tambalea
en su taburete cubriéndose con los brazos, los dos maridos también
van a por él y las mujeres le insultan a voz en grito, presas de un furor histérico. Una de ellas le hace trizas el periódico y la otra se empeña en quitarle el bolígrafo. El barman sale del mostrador y consigue separarlos, pero el follón no acaba hasta que el calvo se marcha,
vapuleado pero sorprendiendo a todos con una reverencia. Ya me
pareció a mí un poco raro, dice una de las señoras. Un subnormal,
dice la otra, y vuelve a encender el televisor.

La violencia verbal programada y sus oleadas no menos violen-
tas fuera de programación llegan puntualmente a oídos de Valentín,
pero él, absorto y feliz, atendiendo a los deseos de Desirée, ya sólo
presta atención a su propio programa de fuga sin fin, conduciendo

el automóvil plateado por la autopista que ahora discurre entre soleadas praderas y paisajes de rutilante esplendor. El estrépito y la miseria del lenguaje, dentro y fuera del televisor, resbala en sus oídos como lo haría un código indescifrable y pelmazo, salvo cuando cree oír confusamente su nombre en boca del famosillo tertuliano mariquita:

–¡España entera sabe que estás liada con ese torero tan guapo que sólo tiene un huevo, el Joselín!

–¡Qué sí! –remacha otra periodista–. ¡Te vieron en una farmacia comprando mogollón de condones de oro y grana, querida! ¿Para quién eran, si no para tu Joselín?

–Para mí no –murmura Valentín volviéndose sobresaltado–, son para mis chicas. –Eso hace que se distraiga un instante y su automóvil se estrella contra un bólido que circula en dirección contraria, y acto seguido, después de una gran explosión de estrellas, la pantalla se funde en negro súbitamente. Resignándose al fallo, Valentín le dedica al videojuego una mueca risueña, se incorpora, recupera su bici, sale del local, monta en el sillín y se va pedaleando alegremente hacia la autovía.

23

El retrovisor le devuelve las mismas mejillas sin afeitar, la misma boca amarga y los mismos ojos como bichas después de la misma resaca de siempre. Lo único que ha cambiado, piensa y se lamenta, parece ser mi jodida manera de resolver las cosas. ¿Por qué no le he soltado a esa furcia un par de guantazos de buenas a primeras, para que fuera enterándose de cómo las gasta uno? Saca una botella de la guantera y mira lo que queda. Muy poco.

Está parado en el arcén, no lejos del club, con el motor en marcha, y empieza a pensar en acercarse a Sitges, al bar de un viejo conocido, cuando ve por el retrovisor a Valentín pedaleando en su bici en medio de la autovía y girando para entrar en la zona de aparcamiento. En este momento suena el móvil en el asiento del copiloto y lo coge. Olga, piensa. ¿Quién, si no, me va a llamar?

—Sí...

—Hola —dice una voz que no es la de Olga—. ¿Cómo lo llevas?

—¿María...? ¿Dónde estás?

—En Barcelona. ¿Puedes venir? Es importante.

Valentín baja de la bici frente al club y la deja apoyada en la pared, da un saltito golpeando alegremente un pie con otro y acto seguido empieza a sacar las bolsas de la compra, haciéndose un lío con ellas.

—¿Me oyes? —dice María—. ¿Puedes venir sí o no?

—¿Ahora?

—Sí. Ahora. Por favor.

Guarda silencio unos segundos, observando cómo Valentín consigue finalmente cargar con todas las bolsas, cuando ya sale Simón del club y lo ayuda.

—¿Ocurre algo…? —dice Raúl.

—¿Vienes o no?

—¿Dónde estás?

—En este momento, en una terraza de la plaza Real.

—No es mal sitio —corta y se queda pensando. Termina la botella, la tira por la ventanilla y pone el coche en marcha. Veinte minutos después entra en la ciudad por la Diagonal.

—¿Cuándo has llegado?

—Ayer —dice María.

—Para qué. No has venido a verme a mí, supongo.

—Sí y no… ¿Te molesta?

Está sentada a una mesa bajo los soportales de la plaza, mirándole fijo, escudándose en el humo de un cigarrillo. Viste falda corta y una ceñida camiseta. Raúl observa por encima de su cabeza rizada, tras ella, el tosco letrero sobre la puerta de un hostal barato. Un camarero acaba de dejar dos cervezas sobre la mesa y se retira, y Raúl coge una de las botellas.

—Todavía no lo sé.

—Tranquilo —dice María—. Es cosa del trabajo… Oye, ¿te encuentras bien?

—¿Qué trabajo?

—Sabemos que Nelson Mazuera está en Barcelona, pero no damos con él.

—¿Y?

—Creemos que podría ponerse en contacto contigo.

—¿Para qué? Ya no le sirvo.

Bebe de la botella y recuerda el cuerpo de María.

—Hizo un trato contigo, ¿no? —dice ella—. Este hombre confiaba en ti.

—Y qué. —Una pausa breve, una mirada a las rodillas con hoyuelos infantiles—. Demasiada gente confiaba en mí. No me llamará. Pierdes el tiempo.

—Espero que no...

María cruza las piernas, y, de pronto, Milena también lo hace, allá en su silla al borde de la pista, sonriendo a los clientes en la barra con los ojos entrecerrados entre el humo del cigarrillo. A María, raras veces la ha visto vistiendo falda. Sus pies pequeños, de dedos sonrosados y uñas pintadas, calzan zapatos de tacón alto con dos tiritas blancas cruzadas sobre el empeine tenso. Ahora él opta por una sonrisa afectuosa.

—Te veo muy bien, agente Lomas. La vida sin mí te sonríe.

Ella le mira con una sombra de tristeza en los ojos.

—Tú en cambio no estás bien. Hace mucho tiempo que no lo estás.

—Bueno, ya conoces mi lema. Siempre de mal en peor... ¿Algo nuevo sobre mi expediente? Estoy en capilla, ¿recuerdas?

—No tardarán en llamarte, supongo. No sé lo que harán. Pero ese chico, Tristán, no se ha recuperado, sigue muy grave.

—Se pondrá bien, no te preocupes. —Sus ojos violentos desmienten un amago de sonrisa y un apaciguamiento en el tono al añadir—: Estos hijos de puta tienen siete vidas. Tú y yo sólo tenemos una.

María observa su mano en torno a la botella de cerveza.

—¿Cómo lo llevas? —insiste.

—El qué.

—Las vacaciones forzosas.

Raúl se encoge de hombros. Ella chasquea la lengua y luego dice:

—¿No te preocupa lo que pueda pasar...? Pensé que habrías cambiado.

—¿Cuándo aprenderás? Lo que me pueda pasar dejó de interesarme, tengo otros problemas... Un hermano muy especial que requiere cuidados muy especiales, ya sabes. —Apura la botella de un trago y la agita boca abajo—. Oye, si vamos a pelear como antes, necesitamos algo más fuerte.

Se inclina hacia ella y apoya cariñosamente la mano en su rodilla. María pone la suya encima y le habla con la voz queda:

—¿Por qué no pruebas a tomarte un poco en serio, Raúl?

Ve su cara acercándose todavía más y percibe su aliento malsano y el agrio olor que transpira su camisa. Sus párpados cerrándose pesarosos y la mueca de sus labios parecen preludiar una confidencia dolorosa, la confesión de algo que de verdad le agobia. Pero lo único que deja oír es:

—¿Sabes una cosa, María bonita? —la mueca trocándose en una sonrisa—. No sé a qué te refieres. —La mira un rato en silencio y añade—: Oye, ¿dónde te alojas?

—Ahí mismo —dice María indicando el hostal a su espalda.

—Ajá. Si has pensado en mí, habrás incluido una botella de vodka en tu equipaje.

—Estoy de servicio. Sólo puedo ofrecerte agua...

—No te creo.

Acelera las embestidas cada vez que sus ojos tropiezan con los zapatos de tiritas abandonados en el suelo al lado de su americana, como si el pálido fulgor blanquecino en la penumbra del cuarto ejerciera sobre él un extraño magnetismo, como si la fantasmal insolencia que ha dejado en los zapatos el erguido empeine que los calzaba unos minutos antes prefigurase otros pies en otros ámbitos, en otra penumbra y en otro arrebato más febril y desesperado, mientras María, de bruces sobre la mesilla de noche, junto a la cama sin deshacer, aguanta el acoso con los ojos cerrados, debatiéndose entre el placer y el dolor, con la falda subida y sin desnudarse del todo, como si hubiese sido sorprendida por el apremio y la brutalidad de Raúl. Gime y protesta e intenta darse la vuelta, pero él la sujeta firmemente contra la mesilla hasta vencer su resistencia. Lo hace con una premura falaz y una premeditada violencia, con una aparente urgencia sexual que esconde una secreta revancha, el deseo de hacer daño y hacérselo a él mismo.

Cuando termina, hunde la cara en los cabellos de María, que se vuelve hacia él llorosa y apenada, intentando comprender. Con ambas manos levanta la cabeza abatida de Raúl y busca sus ojos.

24

Transcurren tres semanas sin que Raúl haya decidido resolver a su modo lo de Valentín y su querencia con la puta. ¿Cómo vas a sacarle de ese espejismo sin que el pobre capullo se sienta desgraciado e inútil quizá para el resto de su vida? Su padre, que se había planteado mucho antes la misma cuestión, y que volvió a planteársela ante el regreso imprevisto de Raúl al hogar, ahora ya no quiere ni oír hablar del asunto, y además no le da ocasión, ocupado como está casi todo el día en el picadero con Olga y Ahmed. Durante la cena en casa, si Raúl los acompaña, que no siempre lo hace, José prefiere hablar del trabajo. En ocasiones Olga comenta, lamentándose y sin ánimo de suscitar polémica, que sus quehaceres domésticos dedicados a Valentín a menudo le ocasionan desajustes y descuidos que afectan al orden general de la casa, debido a sus caprichosos horarios y sus gustos y manías con las camisas que prefiere, con sus petos azules y sus gorros blancos de cocinero, o con la disposición y el lugar para cada cosa en su habitación, y José escucha atentamente y comprende y aconseja paciencia con el chico. Raúl, en cambio, se enfurece con Olga y reprocha a ambos tenerle muy consentido e ignorante de la mierda que se trae de esa guarida de putas, y ahí empieza la discusión entre padre e hijo, por lo general muy violenta. Pero dura poco por voluntad de José. La libertad de movimientos otorgada a Valentín en su día, aun a riesgo de verle sufrir algún descalabro, es algo que no está dispuesto a discutir. El chico será un retardado, pero su pequeña parcela de felicidad, por inconveniente y viciada que sea, y por poco que dure, nadie se la quitará.

—Lo que está viviendo es una estafa, una burla de felicidad —opina Raúl.

—No para él —alega su padre, e insiste en que no está más indefenso que otros a pesar de sus limitaciones. Ciertamente se trata de una criatura limitada, admite sin amargura, una mente retrasada, tarada, si uno prefiere llamarla así, pero su espíritu despabilado nunca dejó de manifestarse. Puedes enfurecerte con él y burlarte de lo que dice o cómo lo dice, esas palabras que repite una y otra vez porque le suenan bien o porque le gustan en la boca, puedes reírte si quieres, pero es que para él las palabras son un gusto y una regla, una disciplina del carácter. Confía en ellas más que nosotros.

Debería resolverlo a hostias, se repite Raúl a solas, no sé qué diablos estoy esperando. A menudo la botella le ayuda a verlo claro y fácil. Pero se levanta tarde y con resaca, y lo que estaba claro y parecía cosa hecha la víspera, romperle los dientes a esa puta y dejarla hecha un adefesio, o denunciarla por posesión de drogas, o ingresar temporalmente a Valentín en una residencia para discapacitados, cualquier solución que hubiese considerado, a la mañana siguiente se desvanecía al instante al constatar una vez más la consistente, imbatible sonrisa feliz del presunto enamorado escuchando en su radiocasete la dichosa «Luna de miel», esa antigualla insufrible.

En la zona trasera del chalet, bajo un sol ya encaramado casi al mediodía, el Renault maniobra adelante y atrás, con las marchas mal puestas y rabiando. La brusca maniobra se repite una y otra vez, con el claxon sonando a intervalos, hasta que Raúl aparece en la puerta de la cocina con la americana sobre los hombros, los puños de la camisa sueltos y una taza de café en las manos.

Sentado al volante, Valentín maniobra hacia atrás y sonríe feliz como un niño. Gira la llave de contacto y para el motor, y vuelve a girar la llave y lo pone de nuevo en marcha, mete la primera, luego la segunda. El coche se mueve apenas cuatro o cinco metros.

—¡¿Has visto?! —grita—. ¡Mira, mira, ahora para atrás!

Raúl se encamina hacia el coche, abre la puerta, echa el freno y quita las llaves del contacto.

—Ya está bien. Baja.

—Si me prometes dejarme el coche otro día…

Sigue aferrado al volante como si le fuera la vida en ello.

—Si te portas bien —dice Raúl—. Ya sabes a qué me refiero.

Se encamina nuevamente hacia la cocina y Valentín se apea del coche y le sigue rezongando.

—Sí, hombre, ya lo sé. Claro que lo sé…

—¡¿Entonces?! —grita Raúl—. ¡Esta hijaputa te está comiendo el tarro y tú no quieres enterarte! ¿Pero tú qué te has creído, que eres un pichabrava o qué?

—Bueno, no soy Superman, ¿sabes? Ya me gustaría.

—Te van a hacer daño…

—Oooooootra vez con el mismo rollete —entona Valentín—. Mira que llegas a ser pesado y muermo y plasta y etcétera. ¿Por qué no te fijas un poco en los gusanos de seda, hermanito? ¿Por qué?

—Ya estás desbarrando. Me das pena, chaval. —Le vuelve la espalda y entra en la cocina—. Te dije que me la iba a tirar un día de estos, a tu novia, ¿te acuerdas? Pues me la voy a tirar, a ver si así entras en razón. ¡Solamente para que veas lo puta que es!

—¡Ya sé lo que es! ¡Lo sé mejor que tú! —grita Valentín, y de pronto se le pone cara de cartón–. ¡Pero tú... tú ni tocarla! Pro-prometí ocuparme de ella... Cui-cui-cuidarla. ¡Se lo prometí! Es-cucha...

—No hay nada que escuchar.

Parado ante la mesa, de espaldas a su hermano, Raúl se dispone a servirse más café, pero de pronto la cafetera se le va al suelo. Valentín lo atenaza por el cuello esgrimiendo un cuchillo.

—¡Quieto...! ¡Suelta ese cuchillo! ¡Suéltalo, Valentín!

—Es-escúchame te digo...

—¡Primero suelta el cuchillo!

Valentín aparta el cuchillo, y, despacio, afloja la presión.

—Eso está mejor. —Raúl se frota el cuello dolorido mientras observa cómo se aplaca el furor de su hermano–. Bueno, mira, no te prometo nada pero lo tendré en cuenta... Si quieres que te diga la verdad, tu chica no me gusta.

Valentín se desprende del cuchillo.

—Puedes invitarla a un combinado, a una margarita o una copa de cava y etcétera, y así le das a ganar un dinerito, que buena falta le hace. Pero no quiero...

—¡No tengo intención de hacerle ganar ningún dinerito!

—... que subas con ella. ¡Ni hablar de su-subir a su habitación! Coge a otra, a ti qué más te da. ¡A Nancy, que es amiga suya, y des-nudas son iguales! Cobra lo mismo y te pintará las uñas. —Entu-siasmado con la idea, añade–: ¡Pon-póntelo y pon-pónselo! ¡Pero no a ella! —De pronto se queda pensando, desalentado–. Claro, si te lo propones, la coges y la subes, ya lo sé... ¡Pero es que la podrías en-gatusar, y eso no! Porque tú... —como si fuera a revelar un secreto, los ojos le sonríen–, tú no eres el príncipe azul que ella espera, no lo eres. —Y bajando la voz–: No lo eres, Raulito, sabes que no lo eres...

Raúl le golpea fraternalmente la mejilla con el puño.

—Y tú sí, ¿verdad? Tú sí eres el jodido príncipe azul que ella esperaba. ¡Eso crees, ¿no?! ¡Pero qué chorradas se te ocurren!

—Eres mi hermano y has sido bueno conmigo, pero no lo serías con ella —insiste Valentín—. No señor, no serías bueno con ella, lo sabes muy bien. —Se encasqueta el gorrito de ciclista y se dispone a irse—. Y fíjate, si nos casamos, tendrá permiso de residencia...

—¡Pero qué dices! Estás más majara de lo que pensaba, Valen.

—Hombre, gracias, muchas gracias. Y ahora adiós. Tengo mucho trabajo, ¿sabes?

Raúl va tras él y desde el umbral de la cocina le ve montar ágilmente en su bicicleta y alejarse pedaleando muy animoso. Pero un poco más allá, antes de llegar al viejo olivo, frena la bicicleta y, sin quitar los pies de los pedales, moviendo solamente la rueda delantera de un lado a otro para mantener el equilibrio, vuelve la cabeza sonriendo y le grita:

—¡Ya sabes! ¡Póntelo y pónselo! ¡Pero no con ella!

Mientras pedalea en su bici lo acosa repentinamente el temor de sumergirse en el asfalto de la autovía que se desliza por debajo de las ruedas como un agua repentina y veloz, una mar inagotable y oscura que puede abrirse ante sus ojos, y entonces se le ocurre que no llegará nunca a su destino, ya sea el supermercado, la oficina de correos, la farmacia o el videojuego que más le gusta.

Algunos días, para ahuyentar a Desirée de esa conciencia repentinamente sumergida que a ratos no controla, que no acierta a reflotar en la tranquila superficie de la rutina cotidiana que establecen sus quehaceres en el club y en torno a las mujeres que allí se alojan, se abstrae voluntariamente en la evocación de los gratos momentos que comparte con ellas en sus horas de asueto, sobre todo las mañanas parlanchinas en la cocina y alguna que otra tarde en sus habitaciones, cuando, después de la siesta, le han pedido un té o un yogur y a puertas abiertas hablan a gritos mientras se visten y se acicalan e intercambian bromas y barras de carmín y bisutería poniéndose guapas antes de bajar al bar a la caza de clientes. No siempre están de chunga y bromean a su costa, y no siempre le hacen sentirse útil y necesario, cumplidor y de lo más eficiente. Pero no se burlan de él con ánimo de herir, ni siquiera lo hacen a sus espaldas. Celebran su propio estupor ante alguno de sus imprevistos dislates, riéndose.

Jennifer cuenta que esta mañana, Emilia, la mujer de la limpieza, le ha dicho que el otro día, mientras fregaba la pista con el mocho, vio a Valentín entrar en el bar cargado con las bolsas del súper, y que en una de las bolsas asomaba el mango de una cuchara grande de madera y algunos utensilios de cocina que acababa de comprar. Iba la bolsa muy repleta y Valentín muy apurado en dirección a la cocina, cuenta Jennifer, y la cuchara se cayó de la bolsa a la pista sin él darse cuenta, pero Emilia lo vio y se lo dijo, mira lo que se te ha caído. Dice que ella misma se disponía a recoger la cuchara, al verle tan agobiado, pero Valen, parado al borde de la pista como suele hacer cuando se le cruzan los cables, le dijo que no, que esa cuchara no se le había caído, y que no la tocara nadie. Que él acababa de dejarla allí expresamente, dijo, por si el alma de Desirée quiere salir del fondo del mar, que encuentre una madera donde sujetarse.

Alina se mira con melancolía las largas uñas de las manos mientras Nancy se las pinta, y Rebeca dice no te las dejes crecer más, Ali, que espantarás a las pollas. Ve y dile a Bárbara que me devuelva el desodorante, Valen, por favor. Mira qué llaguita me ha hecho el zapato, ¿tienes una tirita, cielo? ¿Tienes un sello para mi carta? ¿Tienes una aspirina? ¿Me sacas la ropa de la lavadora, me la tiendes en la azotea, me arreglas la alcachofa de la ducha? Ruegos y peticiones a las que él pone música y devienen canciones cuando pedalea en la bici yendo a la compra. Salchichas, beicon, cereales, mermeladas, tampax, condones, quesos, té, gel íntimo de efecto ultramojado larga duración y brillo extremo y etcétera, y para *Babarita*, esa bollería pringosilla y asquerosilla, no sé cómo no prefiere mis riquísimos roscones. En estas comisiones, con frecuentes entradas y salidas en los dormitorios, en ocasiones sorprende sin querer algún repentino desahogo privado, sollozos en el lavabo o en un rincón oscuro del cuarto, una espalda desnuda afligida, sacudida por el sentimiento de lejanía y de pérdida que embarga a todas un día u otro, en cualquier momento.

Son casi las cinco y Nancy, a medio vestir, sentada en la cama junto a las cartas de una baraja esparcidas sobre la colcha, pinta con laca violeta las uñas de los pies de Yasmina, y de pronto suspende el pincel y la mira con tristeza. Ya vestida pero todavía bostezando, Yasmi se ríe de su melancolía y no sabe estarse quieta, por lo que Nancy le tira un cojín a la cara y una pincelada violeta en la planta del pie.

Rebeca entra en su cuarto de baño descalza y tosiendo, se toma un jarabe haciendo muecas, se mira en el espejo y no se gusta, saca la lengua, acomoda sus pechos dentro del sujetador, consulta su reloj, se pinta los labios con premura. Entra Jennifer en bragas secándose la cabeza con una toalla y le pide un suavizante para el pelo y la regaña, chica qué tos más mala, ¿te duele la garganta?, haz gárgaras con agua y bicarbonato, Valen te lo trae de la cocina. Ahora no, mi niño me tiene que cambiar la bombilla de la mesita de noche.

Cerca de las cinco, Milena se calza los zapatos sentada al borde de la cama, Valentín junto a la puerta se ciñe los bajos del pantalón con los clips de ciclista y después se cuelga la pequeña mochila a su espalda, ella se levanta y le pasa la lista de la compra redactada por Nancy y dice Bárbara quiere que pases a verla si vas al súper, tiene hemorroides, entonces él la rodea con sus brazos y la levanta del suelo y estampa un sonoro beso en su mejilla, y ella vuelve a decirle prométeme que hablarás con tu hermano porque él sabe lo que te conviene, ¿sí?, mientras le va empujando hasta sacarle del dormitorio. En el pasillo, junto al balcón abierto, Alina con peluca azul y destellos de purpurina en los hombros espera a sus compañeras limándose las uñas.

También la habitación de Bárbara está abierta y ella todavía en bata y con rulos tumbada boca arriba en la cama, ganduleando medio adormilada, tal vez en ese duermevela evoca un novio bailarín que tuvo porque parece que sonríe, pero enseguida se le agria la expresión, se lleva el dorso de la mano a la boca y muerde, entonces es que no está dormida, la otra mano la lleva despacio al sexo y suspira, parece muy triste, esa mano está hurgando entre los muslos por encima de la tela de la bata. Bueno, puesto que ya sabemos lo que quiere, una pomada para las hemorroides, es mejor no despertarla y cerrar la puerta sin hacer ruido.

Al cuarto de Milena se asoma con cualquier excusa. ¿Quieres que te traiga cigarrillos Malibu? Marlboro. Eso, Morbolo. ¿Quieres? No, me traes mejor un librillo de papel de fumar. Y sé bueno con tu hermano, ¿sí?

Y por la noche, en este mismo pasillo, ya con las puertas cerradas y bajo la luz submarina e irreal, avanza de nuevo sosteniendo con la mano en alto la bandeja con una botella de cava y dos copas, y roscos hechos por él de obsequio. Parado delante del cuarto de Yasmi, con semblante melancólico escucha un instante sus famosos chillidos —Mummmm, tal que una cerdita escandalosa— detrás de la puerta, y luego, conteniendo la risa, llama suavemente con los nudillos.

Poco después entra en la cocina con la bandeja vacía y meneándose al ritmo de la música que llega del bar, deja la bandeja, se pone el gorro de cocinero, coge el rodillo y empieza a amasar la pasta para pizzas, sin que sus pies dejen de bailotear. Por la ventana abierta asoma un trozo de la noche amiga rasgada alegremente por un lejano relámpago. Haré una pizza de lluvia, tararea. Suda y se afana. Una pizza de lluvia.

—Va siendo hora de que te vayas a casa, Valen —dice la señora Lola pasando por su lado detrás de la barra y alborotando su pelo.

—¿Ya?

Acaba de disponer la pizza troceada en un plato y está mirando fascinado las espesas cejas circunflejas y la cara de rana del gordo sesentón que Nancy acorrala en la barra, y al que tiene mareado con su parloteo intentando hacerse invitar.

—¿Qué hace usted con la boca, señor? —dice Valentín.

—¡Pues hablo cuando me dejan! Aunque no tanto como ella —responde el señor, sonriendo a Nancy con pesadumbre prostática—. ¡Por ahora nada más que eso hacemos con la boca, muchacho!

La abre como un cazo y gesticula mucho con los gordos labios, paseando un puro habano de una comisura a la otra. Alina une sus escarceos a los de Nancy para conseguir ser invitadas a una copa. La música suena a todo volumen. Bárbara baila en la pista con un rubio bajito en cuyo hombro recuesta dulcemente la cabeza. Mientras dispone bebidas cuidadosamente en una bandeja, Valentín, maravillado, no puede apartar los ojos de la gran boca con el puro que no se está quieto.

—¿Qué le pasa en la boca, señor? —insiste—. ¿Por qué mueve tanto la boca?

—¡Porque ahora estoy hablando, gilipollas!

—Mummmm. No hace falta mover tanto la boca para hablar —dice Valentín muy convencido, y con los labios prietos añade—: Fíjese en mí. Fí-je-se, se-ñor, mire mi bo-ca, mire mi bo-ca.

Pasmado ante las muecas de Valentín, el cliente interroga con la mirada a Nancy, que suelta una carcajada. Alina acaricia la soberbia papada del hombre:

—¡Ni caso, guapito, es que el chico tiene la boca seca! ¡Como yo!

—Quiero que te vayas, Valen —insiste la señora Lola—. Es medianoche.

—¿Ya?

—Ya.

Milena está sentada a una mesa, fumando un cigarrillo, y sonríe a un joven calvo que se le acerca con la chaqueta colgada del hombro y un vaso en la mano.

Cambia unas palabras con él, apaga el cigarrillo en el cenicero, se levanta atusándose la melena y se dirige a la escalera de caracol seguida por el cliente. Lleva medias negras y la falda abierta en un costado.

25

El Renault se detiene frente al club. Empieza a lloviznar. Sentado al volante, con el motor parado y los faros apagados, Raúl permanece quieto. Últimas caladas al cigarrillo mirando la bicicleta de Valentín apoyada junto a la entrada. Tira la colilla y bebe unos tragos de la petaca. Su aspecto no ha mejorado y lleva el pelo más largo. Su impermeable con capucha está plegado sobre el respaldo del asiento del copiloto. Se dispone a bajar del coche cuando suena el móvil.

No debería llamarte, puñetero. —Suena la voz ondulando como sumergida bajo el agua—. ¿Me escuchas...? ¿Estabas durmiendo...?

—No.

—Se trata de Tristán. Hay novedades...

—Sea lo que sea, no me interesa.

—Es para decirte que ya lo sacaron del hospital, pero está...

—María, no me interesa.

—... no veas cómo está. El chico es un vegetal de por vida.

—Mala suerte. —Una breve pausa—. ¿Qué sabes de lo mío?

—El jefe está haciendo lo imposible para que se archive, pero el asunto pinta mal. Me temo lo peor. No ha habido denuncia de los Tristán, pero a mí eso no me tranquiliza, al contrario, me da mala espina. Pueden querer arreglarlo a su manera, ya me entiendes… Por eso te llamo, para que te andes con ojo, no por otra cosa, no te creas.

—Cuando le sacudí al mayor, el año pasado, tampoco presentaron denuncia.

—No tenían ningún testigo. Pero ahora sí. ¡Te digo que traman algo…!

—Está bien. Tranquila.

—Ten mucho cuidado. ¿Me oyes…? Ya sabes cómo golpea esa gentuza.

—Gracias por llamar, agente —dice en un tono que pretende ser cálido, y antes de apagar el móvil, ya con otras imágenes turbadoras en la cabeza, farfulla—: Eres una buena chica.

—Soy una idiota, eso es lo que soy… Cuídate, cabrón.

La lluvia arrecia sobre la capota del coche y sobre los cristales de la ventana del cuarto de Milena, que se incorpora junto a la cama y termina de desnudarse frente a alguien, quienquiera que sea. Se ha quitado una media negra, pero sigue con la otra puesta para enmascarar la cicatriz. La mano masculina se posa en ese muslo y ella se gira despacio, cautelosa, y coge la mano y la reconduce hacia la piel íntegra y acaso ardiente del otro muslo, y lo hace seguramente sin dejar de sonreír, a quienquiera que sea, piensa, ofreciéndole esa media hora o esa hora entera —o quién sabe si más tiempo, si acaso consiente por dinero o por gusto— después de encerrar a su niña querida en el cajón de la mesilla de noche. Lo supone todo eso, lo ve sin poder evitarlo, sin desearlo, adivina el cuerpo desnudo y el paso muelle de la muchacha sobre la alfombra dirigiéndose al baño con el doble guiño risueño y malicioso de las pequeñas nalgas, vislumbra fugazmente la sonrisa herida entregándose en la penumbra, imagina las astutas maniobras de la cadera alertada y de la mano experta de uñas esmeralda moviéndose para no permitir el tacto con la cicatriz, ni el menor roce, ni una mirada, para que ese garabato infame no ahuyente a la presa, quienquiera que sea. Una desgraciada puta haciendo su trabajo, no es más que eso, no le des más vueltas. Quieto dentro del coche, con el móvil todavía en la mano y mirando las luces de la entrada del club, ve salir del local a Valentín, encorvado bajo la lluvia y acarreando dos bolsas de basura. No lleva la gorra de ciclista ni los clips en los bajos del pantalón, sólo un plástico en la cabeza a modo de capucha. Algo le impide tocar el claxon para llamar su atención, mientras le ve tirar las bolsas en el contenedor y montar presuroso en su bicicleta. Valentín se va pedaleando con fuerza en dirección a la autovía hasta desaparecer, y él permanece un buen rato quieto al volante, mirando a través del parabrisas que emborrona la lluvia. De pronto extrae las llaves del contacto, agarra el impermeable y se apea.

Entra en el club con el impermeable sobre los hombros y se dirige a la barra, en cuyo extremo curvo se instala. Lola acude enseguida.

—Acaba de irse —dice mirándole con prevención—. ¿No le has visto?

—En vaso bajo y sin hielo —dice Raúl sin mirarla.

—Pero qué.

—Vodka, ginebra. Da lo mismo.

—¿Le has visto o no?

No obtiene respuesta y se vuelve para coger la botella del estante, escrutándole de refilón. Raúl deja pasar un rato antes de pasear la mirada por el local, comprobando que Milena no está. Jennifer y Nancy alternan con dos jovenzuelos. Con los morenos pechos desnudos, Bárbara se tima con un cliente en una mesa del fondo. Alina sube por la escalera de caracol con un gin-tonic en cada mano y riéndose, seguida por un admirador que refresca su trasero restregándole un vaso lleno de cubitos de hielo.

—Deja la botella aquí —gruñe Raúl después del primer sorbo.

—No es norma de la casa. —Lola menea la cabeza—. Que no está te digo, lo mandé a dormir hace un minuto. —La botella todavía en la mano, observa a Raúl con ojos zalameros—: ¿O es que esta noche no vienes por el chico?

—Vengo por un trago, vieja bruja.

—Bueno, lo uno no está reñido con lo otro...

—¡Me cago en la leche! —masculla con la cabeza gacha como si fuera a embestir—. ¡¿No tiene la señora metomentodo nada mejor que hacer?!

—Por supuesto que sí.

Le llena el vaso, planta la botella ante él y se va para atender a un cliente. Cerca de Raúl y sentada en el alto taburete, lo que le permite lucir las piernas, Jennifer coquetea con un joven albino de hombros caídos, que le pregunta:

—¿Y puedo poner un vídeo mientras? —Saca del bolsillo un estuche negro con una carátula roja.

—¿Mientras qué? —dice Jennifer.

—Mientras lo hacemos.

—¿De qué va?

—Es una peli sobre la caza de focas en Alaska.

—¡Pues vaya cochinada, guapo! El caso es que tengo la tele escacharrada...

—Bueno, otro día.

Raúl, acodado en la barra, inmóvil, no aparta la mirada del vaso. Más allá, Nancy se hace invitar por otro cliente y a los diez minutos también lo deja para moverse por las proximidades de Raúl, dejarse ver.

—¿Cómo le va?

Él no parece oír. Apura su vaso y clava la barbilla en el pecho. Con una mueca desdeñosa, Nancy desiste y se aparta.

Ha dejado de llover. Valentín llega a la trasera del chalet pedaleando con fuerza, se apea de la bici y entra por la puerta de la cocina. La casa está a oscuras y en silencio, salvo el rumor del oleaje, bronco después de la tormenta. Se quita el plástico de la cabeza y sube a la primera planta. No enciende la luz del pasillo, sabe que es muy tarde y camina con pasos cautelosos para no despertar a su padre ni a Olga, aunque, en realidad, le gustaría que se despertaran, porque en el fondo está deseando hacerles saber que esta noche ha vuelto a casa, aunque sea un poco tarde. Así que, con una sonrisa de oreja a oreja y andando como si pisara huevos, avanza entonando en voz baja:

—Hola. Estoy aquíííí… Hola, familia, buenas noches… Que no se diga que Valentín nunca duerme en casa. Hoooooolaaaa…

Al pasar por delante del cuarto de Raúl se para, abre la puerta sin hacer ruido, se asoma sonriendo y enciende la luz.

—¡Hey, Raúl! ¡Aquí estooooy…!

Ve la cama intacta, se la queda mirando un rato, su sonrisa se esfuma. Mmmmmm. Pensativo, apaga la luz, cierra la puerta y se encamina cabizbajo hasta su cuarto.

En la barra sólo quedan él y otro cliente achispado que se apoya en Nancy y le susurra al oído mientras juegan a los dados. Suena una melodía suave, gentileza de la señora Alicia y preludio del cierre. Rebeca baila en la pista con un señor sudoroso, y Jennifer se ha sentado a una mesa, descalza, y se masajea el pie. Raúl mira por encima del hombro, una vez más, la escalera de caracol que a ratos siente enroscada en su médula espinal. Entre jirones de humo de tabaco y luces algodonosas distingue a Jennifer levantarse derrengada de la silla con los zapatos en la mano y subir la escalera cansinamente. Las demás ya no están. Simón friega vasos detrás de la barra y Lola cambia una mirada con él. Coge la botella de vodka y vierte una medida regular en el vaso de Raúl.

—Vamos a cerrar. La última a cuenta de la casa. Para que luego digas que no te queremos.

Observa cómo empina el codo y cómo rehúye su mirada de reprobación, y, con una voz que se pretende chusca, añade:

—¿Cuánto tiempo podrás aguantar así, cariño? —Y en tono más suave, casi cómplice—: Ya no bajará.

—Quién te ha preguntado.

—Ha tenido un mal día y no se encuentra bien… No bajará.

Raúl ni la mira. Apura el vaso, saca un billete del bolsillo, lo tira sobre el mostrador y se encamina hacia la salida.

26

A la mañana siguiente, nada más despertar, Valentín pone en marcha el radio-
casete y, sentado en la cama, coge su pantalón, vacía los bolsillos y
se aplica en el recuento escrupuloso de las propinas de anoche. Luego saca el conejo-hucha de la caja de zapatos y, con sumo cuidado,
con mimo, como si fuera un ritual, va introduciendo las monedas de
una en una en la sonrisa del conejo mientras tararea su canción favorita acoplando su voz a la de Gloria Lasso. Minucioso, pausado,
devoto, espera a oír el clinc de cada moneda en la barriga del conejo antes de echar la siguiente. Después vuelve a guardar el conejo en
la caja de zapatos y coloca ésta en la repisa, se levanta de un salto,
se afeita y se ducha deprisa y se pone la camisa a cuadros que Olga
le ha dejado plegada y limpia sobre la consola, junto con la muda.
Le lleva un rato ponerse la gorrita de ciclista frente al espejo; quiere
la visera recta sobre la frente, no la quiere en el cogote ni ladeada sobre la oreja, no le gusta chulear con la gorra. Apaga el radiocasete
de la repisa y sale del dormitorio.

En el pasillo abre la puerta del cuarto de Raúl y asoma la cabeza. Le ve durmiendo boca abajo en la cama sin deshacer, en camiseta y con zapatos y pantalones, una pierna colgando a un lado y la

petaca de licor en la mano. Siente fraternalmente una sequedad en la boca y una tristeza. ¡Y todavía no tiene papada!, se lamenta mirándole. Entra sin hacer ruido, levanta la pierna y la acomoda en el lecho, le quita los zapatos y la petaca y lo arropa como puede cuidando de no despertarlo. Se queda un instante a su lado mirando el borrascoso perfil hundido en la almohada, y luego se va cerrando la puerta.

Sumido en una vaga sensación de extrañeza, en la cocina enciende la cafetera eléctrica. El bocadillo de jamón y queso preparado por Olga y envuelto en papel de estaño está sobre la mesa junto con la nota escrita a lápiz. Te esperamos a comer en el picadero. Tu padre quiere hablar contigo, Violeta te echa de menos y Ahmed también. ¡No seas malo y déjate ver! Olga, que te quiere.

—Otro día, Olguita —dice en voz alta—. Otro día.

Poco después pedalea animosamente en su bicicleta por la autovía y bajo un cielo de plomo, una mano en el manillar y con la otra empuñando el bocadillo a medio comer. Ha empezado a lloviznar. Un coche lo rebasa apartándolo a bocinazos. Una mermelada de chuparse los dedos, piensa, eso es lo que hoy haré. Puré de calabaza hervida y trocitos de chocolate. A Desirée le habría gustado. El sol saliendo un instante entre las nubes, apenas un parpadeo que se confunde con el de sus ojos, alumbra al borde de la autovía, sentada sobre una maleta con las piernas cruzadas enfundadas en medias de rejilla, a Desirée haciendo autoestop debajo de un paraguas transparente. No me engañas, Desi, sé muy bien dónde estás. Un poco más adelante la puta espectral se aparece de nuevo en el arcén, ahora de pie y con los brazos en jarras, sonriéndole, y tampoco admite que sea ella. Esta zona de la autovía está jalonada de muchachas faldicortas y de cabellos verdes y azules y amarillos y etcétera, que hablan lenguas extrañas y llegadas de quién sabe dónde, se mezclan con la gente que se apea de los autobuses y la que cruza la autovía de montaña a mar jugándose la vida al esquivar los veloces automóviles, y, en ocasiones, Valentín se para un rato con su bici y las mira presagiando el advenimiento inmediato de algo terrible.

Al mediodía, Milena sale al balcón y se acurruca en el suelo, la espalda contra la pared, la colcha sobre los hombros y la taza de café sobre las rodillas alzadas. Mira con fijeza al frente, por entre la barandilla de hierro, hacia el abrupto desmonte y el matorral donde solía merodear el conejo, pero ya hace días que no se deja ver. Poco después había venido Yasmina con la esperanza de tomar un rato el sol; se había tendido sobre una toalla con el vientre y las largas piernas al aire, pero el cielo siguió encapotado y no parecía que fuera a despejar, así que se levantó y volvió al cuarto dc Milena, donde Jennifer, Nancy, Bárbara y Alina se habían juntado para jugar al parchís.

Suelen reunirse en el cuarto de Milena porque es el que está más cerca del balcón, al que salen a jugar en los días soleados. Sentadas o recostadas en torno al velador, desgreñadas y en bata, alguna con la toalla liada a la cabeza, mojan roscos en tazones de café con leche y agitan furiosamente los cubiletes y los dados soltando exclamaciones, celebrando lances del juego con chillidos histéricos. Hoy Milena había preferido quedarse recostada en la cama con su taza de café, desentendiéndose del parchís o de cualquier otro juego que propusieran... ¿Quién de ellas fue la que una vez dijo que era igualito que Valen pero en guapo, y en qué pensaría para decir semejante tontería, cuando en realidad es la misma cara y el mismo cuerpo, sí, pero no más guapo sino más aparente, más acabado y más sosegado, conformado a un destino más adverso y amargo que el de su propio hermano gemelo? No había más que observar sus andares, su espalda doblada en la barra frente a una copa, sus párpados pesarosos, sus silencios. En todo eso piensa vagamente Milena echada en la cama, mientras le llegan las súbitas explosiones de júbilo de las cuatro amigas esgrimiendo cubiletes y celebrando golpes de suerte, entregadas a una excitación y a unas expectativas que iban más allá del azar de los dados, como si algo importante estuviera debatiéndose no sólo para la afortunada que iba ganando, sino también para las otras tres que perdían. La victoria era celebrada por todas y la derrota también, y entonces ella se levantó, se envolvió en la colcha y salió de la habitación dirigiéndose al balcón trasero.

Absortas en el juego, sus compañeras ni se dieron cuenta.

Empieza a llover con intensidad a media tarde, justo cuando el Renault retrocede y aparca debajo del chamizo. Deja al descubierto la mitad del coche, porque detrás hay una moto. El chaparrón traspasa la frágil techumbre de cañas y ramaje y golpea con fuerza la cubierta del motor y el parabrisas, y Raúl se queda sentado al volante con los ojos clavados obsesivamente en la puerta del club. Podría quedarse aquí quieto, viendo resbalar la lluvia en ondas suaves y continuas sobre los cristales, podría serenarse y pensarlo mejor, dejarlo para otro día menos perro, piensa, podría incluso buscar alivio acercándose con el coche hasta la autovía y esperar, parado en el arcén, a una desconocida que acudiría bajo un paraguas de plástico transparente y se sentaría a su lado en el coche dejando de inmediato la mano en su bragueta… Lo piensa, pero no por mucho rato. Saca las llaves del contacto, coge del asiento de atrás el impermeable negro con capucha, se apea, bloquea las puertas con el automático y corre hasta el club con el impermeable sobre los hombros.

Son poco más de las cinco. Una furgoneta de reparto de bebidas se para frente a la entrada.

—Fue al súper —le informa Lola detrás de la barra—. Y a los videojuegos, supongo... Le dije que se iba a mojar, y ni caso.

Acodado a la barra, en su rincón habitual, Raúl deja el impermeable sobre un taburete y pide un vodka.

—¿Hace mucho?

—Un par de horas. No puede tardar.

Sin mediar otras palabras Lola le sirve un vodka, deja la botella frente a él y se desplaza al otro extremo de la barra para repasar el albarán de entrega con el repartidor. El local está casi vacío, hay un cliente en la barra y otro ocupa una mesa con Jennifer sentada en sus rodillas, que se ríe discretamente. Nancy les lleva dos combinados y se sienta con ellos. Simón, con una caja de botellas cargada al hombro, desaparece tras la puerta de cristal esmerilado que lleva a la cocina, cuando, al fondo, Milena baja por la escalera de caracol y al ver a Raúl en la barra se para en el último escalón. Lleva una blusa blanca y una falda azul. Con un prendedor entre los dientes y las manos en la nuca, sujetándose el pelo, se queda mirándole durante unos segundos.

Como si notara sus ojos, Raúl vuelve la cabeza y la mira a su vez, cuando Nancy, meneándose al compás de la música, ya se encamina hacia ella y la coge de la mano.

—¿Se te pasó el mareo, corazón?

Milena asiente con aire resignado. Nancy la atrae hacia la pista, la enlaza por la cintura y empiezan a bailar con las mejillas juntas y muy despacio. Lo hacen de vez en cuando, muy abrazadas, aunque a la señora Lola no le gusta. Qué pensarán los hombres. Nancy baila con los ojos cerrados y expresión soñadora, pero los ojos de Milena, atisbando la nada por encima del hombro de su amiga, a pesar de la velada tristeza de siempre, no pueden ocultar cierta ansiedad. Colocándose de espaldas a la barra y apoyando en ella los codos, Raúl observa a las dos mujeres que giran mejilla contra mejilla. Sin dejar de mirarlas, tantea con la mano el vaso sobre el mostrador, a ciegas, lo alcanza y bebe. Luego espera a que los ojos de Milena lo alcancen.

Bruscamente, Milena se libra de los brazos de Nancy y se va escaleras arriba. Lola la ve, suspende el bolígrafo y la firma sobre unos papeles que sostiene el repartidor y, con los ojos y un gesto mudo, interroga a Nancy, que le hace una seña como diciendo está mareada.

Raúl se encara de nuevo a la barra, coge la botella, llena otra vez el vaso y se queda mirándolo con expresión sombría. Deja pasar dos minutos largos antes del primer trago. De pronto empuña el vaso y se despega de la barra, dejando los cigarrillos y el impermeable en el taburete. Por encima del hombro, yéndose, le dice a Lola:

—Cuando vuelva mi hermano, que me busque arriba.

—¿Arriba? Pero... —la señal de alarma cruza fugazmente por sus ojos—, ¿dónde arriba?

—Él sabrá dónde.

Con el vaso en la mano cruza la pista, alcanza la escalera de caracol y sube sin prisas.

En la penumbra de la habitación, Milena apoya la espalda contra la pared sin apartar los ojos de la puerta de entrada. Le llega desde abajo, apagada, la música del bar. Cuando la puerta se abre y entra Raúl, quiere retroceder más, pero la pared se lo impide. Raúl se para a tres metros de ella, que no puede dejar de mirarle fijamente a los ojos, como si leyera en ellos lo que ya sabe. Que este momento tenía que llegar, siempre lo supo. Todo indica que el paso que él se dispone a dar es premeditado y firme, la fría luz de sus ojos no deja lugar a dudas, y sin embargo, persiste en el mismo hielo de esa mirada cierta ambigüedad que ha estado latente en todos sus encuentros desde la primera vez que se vieron, y que ella percibe ahora con toda evidencia. Le mueve el deseo, ciertamente, lo lleva escrito en la cara, pero enmascara ese deseo y prefiere creer, y hacerle creer a ella, que si se acuesta con una puta es con la única finalidad de que Valentín la repudie de una vez por todas.

—Ya casi llega tu hermano... —murmura ella.

—Lo sé.

No dejan de mirarse a los ojos. Milena opta por decirlo:

—Y quieres hacerlo conmigo por eso.

Raúl tarda unos segundos en contestar.

—Sí.

—Sólo por eso. Para que Valentín nos vea... Me vea.

—Para que te vea hacerlo conmigo, sí. —De nuevo se toma unos segundos antes de añadir—: Que vea lo que eres. Una puta.

Ahora ella cierra los ojos y hace un pequeño esfuerzo para decir:

—Me ha visto muchas veces...

—No conmigo. —Avanza un paso más y se para—. Acércate.

Milena se desplaza un poco hacia la mesilla de noche, pero sigue con la espalda pegada a la pared y los ojos cerrados. Si no los mantuviera cerrados, podría ver que la mirada de Raúl no es ahora implacable o vengativa, sino que está animada por otro imperativo emocional más hondo e incontenible, algo que ni él mismo había previsto y que no será capaz de controlar.

—Para qué hacerle daño de este modo... —murmura Milena—. Es como un niño. Voy a decirle que se vaya, ¿sí?, que no vuelva...

—Ya es tarde para eso. Media hora, treinta euros...

—No estoy bien...

—... una hora, cincuenta. Eso dijiste, ¿no? —Hunde la mano en el bolsillo del pantalón y arroja un billete sobre la cama–. Ahí lo tienes.

–No estoy disponible… No, hoy no…

–Acércate.

Milena no se mueve durante menos de un minuto interminable. Después abre por fin los ojos, se le acerca un poco y se para.

–Más –dice Raúl, y ella obedece–. Quítate eso.

Se abre la blusa y deja caer los brazos a lo largo del cuerpo. Cierra de nuevo los ojos y le oye decir:

–Todo.

27

La furgoneta de reparto abandona la explanada frente al club bajo una lluvia persistente en el momento en que llega Valentín y salta de la bicicleta. Saca del cesto delantero las bolsas de la compra, y, al quitarse el plástico de la cabeza, repara en el Renault debajo del chamizo. Se queda mirándolo y luego entra en el club. Desde el guardarropa, Simón le ve entrar y hace señas, pero él no lo advierte.

Lola sale de detrás de la barra nada más verle. Hay dos clientes más, bebiendo cerveza y riéndose y hablando a gritos, y con ellos Yasmina y Rebeca, que también advierten la llegada de Valentín e intercambian una mirada de alerta.

—¡Cómo llueve! —exclama él—. ¡Olvidé mi chu-chu-chubasquero!

Está todo él empapado, menos la cabeza. Deja las bolsas al final de la barra y repara en el impermeable negro de Raúl sobre el taburete. Lola se sitúa a su lado y quiere cargar con alguna bolsa.

—Dame eso. Mira cómo vienes.

Él ha cogido el impermeable y mira en torno.

—¿Dónde está...?

—Tranquilo —entona Lola—. Verás lo que vamos a hacer... Primero llevaremos todo esto a la cocina, ¿te parece? Anda, ven conmigo. Hoy vamos a tener bastante trabajo, ¿sabes? Gran juerga. Un equipo de ciclistas aficionados viene a celebrar algo... Están al llegar.

Coge un par de bolsas y pretende que Valentín la siga, pero él permanece parado junto a Nancy, en cuyos ojos esquivos intuye que algo pasa, y vuelve a mirar el impermeable de Raúl en sus manos, como si nunca lo hubiera visto.

—¿Está con ella...?

—Pero bajarán enseguida. —Yasmina se cuelga de su brazo—. Ven, mi cielo. —Intenta llevarlo hacia la puerta de cristal esmerilado—. Me ibas a enseñar la receta de la tarta con limón, ¿recuerdas? Vamos a la cocina.

Valentín reacciona y sonríe con expresión astuta.

—Ah, sí, tarta de hojaldre con limón. —Se desprende de Yasmina, le quita las bolsas a Lola y se dirige solo hacia la puerta—. Olvidó el impermeable, pero no importa, no pa-pasa nada... Yo se lo guardaré en la cocina hasta que baje.

Empuja la puerta y desaparece tras ella. La señora Lola vuelve a situarse detrás de la barra con un suspiro de alivio y las chicas se miran sin saber qué decir. Minutos después, ocupadas en atender y camelar a ocho jóvenes y eufóricos ciclistas que beben cava en una enorme copa niquelada de grandes asas, ninguna de ellas le verá subiendo sigilosamente por la vieja escalera interior con los brazos pegados al cuerpo y arrastrando el impermeable negro. Una vez arriba, mucho antes de llegar a la puerta, escucha los gemidos y sabe que esta vez no son una engañifa, no son como los chillidos de cerdita asustada de Bárbara, y tampoco de Alina, no se aceleran descaradamente en la impostura y en las prisas por acabar, a la manera desenfrenada y gutural de Alina o de Nancy, que parece que se vayan a ahogar, éste es otro ritmo, íntimo y sosegado y persistente, una respiración conformada a otra cadencia, a una suspensión del espasmo que ella apenas acierta a controlar y donde violencia y ternura se confunden. Nunca, ni en los servicios más placenteros que recuerda haberle oído comentar, ni cuando la retenían más de la cuenta en esta habitación los clientes más consentidos, los que ella más apreciaba por su trato considerado y generoso, se había sentido él tan conturbado por lo que expresaba ahora la garganta de Milena.

Pasa por delante de la puerta sin pararse, tapándose un ojo con la mano y sintiendo que el otro se le nubla, y sigue hasta salir al balcón. La lluvia repica con fuerza sobre las baldosas y sobre la herrumbre de la maltrecha escalera de incendios. Volver ahora atrás, a la cocina, significa explicar a la señora Lola y a las chicas lo que él no sabría explicar, así que, después de pensarlo un minuto, se descuelga por la escalera hasta el suelo enfangado, rodea el edificio furtivamente y, junto a la entrada del club, se planta frente a su bicicleta. Advierte que sigue arrastrando el impermeable y vuelve a mirarlo, nuevamente desconcertado, como preguntándose por qué lo lleva, para qué sirve. Y se lo pone maquinalmente, ajusta la capucha a su cabeza e inicia el ligero balanceo del torso adelante y atrás. Hunde las manos en los bolsillos y saca las llaves del Renault, que mira absorto. Entonces vuelve la cabeza, repara en el coche bajo el chamizo y se encamina lentamente hacia él, lo abre y se sienta al volante. Durante un rato permanece inmóvil, mirando cómo resbala en el parabrisas el agua que filtra la techumbre del chamizo. La enorme motocicleta ya no está aparcada detrás y la maniobra parece fácil, y además el aguacero remite. Con gestos de autómata y una luz repentina en los ojos, Valentín introduce la llave del contacto, pone el motor en marcha y el coche abandona muy despacio la zona de aparcamiento, deslizándose por el sendero que da a la autovía. Cambiando de marchas convulsivamente, haciendo rugir y ronronear el motor, a paso de tortuga y siguiendo una línea incierta, Valentín enfila la autovía arrimado al arcén en dirección sur y animándose con la voz. ¡Brruummm!, ¡brruummm! Doscientos metros más allá, en el inicio de la curva, se le cala el motor y el coche se para, muy escorado sobre la cuneta. Lo brazos cruzados sobre el volante, el conductor reclina sobre ellos la cabeza encapuchada y oculta el rostro. Escucha el motor de la moto poderosa acercándose por detrás y petardeando al aminorar la marcha, y el subconsciente lo agradece porque este ruido silencia otros que todavía torturan su mente y que no desea oír…

Días después, comentando lo ocurrido, Yasmina diría que si hubiese salido al balcón a recoger la toalla que dejó allí olvidada, como fue su intención al acordarse en ese momento, cuando se disponía a entrar en su cuarto, lo habría visto todo. Habría visto, en efecto, más allá de la cortina de agua que pone gris y borroso el paisaje, en un punto intermedio de la curva de la autovía que gira de espaldas al mar, al Renault azul parado y escorado en el arcén y a la moto de gran cilindrada acercarse por detrás montada por dos hombres con anorak y capucha, dos jorobas ominosas bajo la llovizna paradas unas décimas de segundo junto al coche, del lado del conductor, y al hombre que iba de paquete estirar el brazo con la pistola, y quizá hasta habría oído los dos disparos, secos pero no muy fuertes, como dos petardos. La moto escaparía a toda velocidad porque el claxon del Renault empezó a sonar, diría Yasmi, seguramente su cabeza cayó sobre el volante, ya que esa llamada angustiosa, interminable, ella sí la oyó.

Y también Raúl la oye, aunque débil y remota, y la reconoce al instante. La persistencia del claxon lo hace saltar de la cama y precipitarse a abrir la ventana. Milena, igualmente sobresaltada, adivina la alarma en la nuca y en la espalda de Raúl asomado al exterior e indagando a través de la lluvia, pero no se atreve a decir nada ni a levantarse. Raúl distingue el coche parado en el tramo curvo de la autovía, al otro lado y mucho más allá del secarral donde se amontonan los desperdicios y habitaba el conejo. Se precipita sobre su ropa, no oye la temerosa voz de ella musitando qué pasa y en menos de un minuto está corriendo a campo través bajo la lluvia y en línea recta desde el club hasta la autovía. Alcanza la curva y llega empapado y sin aliento al coche escorado en la cuneta.

El cristal está astillado, con dos impactos, y la cabeza y los brazos de Valentín yacen sobre el volante como si estuviera durmiendo. Abre la puerta violentamente y lo saca, y el claxon enmudece. Con él en brazos se arrodilla en el asfalto, examina la sien ensangrentada y sabe que la herida es mortal. Valentín parpadea intentando fijar la vista en algo. Tiene esquirlas de cristal clavadas en la mejilla. Hace un esfuerzo y con el puño crispado agarra la camisa de Raúl, como si quisiera retenerlo, mientras alza temblorosamente la otra mano como si quisiera taparse el ojo anegado en sangre. No lo consigue, deja caer la mano y ladea la cabeza.

Raúl lo abraza fuerte contra su pecho, meciéndolo. Dos automóviles se han parado un poco más allá, y uno de los conductores acude presuroso bajo un paraguas y se queda mirando la escena sin saber qué hacer. El otro aún no se atreve a acercarse y efectúa una llamada con el móvil. Cuando poco después llega el coche-patrulla de la policía local y bajan los dos agentes, Raúl sigue meciendo la cabeza ensangrentada de su hermano con una persistencia maniática. Tienen que arrancárselo de los brazos por la fuerza.

28

Dos días después un furgón de la funeraria del Clínico devuelve a casa el cuerpo arrebujado en un sudario y con un férreo vendaje en la cabeza. En una bolsa de plástico vienen su ropa y sus zapatos, el impermeable negro y algunos objetos personales. Su padre quiere darle sepultura aquí, en el pequeño cementerio local frente al mar. Con entereza, sin consultar a Raúl ni a Olga, decide lo más conveniente y en pocas horas resuelve los trámites, y luego, anonadado súbitamente, se encierra en un mutismo que Olga no logra romper. Sólo deja entrever cierta sombría curiosidad observando el comportamiento de su hijo ante las primeras y rutinarias diligencias de la policía, la misma noche del atentado. Desconfiado y desdeñoso, Raúl apenas contesta a las preguntas que le formula el joven inspector de la Udyco encargado de redactar el informe, la misma noche del atentado. Al día siguiente, al recibir la visita del comisario Trías, un funcionario de maneras suaves y voz fatigada, se comporta de forma aún más agresiva e impertinente. El comisario, que está al corriente de la suspensión cautelar de empleo y sueldo que afecta a Raúl, achaca su actitud al resentimiento y se muestra paciente, pero no le oculta que podría haber una relación con lo ocurrido.

—No hay en mi jodido expediente nada que pueda interesarle un carajo ni a usted ni a toda esa panda de vagos de la judicial —le responde Raúl—. Nada que ver con lo que han hecho a mi hermano.

—Mire, no estamos seguros de eso. No por el momento —dice el comisario acentuando su talante reflexivo. No ha venido con ánimo de discutir con ese guiñapo alcohólico, aunque sabe que tarde o temprano tendrá que ponerle firmes. Preferiría hablar con el padre, pero le ve aún menos entero y dispuesto—. Comprendo que se encuentren ustedes muy afectados. Así que mejor lo hablamos mañana, después del funeral. Además, espero un informe.

—¿Entonces a qué ha venido, a darnos el pésame?

—Sí, también a eso.

—Pues ya puede largarse —masculla Raúl, una máscara pétrea mirando la nada frente a él.

Durante los dos días que preceden al entierro, el club permanece cerrado. Un cartel escrito a mano y pegado a la puerta anuncia que se abrirá de nuevo el martes día 7, sin alegar ninguna causa. El lunes día 6 llovizna todavía a ratos con una risueña inconsciencia primaveral, con luminosas estrías de agua que limpian el aire y lo dejan cristalino. Pequeñas brechas entre las nubes viajeras permiten al sol abrirse paso con fulgores intermitentes, repentinos y un poco crispados. La mañana transparente y ventosa es buena para contemplar el tráfico de la autovía desde la trasera del club, y poco antes del mediodía, Nancy y Jennifer ya están en el balcón esperando el paso de la comitiva. Después se les unen Yasmina, Bárbara, Rebeca y Alina, algunas todavía en bata o en albornoz y con tazones de café con leche y cereales, terminando de desayunar. La señora Lola se ha quedado en la cocina preparándose una manzanilla, y Milena ha dicho que también la dejen sola. Cuando aparece el coche fúnebre en la curva fatídica, las chicas se cogen del brazo y avanzan juntas y calladas hasta la barandilla, no sabrían decir si para ver mejor o para estar más cerca de él.

Detrás del vehículo con las coronas de flores va otro automóvil negro y el coche-patrulla de la policía local. El tráfico en la autovía es intenso a esta hora y los automovilistas parecen mostrarse desconsiderados con la comitiva, pero a Nancy lo que ahora más la entristece, encima de lo que han llorado ella y Milena estos dos últimos días, lo comenta con Jennifer, es ver a la comitiva circular también a una velocidad excesiva, poco respetuosa con el difunto. Algunas personas se paran en el arcén al verla pasar, entre ellas el viejo Simón con la boina en la mano y la barbilla enhiesta. Rebeca le reconoce desde el balcón y lo señala con el dedo a sus compañeras. Mirad el cabrito de Simón, ¡juraría que se ha persignado! No es tan borde como parece, comenta Jennifer, ayer se portó de lo más bien dando la cara por todas. ¿Quién si no él encargó la corona de flores con la inscripción, y luego fue a entregar la bicicleta a casa de Valentín? Seguramente, antes de retirarse apresuradamente, incluso balbuceó ante Raúl unas palabras de pésame, evitando, eso sí, piensa Jennifer, mirarle a los ojos.

Sí, quién sería ahora capaz de mirarle a los ojos, a este hombre.

Diez metros por encima del balcón, descalza y arrebujada en una colcha, Milena se acerca despacio al borde de la azotea y ve pasar la comitiva tan deprisa que apenas le da tiempo a verbalizar mentalmente un adiós al amigo, un confuso sentimiento de gratitud y de disculpa. El viento enreda los cabellos en su cara, mientras en su espalda restallan, con chasquidos como latigazos, las sábanas puestas a secar en los tendederos. Entornando los ojos arrasados que le nublan el paisaje, se toca los labios con los dedos y, en un gesto nimio, ensimismado, lanza un beso a la comitiva que se aleja.

—Debería usted saber lo engañoso que puede ser lo evidente —dice el comisario Trías.

—No me venga con hostias —gruñe Raúl—. Sé lo que me digo.

—Le comprendo a usted, pero se equivoca. El informe de balística no deja lugar a dudas. La pistola es la misma que el año pasado mató a un concejal en Andoain. El calibre y la pistola son de la ETA.

Raúl, sentado en la butaca del salón, arroja el periódico que había estado hojeando, alcanza con la mano a ciegas la botella de vino dejada a sus pies y mira con desdén al comisario, un hombre que se esfuerza por ser comprensivo y conciliador. Un coche radio-patrulla le ha traído y aguarda afuera, en la trasera del chalet, junto a la bicicleta de Valentín y el Renault precintado por la Guardia Civil. Al comisario le acompaña el sargento jefe de la policía local, un hombre alto de pelo blanco y gafas oscuras que a pesar del uniforme Raúl reconoce de haberle visto de paisano algunas noches en el club, charlando amigablemente con la señora Lola o bisbiseando con Rebeca y Yasmina, y que siempre sospechó que era un camello. Los dos funcionarios permanecen de pie en medio del salón, no han querido tomar asiento. José está sentado a la mesa ya dispuesta para la cena y Olga de pie a su lado, la mano apoyada en su hombro. Obedeciendo a una seña de su marido, Olga retira de la mesa otro periódico con la foto del entierro, pero sigue pendiente de Raúl y de sus imprevistas reacciones frente al comisario:

—¿El informe es concluyente?

—Lo es.

—¡Pues no me convence!

—Se trata de un objetivo equivocado, está muy claro —dice el comisario—. Esos asesinos se confundieron...

—¡Le digo que no me convence! ¡Y el calibre me importa una mierda! —Raúl bebe de la botella, la deja en su mano y la mira como si le hablara a ella—: Conozco al hijoputa que lo hizo y sé por qué lo hizo... ¡Iba a por mí, eso está claro! ¿Quién podía quererle ningún mal a mi hermano?

—Por supuesto, se trata de un error —insiste el comisario Trías—. Pero ese error no lo ha cometido quien usted cree. Conozco el caso, hablé con el jefe de su Unidad en Vigo.

—Usted no sabe nada. Lárguese. —Percibe el disgusto en la cara del comisario y añade—: Ha oído bien, comisario. Es que, ¿sabe usted?, yo padezco el síndrome de la desinhibición como mi hermano, y digo lo que pienso cuando y donde me da la gana.

Inmutable, el comisario permanece unos segundos mirándole en silencio. Después dice en el mismo tono espeso y monótono:

—Cuando estaba destinado en Bilbao, usted recibió amenazas de los etarras, sobre todo a causa de un incidente, un malentendido con un sospechoso que detuvo usted sin orden judicial y que recibió maltrato...

—¿Malentendido? —corta Raúl con aire de guasa—. No hubo ningún malentendido. Le rompí los dientes.

—Ignoro los detalles, pero sé que era alguien importante.

—¿Usted cree? Se hacía pasar por lampista y le pillamos un montón de folletos. Eran...

Se interrumpe y casi apura la botella de un trago, contrariado por lo poco que queda. El comisario le mira con fastidio, y Olga y José recelando. Adónde quiere ir a parar.

—Eran folletos con instrucciones muy precisas para la fabricación casera de explosivos —añade por fin—. Le aticé en la boca con los putos folletos.

El sargento jefe inicia una leve sonrisa y dice:

—Si sólo fue eso...

—Bueno, estaban escondidos en una tubería de plomo —añade Raúl con una sonrisa meliflua—. El hijoputa no era muy listo, ¿no cree?

El sargento jefe se sube las gafas negras hasta la frente para observar mejor a Raúl.

—En cualquier caso —dice tranquilamente el comisario Trías—, ya sea por esta comisión o por otras que deben de constar en su expediente, usted se convirtió en un objetivo claro de la banda terrorista. Estaba señalado. Y se han equivocado de persona. No es la primera vez.

Raúl va a decir algo, pero acaba mirando a un lado. A través de la ventana repara en la inmaculada línea horizontal del mar, un hilo de plata tendido bajo la luna, y fugazmente evoca a dos muchachos sentados en los escalones del porche frente a esa misma plata lejana, inmutable. No, no se han equivocado... Será la patria o la rabia o la idea de alguien, piensa, el podrido sueño de alguien, esa maldita paranoia sanguinaria y ese desvivirse ciego y estúpido en la intolerancia lo que también a ti te meterá una bala en la cabeza o te hará volar por los aires el día menos pensado. Le tocó a Valentín, pero ya nos están apuntando a todos.

José mira a su hijo con una mezcla de severidad y de tristeza, y para romper la tensión pregunta:

—¿Quieren tomar algo, comisario?

—No, gracias, ya nos vamos. —Le hace una seña al sargento jefe—. Estaremos en contacto —le dice a Raúl—. Le aconsejo no hacer nada por cuenta propia, no tenga que arrepentirse. Y deshágase del coche, es lo más prudente. —Al pasar apoya una mano en el hombro de José—. Adiós, señor Fuentes. Señora...

Olga lo acompaña hacia el porche y el sargento jefe se excusa:

—Enseguida estoy con usted, comisario... Es un segundo. —Espera a que el comisario y Olga salgan, y mirando a José añade—: Señor Fuentes, quizá convendría no remover demasiado lo del trabajo de su hijo en ese club de alterne. Pero me piden un informe para la Guardia Civil. Al parecer el muchacho hacía allí algo más que recados y cocinar ... Pero bueno, no quiero molestarle ahora. Le llamaré uno de estos días.

Raúl reacciona rápido y con furia en los ojos.

—Usted no llamará uno de estos días para una mierda. Ese local no tiene nada que ver con lo ocurrido, y la chica menos todavía.

El sargento jefe enarca las cejas con aire inocente.

—¿Qué chica?

—¡Vamos, vamos, no se haga el listo conmigo!

José observa la crispación creciente de Raúl, pero decide no intervenir. Olga y el comisario están hablando al otro lado del ventanal, y el sargento jefe les dirige una mirada de refilón.

—Bueno, mi obligación es estar un poco en todas partes, ¿no?

José, de codos en la mesa, las manos nervudas entrelazadas sobre el plato, no aparta los ojos de su hijo. Su expresión revela un profundo abatimiento, pero la mirada mantiene una cierta tensión perspicaz.

—Sargento, usted conoce ese tugurio mejor que yo —le echa en cara Raúl—. Le he visto muchas noches abrevando en la barra, y siempre de gorra.

El sargento jefe empieza a sospechar las intenciones de Raúl, pero su jeta madura y sonrosada de galanteador autoritario y vistoso no deja entrever la menor inquietud ni sorpresa. Se toma unos segundos antes de contestar, sin acritud, casi con sorna:

—Más o menos. Y qué.

—Eso digo yo, mamarracho. —Raúl se levanta de la butaca con la botella en la mano—. Qué de qué.

El sargento jefe parece comprender y ahora le mira con la misma sonrisa benévola y zalamera que no hace muchos años aún gastaban ante Raúl algunos policías veteranos, de la vieja guardia franquista, una sonrisa que siempre le remitía a la del inspector que un día abofeteó a su padre en plena calle.

—Bueno —concede el sargento jefe—, quizá es mejor dejar las cosas como están.

—Seguro —gruñe Raúl.

—El local lo tenemos controlado, y esas chicas también... Todo legal, que yo sepa. Ni droga, ni escándalos, nada. Todo en orden.

—Fijo, todo en orden.

—Entonces adiós.

Con mirada desdeñosa Raúl le ve salir al porche y reunirse con el comisario, que se despide de Olga dándole la mano.

—El comisario quería saber desde cuándo Ahmed trabaja con nosotros, y si te conocía —dice Olga a Raúl al entrar nuevamente en la sala—. Y que quites el coche de ahí, y cuanto antes lo pongas en venta, mejor para todos. Siéntate. Voy a servir la cena.

Y pasa sin mirarle en dirección a la cocina. De pie en medio de la sala, Raúl parece no saber adónde dirigirse. Se lleva la botella a los labios, pero está vacía y la tira al sofá.

—Está bien —dice a su padre—. Está bien. Ahora cálmate.

29

Pasa ahora las tardes yendo y viniendo descalzo a lo largo de la playa, bordeando la espuma de la rompiente bajo un tosco sombrero de paja y a ratos sentado en algún roquedal o en las dunas erizadas de almajo y espartina. Las olas vienen sosegadas recogiendo la última luz de la tarde mientras escruta a lo lejos el horizonte que de niño fascinó también a Valentín, en cuya mirada limpia y paciente −podía estar mirando a lo lejos horas enteras− un día descubrió su propia fascinación por lo mismo: fue viéndole a él tan hechizado frente a esa mentira horizontal tendida entre el mar y el cielo que aprendió a su vez a mirarla. Otras formas de complicidad los unían por aquel entonces, pero la sintonía expectante entre ambos sólo se dio en esta lejanía, esta dilatación azul de una infantil nostalgia de futuro. Recuerda cuando los dos corrían descalzos bajo un sol cegador haciendo estallar pellejos de medusa con los pies. De noche se tumbaban en las dunas a ver lluvias de estrellas. Hacían fogatas y Raúl leía tebeos en voz alta y le explicaba la aventura y nunca hablaban de mamá. Nuestra mamá hace de puta en el barrio chino y empina el codo en las tabernas, pero nunca me oirás decirlo y nunca volverás a verla, ni ganas, conforme y vale, chaval, etcétera. A veces venían aquí a pescar con su padre y Valentín se entretenía por la orilla buscando conchas y cantos rodados en forma de corazón —nunca encontró uno que no estuviera malformado, nunca pudo llevarse a casa ninguno que le gustara—, mientras él clavaba la caña en la arena, se adentraba un poco en la rompiente con los pies desnudos y escrutaba la línea inmaculada a lo lejos. Un día se distrae más de la cuenta, la caña de pescar vibra y el sedal se tensa sobre el agua, pero sólo su padre lo advierte:

Los peces te están sacando la lengua y no te enteras. ¿Qué miras allá a lo lejos, un barco?

No.

Miras el horizonte y no ves nada.

Sí.

Ves la línea donde se juntan el cielo y el mar, eso sí lo ves.

Sí.

Y te parece una línea muy recta, ¿verdad?

Sí.

Pues no lo es, hijo. Tus ojos la ven recta, pero esa línea es curva, como la tierra. ¿Lo sabías?

No.

Recuerda una fosforescencia sanguínea en el lomo de las olas. Ahora, al caer la tarde, el horizonte se perfila más próximo y nítido. Las olas llegan escasas y distanciadas, sin mucho ímpetu y sin espumas, apenas una leve ondulación dormida y verdosa conteniendo algas y residuos, sisean al llegar a sus pies y el reflujo de una de ellas deposita en la arena una oscura cuchara de madera, musgosa, parcialmente astillada y roída por el salitre.

Por la noche se recuesta de espaldas en el camastro de Valentín con la caja que contiene el conejo-hucha en las manos, y cierra los ojos. Media hora después, a la vuelta del trabajo en el picadero, Olga abre la puerta y se asoma para verle dormido, entregado un día más a la pesadilla. Entra sigilosa y se para al pie del camastro, encogida y abrazándose el pecho, como aterida de frío, mirando las cosas de Valentín una a una y sin decidirse aún a quitarlas de allí. Luego mira a Raúl, y empieza a llorar silenciosamente. Observa cómo el sueño no relaja sus facciones ni atenúa el torvo aspecto de los últimos días, sin afeitarse y con el pelo más largo y enmarañado, y piensa que, a pesar del mal que ha causado, no merece que se prolongue más esta pesadilla.

—Raúl —dice, y no es una llamada, es como si lo susurrara para sí misma—: Te esperamos abajo para cenar.

Y desiste enseguida. Finalmente se limita a recoger del suelo la botella vacía y sale del cuarto sin hacer ruido.

La misma música bailable empieza a sonar a la misma hora, cuando Alina hace gárgaras en el lavabo y se mira en el espejo sin la menor complacencia. Se acomoda el sujetador, se ajusta la falda, repasa furiosamente sus labios con la barra de carmín y se mira de nuevo. Sigue sin gustarse.

Nancy con el cigarrillo en los labios se sienta en el diván rojo de su dormitorio y se pone las medias deprisa y con la vaga desazón de siempre al mirar sus piernas, bonitas pero algo torcidas. Apaga el cigarrillo en el cenicero, cuidando de no estropear la manicura todavía fresca, y, de pronto, la tristeza pone una veladura en sus ojos y se queda inmóvil y pensativa mirando la levísima espiral de humo que aún suelta la colilla. Todo esto acabará prontito, mi tío me llevará con él y haré muchas *maniquiur*. Se sobrepone, se levanta y mete los pies en los zapatos, restriega en la falda una persistente mancha de origen no identificable y termina de ajustarse las medias con una furia repentina en las manos. Vestida y maquillada, coge un paquete de kleenex y el monedero, mete en éste el lápiz de labios y el espejito de mano y sale al pasillo.

Abre la puerta del cuarto de Milena, se asoma y distingue en la penumbra la cama y el bulto bajo la colcha. La llama bajito, como si no quisiera perturbarla. Espera unos segundos pensativa, luego cierra la puerta despacio y se va por el pasillo con pasitos cortos sobre sus zapatos rojos de plataforma altísimos. Tropieza con Alina que sale de su cuarto y se cuelga de su brazo. Bajando juntas la escalera de caracol, para animarla, Alina le coge una mano para ver de cerca el bonito polvo de esmeralda en sus uñas, y elogia su buen hacer y su buen gusto como *maniquiur*.

—Qué maravilla, Nancy. Qué elegante.

La señora Lola apoya la espalda en la botellería agitando la coctelera. Por encima de su cabeza el reloj marca las cinco y veinte de la tarde. Cambia una mirada con Simón, que acarrea hielo detrás de la barra, y con expresión grave le hace seña con la cabeza indicando a Raúl, que acaba de instalarse en su lugar de siempre llevando lo que parece una caja de zapatos mal envuelta en una hoja de diario. La deja ante él y clava los codos en la barra, uno a cada lado de la caja, como si temiera perderla o quisiera protegerla de miradas curiosas. Yasmina encaramada en un taburete bromea con Rebeca a la espera ambas de clientes y Jennifer entabla conversación con el primero que llega, pero ambas, lo mismo que Nancy y Alina, que de momento se han sentado a una mesa, están más pendientes de Raúl que de otra cosa. La señora Lola ha dejado momentáneamente la coctelera, ha cogido una botella de vodka y un vaso y se acerca a él.

Le sirve una ración escasa sin decir nada, y espera con la botella en la mano, mirando la caja.

—¿Qué llevas ahí, se puede saber?

Raúl le quita la botella y llena el vaso. Lola le mira beber y deja pasar unos segundos antes de prevenirle:

—No es seguro que baje. —Y tras otro silencio—: Ha estado dos semanas sin salir de su cuarto. Como no levante cabeza muy pronto, se la llevarán de aquí... ¿Me oyes? —Su mirada lastimera, viéndole beber deprisa, no mitiga le severidad del tono al añadir—: Hay otras maneras de afrontar la desdicha, hijo.

—Ocúpate de lo tuyo.

Raúl agarra la botella de vodka y se vuelve en dirección a la escalera de caracol para ver quién baja. Por un momento, su mirada turbia parece acusar el torbellino de los peldaños revolviéndose sobre sí mismos; desde hace varias semanas, esa escalera de caracol horadando la atmósfera azulosa y enrarecida se levanta no sólo aquí, sino también en algún repliegue de una pesadilla puntual y recurrente que sufre todas las noches, con el consabido revuelo de pies descendiendo con chillones zapatos de tiritas y las uñas pintadas, siempre esa escalera de caracol como un gran tirabuzón metálico enroscándose en torno a las piernas y al cuerpo de Milena, sin dejarla salir por arriba ni por abajo, como una metáfora vertiginosa del apresamiento que la aflige. Pero es Bárbara la que ahora baja, y él vuelve a abstraerse en sus pensamientos y en la botella. Lola le deja solo y se desplaza a lo largo de la barra hasta Jennifer y su cliente, que se están besando, y sube el volumen de la música.

Hacia las ocho Raúl sigue en el mismo sitio, la cabeza sobre el vaso y las manos sobre la caja. La barra está más concurrida y Bárbara coge de la mano a uno de los clientes, cruzan la pista y empiezan a subir la escalera de caracol cruzándose con Milena, que baja despacio mirándose los pies, casi sin maquillaje y demacrada, pero con ropa provocativa. Se para antes de llegar abajo, en una de las revueltas de la escalera que la deja encarada a la pista y a la barra, y sus ojos negros asoman en el hueco entre dos escalones sin la menor señal de sorpresa y con una tristeza asumida, como si siempre hubiese sabido que él estaba allí, en su rincón habitual y ajeno al entorno.

Como si notara los ojos de la muchacha en la nuca, Raúl se vuelve. Milena sostiene su mirada apenas unos segundos, luego se gira y remonta la escalera lentamente y con la cabeza gacha. Él permanece un instante pensativo y con la barbilla enhiesta, como si escuchara las conversaciones y las risotadas en torno a esa música bailonga que nunca le gustó. Y de pronto agarra la botella de vodka y la caja de zapatos y abandona la barra para cruzar la pista. Desde el otro extremo del mostrador, Lola se queda mirándole mientras sube la escalera.

Milena acaba de entrar y se para en medio del cuarto y de espaldas a la puerta, esperando. La cama está sin hacer, hay desorden, ropa tirada, el armario abierto. Ni siquiera apagó la luz del cuarto de baño antes de bajar. La puerta se abre y entra Raúl con la caja y la botella de vodka, cierra tras él y permanece quieto, mirando la espalda de Milena.

—Sus cosas están en el baño —dice ella, y se sienta al borde de la cama. Pero le lagrimean los ojos y se rinde enseguida. Deja caer la cabeza sobre el pecho y añade—: No he tocado nada.

Raúl la mira en silencio bajo la pesadez de los párpados. Quita la hoja de periódico que envuelve la caja de zapatos.

—Esto es tuyo.

Ella niega con la cabeza sin dignarse mirar.

—¿Ves lo que pone ahí? —añade Raúl señalando la tapa—. ¿O tampoco sabes leer?

Milena lanza una mirada rápida y esquinada.

—¿Qué es?

—Tu dinero.

—No lo quiero.

—Lo quieras o no, es tuyo.

Saca el conejo blanco de la caja y lo arroja sobre la cama, las monedas tintineando alegremente en el interior. Después de permanecer un rato inmóvil, Milena lo coge delicadamente con ambas manos y lo pone en su regazo. Se queda mirando los ojos vivaces y la amplia sonrisa del conejo de porcelana como si fuera a hablarle. Raúl se acerca a ella y alarga el brazo hacia su hombro, pero ya antes de tocarla Milena hace un gesto esquivo, evitando el contacto, y él deja caer la mano yerta. La otra mano que empuña la botella por el cuello también permanece quieta, colgando junto al pantalón y tan cerca del rostro de Milena que ella cree percibir el calor y el latido de la sangre en sus abultadas venas. Esas manos que me tocan aun estando quietas.

—Vete —le dice.

Raúl bebe un trago de la botella, da media vuelta y se dirige al cuarto de baño. Enciende la luz y entra. Aquí están sus cosas todavía, en la repisa de cristal. Maquinilla y hojas de afeitar en el soporte Betty Boop, el cepillo de dientes en el vaso Marilyn, el recorte del sonriente ogro Shrek pegado en el espejo, el gorro de ciclista en la percha. ¿A qué espera esta desgraciada para tirar todo eso? El gorrito de visera se lo guarda en el bolsillo, luego coge un vaso de la repisa y vuelve al dormitorio. Vierte un poco de vodka en el vaso, lo tiende a Milena y espera pacientemente, mirándola con los ojos desolados. Ella rechaza la bebida moviendo confusamente la cabeza, expresando un aturdimiento y un desconsuelo que no desea compartir con él, pero enseguida, antes de poder dar rienda suelta a los reproches contra sí misma que cree merecer y que la agobian, tiene ocasión de captar fugazmente en la turbia y terrible mirada de él los estragos de la soledad, el alcohol y la desesperación de los últimos días, y una recóndita luz apagada en las pupilas, un sentimiento de culpa más profundo que el suyo. Y porque aprendió a leerlo puntualmente en los ojos de los hombres en muchas habitaciones como ésta, constata nuevamente y con tristeza la fuerte atracción sexual que sigue ejerciendo sobre él, y puede imaginar los escrúpulos que ahora dominan y reprimen esa atracción. Consciente de la barrera que se interpone entre ambos, viéndole tan callado, prefiere terminar situándose de nuevo donde siempre estuvo.

—A ver, dime. —Se levanta de la cama y lo encara—. Dime lo que estás pensando.

—Para qué —dice Raúl.

—Para que te quedes tranquilo. A ver, dime…

—Qué sacaremos con eso…

—Dime que soy una puta y que el amor es otra cosa.

—Siempre pensé que había de ser otra cosa. Igual te crees que lo tuyo con mi hermano fue un idilio de esos de verdad…

—Se le parecía, al menos.

—…justamente aquí, en un indecente puticlub.

—Sí, aquí. —Reprime un sollozo—. ¿Qué otro sitio teníamos? Y no me hables de su poquito entendimiento. Ese poquito le bastaba para ser mejor persona que tú.

Raúl saca del bolsillo el gorrito con visera y lo mira. Milena se precipita hacia él dispuesta a quitárselo, pero de pronto estalla en un ataque de histeria y empieza a golpearle el pecho y la cara con los puños.

—¡Vete a la mierda! ¡Malparido, hijueputa! ¿¡Por qué tenías que hacerle daño, ah?! ¡Yo sabía, hijueputa vida, yo sabía que íbamos a hacerle daño...! ¡Ojalá te mueras, malparido, ojalá te mueras!

No hace nada por protegerse y deja que Milena se desahogue. Los golpes y los insultos culminan en llanto, la muchacha se va quedando sin fuerzas y acaba apoyando la cabeza en su pecho. Enseguida se aparta y hace un esfuerzo por calmarse.

—Mejor vete —dice con la voz ahogada—. No lo hago con borrachos, y menos contigo...

Raúl permanece inmóvil unos segundos, con la gorra de visera en la mano. Apura el vaso, lo deja en la mesita junto con la botella, da media vuelta y sale de la habitación.

30

De pie junto a la ventana del dormitorio, Olga en camisón y con un vaso de agua en la mano está mirando el Renault que llega a la trasera de la casa y frena bruscamente. Raúl se apea del coche y se queda parado frente a la bicicleta de Valentín apoyada en un montón de leña, bajo el farol que alumbra la entrada por la cocina.

—Dios mío, aún circula por ahí con ese coche...

—Lo tiene vendido. —José en pijama sentado en la cama, frotándose la pierna—. Tranquila.

—En qué estará pensando...

—Quién sabe. Hay zonas oscuras en este chico que él mismo ignora... Pero no te inquietes, sabe cuidarse. Dame el vaso, anda.

Extrae una píldora del pastillero y, con ella en la mano y una mirada pesarosa bajo los rugosos párpados, espera a Olga, que aún se demora unos segundos en la ventana.

Abajo, con las manos en los bolsillos, Raúl está mirando la bicicleta de Valentín y no parece tampoco decidido a moverse.

—¿Qué va a ser, guapo? —pregunta Lola dejando el posavasos delante de un joven pelirrojo con pinta de despistado, gafas de miope y modestamente vestido.

—Una tónica con ginebra... Poca ginebra —añade enseguida sonriendo inseguro, nervioso. Con la misma sonrisa mira a Raúl, sentado a su lado en la barra, y añade alzando un poco la voz por encima de la música—: Se me sube enseguida... Un sitio guay, ¿eh? Digo, no sé, es la primera vez que vengo...

Raúl levanta los ojos del vaso, le mira de refilón, bebe y vuelve a clavar los ojos en el fondo del vaso. Hay bastante animación alrededor, algunas chicas están ocupadas arriba y otras pajareando a lo largo de la barra, salvo Milena, que permanece sentada a una mesa, con un minúsculo vestido de seda azul pálido, en realidad una combinación. Un día más, está sola, fumando un cigarrillo. Raúl le da la espalda con toda su atención puesta en la bebida, y ella por su parte no da señal de haberle visto. Pero hace apenas un par de horas, sentada en el suelo del balcón trasero y mirando el tráfico en la autovía, ha visto en el arcén a un ciclista viniendo sin prisas en dirección al club, una inconfundible silueta pedaleando con una cadencia conocida, acercándose más y más. Y de pronto tuvo conciencia del inexorable paso del tiempo y le dio por pensar y preguntarse cuándo ha empezado a montar esa bicicleta amarilla y a pedalear igual, a dejarse el mismo pelo largo bajo el mismo gorrito de visera, cuándo ha empezado a parecerse más a él en casi todo... Se retiró del balcón angustiada, y ahora, teniéndolo tan cerca, no quería volver a mirar.

—Ahí tienes, cariño. —La señora Lola deja el gin-tonic delante del joven pelirrojo—. Enseguida tendrás compañía...

—Oh, no hay prisa.

Lola se desplaza para atender otras demandas y el chico titubea otra vez, deseando entablar conversación con su vecino en la barra.

—¿Se ha fijado en esa morenita que está sola? —Raúl no da signos de haberle oído y él añade—: Esa de ahí. Tiene... ¿cómo se dice? Tiene morbo, ¿no le parece? Ya me entiende. —Se anima y aproxima más su taburete al de Raúl—. A lo mejor, si la invito en la barra, me saldrá más barato... ¿No cree usted?

Ahora Raúl le mira con sus ojos de hielo, pero tampoco dice nada. El otro insiste bajando la voz:

—¿Sabe usted cuánto cobran...? —Se interrumpe, mira otra vez a Milena—. Bueno, cuánto me cobraría ésta, por ejemplo.

—¿Por qué no se lo preguntas? —dice Raúl sin levantar los ojos del vaso.

—Ya, pero antes me gustaría tener una idea...

—Media hora, treinta euros. Una hora, cincuenta.

—Vaya, bastante barato, ¿no?

Pone cara de circunstancias y examina nuevamente a Milena. En ese momento un sesentón de mirada lánguida se sienta a la mesa de ella con una cerveza en la mano.

—No sé qué hacer, la verdad —dice el joven miope—. Un amigo me ha dicho que tiene una cicatriz muy fea cerca de... Ya sabe.

Ahora Raúl le mira con curiosidad. Dice:

—Oh, sí, muy cerca. —Y bajando la voz añade—: Y dentadura postiza.

—¡No! ¿En serio?

—Puedes jurarlo, chaval —asiente, cachazudo, muy pasado de copas, muy íntimamente desolado—. Y eso no es lo peor. —Mira en torno y le hace seña de que acerque más el oído—. Tiene una pierna de madera.

—¡No! Me está tomando el pelo...

El hombre que está con ella se levanta con expresión incrédula y risueña, y la deja sola, repentinamente interesada en algún des-

233

perfecto de la puntilla que bordea la falda. El joven miope la mira desconcertado, bebiendo su gin-tonic a grandes sorbos.

—Es broma, joder —farfulla Raúl—. No me hagas caso... Solamente es un rasguño, un rasguño de nada. —Rinde la cabeza sobre el vaso y repite con la voz apagada—: Te la pondrá dura enseguida, ella sabe cómo hacerlo... —De pronto estalla—. ¡Maldita sea, qué esperas, no es más que un rasguño! ¿No me has oído, imbécil?

El muchacho le mira con prevención y se aparta. Algo más que el exceso de copas mantiene a este hombre pegado a la barra, piensa. Le vuelve la espalda y corre el taburete a un lado, y no tarda en olvidarse del asunto, acosado y achuchado primero por Alina y luego por Rebeca. Pero su fijación por Milena no cesa y después de mucho pensarlo descabalga el taburete y se acerca a ella. Le habla, bastante turbado, ella ensaya una sonrisa y asiente, se levanta como una autómata y le precede camino de la escalera de caracol. En los primeros escalones se para y mira de refilón en dirección a Raúl. Una mirada rápida, un parpadeo. Luego, con la vista al frente, echa el brazo atrás tanteando con mano de ciego hasta dar con la de ese tímido desconocido y, aferrándose a ella, seguir subiendo.

No sabe si cuando vuelva a bajar él seguirá en la barra, colgado en ese invisible alambre de alcohol y desesperación tendido en su conciencia, no sabe si estará pendiente de verla bajar otra vez, como en tantas otras ocasiones —una rápida ojeada por encima del hombro—, y tampoco sabe si pedirá otra copa, hoy ha tomado muchas; pero si lo hace, si pide una más golpeando el mostrador con la cabeza gacha, esa copa urgente que suele exigir cuando ella se va acompañada de un cliente, sabe que la señora Lola acudirá a él moviendo la cabeza con gestos de desaprobación y le servirá remolona, contrariada y apenada, intentando una vez más convencerle discretamente de que se vaya a casa.

31

El paisaje inhóspito de todas las mañanas, visto desde el balcón trasero, hacia el mediodía transpira una luz rebotada, engañosa, espejeando sobre el árido desmonte y más allá el tramo de la autovía que gira hacia el sur de espaldas al mar, con los automóviles circulando desdibujados por la calina. Milena, en bata, está sentada en el suelo del balcón con la espalda recostada en la pared y las rodillas alzadas, despeinada y sin maquillaje, el radiocasete sonando junto a los pies descalzos. Abajo, entre los matorrales, junto a la jaula rota y otros desperdicios, una leve efusión de polvo rojizo sugiere la presencia fugaz del conejo, y la mirada queda en suspenso un instante. Pero el conejo no se deja ver.

Ha comido algo en su cuarto y la tarde se le va recostada nuevamente en el mismo sitio. Al anochecer oye pasos en el corredor y Raúl aparece en el umbral del balcón llevando una taza de café en cada mano. Inmóvil durante un rato, acaba por sentarse despacio a su lado, y en silencio le ofrece una taza. Ella mira la taza, pero no la coge. Raúl la deja en el suelo. En la palma de la mano muestra varios terrones de azúcar. Echa uno en la taza de ella, y duda en echar otro. Ella sigue ignorando la taza y mirando al frente. Apaga el radiocasete y sus dedos se entretienen un instante en la esclavina de plata del tobillo.

—Abajo te están esperando —dice Raúl.

Milena tarda un poco en contestar. Su voz ronca se trenza con el humo del cigarrillo:

—Es mi día libre.

—Pero les gustaría verte.

—¿Cómo te han dejado entrar en la cocina?

Raúl guarda silencio. Al cabo insiste:

—Aunque sea tu día libre, a muchos les gustaría verte.

—Mientes. —Rinde la cabeza y se le quiebra la voz—. ¿Por qué sigues diciéndome mentiras, por qué?

—No he venido para verte llorar.

—¡Entonces vete!

Raúl la observa sin saber qué hacer. Saca del bolsillo trasero del pantalón la petaca de licor, echa un chorrito en la taza de ella, luego en el suyo, vuelve a guardar la petaca, y espera. Ve algo en su frágil cuello de niña, una mancha debajo de la oreja.

—Tienes algo ahí…

—Tengo qué.

—No sé… —Tantea la piel con el dedo—. Aquí. Parece sangre.

Milena le aparta la mano, sin brusquedad, pero decidida. Se toca y se mira el dedo.

—Sólo es colorete, bobo. —Frota en torno a la oreja con fuerza, y después de un silencio—: ¿Qué quieres?

Se miran por primera vez a los ojos durante unos segundos y con una intensidad que ninguno de los dos había previsto.

—No lo sé —dice Raúl—. De veras que no lo sé.

Dobla una rodilla en alto y deja la mano yerta encima. Súbitamente se enciende el alumbrado a lo largo de la autovía. Milena coge la taza y fija la mirada en su negro contenido. Pues yo quiero que sepas una cosa, está pensando decirle, y esa cosa es lo mismito que ya una vez le dije a Valentín. Bebe un sorbo de café y se queda mirando la mano en la rodilla. Tenía que habértelo dicho a ti también hace tiempo, ahora ya de qué sirve. Aun así, piensa decírselo con estas mismas palabras ahora mismo: todo lo que hago con esos hombres, todo lo que hago por plata con ellos, nunca, óyeme bien, nunca me avergoncé de hacerlo con él. Nunca en toda mi vida me he sentido una mujer más pura y limpia que cuando él me ha tocado... Pero sólo lo piensa. Bebe un poco más de café, luego vuelve los ojos al descampado y al tráfico en la autovía, y finalmente fija la mirada en la mano grande y oscura que ha traído los terrones de azúcar y que ahora cuelga de la rodilla de Raúl.

—Dame otro azúcar. Y tendrás que pagar por estar aquí.

—Bueno.

—Quiero que pagues por estar conmigo. Y sin tocar, ¿ok?

—Está bien.

Milena se incorpora.

—Sin tocar —repite en voz baja—. Tengo frío. Vamos dentro

—Un día, cuando éramos niños, Valentín y yo vimos a un hombre abofetear a nuestro padre... Fue en Barcelona, delante de una comisaría. Lo abofeteó dos veces. Y él no se movió, no hizo nada por defenderse... Mi madre ya se había ido de casa, vivía con otro hombre. No sabíamos quién era, nunca le vimos, pero yo pensé que el policía que estaba abofeteando a mi padre tenía que ser ese hombre. Allí mismo se lo dije a Valentín, y él se tapó un ojo con la mano y se tiró al suelo y empezó a gritar...

Su padre parado frente a la comisaría de la plaza Lesseps, la barbilla sobre el pecho, los bolsillos desfondados de su americana, los bajos del pantalón sucios y derrengados sobre los zapatos. La imagen de una derrota asumida mucho antes de casarse, mucho antes de nacer sus hijos.

Los faldones de la bata resbalan abriéndose sobre el muslo de Milena y asoma la cicatriz un instante. Está sentada en el sofá con la cabeza ladeada sobre el hombro, fumando un porro con el reflejo del televisor portátil en la cara. Raúl a su lado y agazapado más que sentado, doblado sobre sí mismo, los codos en las rodillas, los ojos en el suelo y una botella de vodka en la mano. Tras él, la cama sin deshacer y la hucha-conejo en la mesilla de noche junto con una baraja de cartas.

—Cuando algo no le gusta, se tapa un ojo —farfulla Raúl, pensativo—. Lo copió de una yegua muy testaruda que llevó un ojo vendado durante unos días… ¿Sabes cómo reacciona una yegua si le coges un casco sin tomar precauciones? La gente no sabe que el caballo es un animal de presa, y que no entrega los cascos a cualquiera… Yo le enseñé a Valentín cómo debía acercarse a Julieta. Lo recuerdo como si fuera hoy.

Ve la mano apaciguadora de su hermano, guiada por la suya, acariciar la crin. Ve el vendaje negro tapando el ojo del animal, y el otro ojo alertado y hermoso mirando a Valentín, cuando le deja solo con la yegua y se encamina al establo donde le espera Olga.

—Llevaba más de un año trabajando allí con mi padre, pero yo la había conocido sirviendo en una cafetería, y luego en un cámping… Lo que pasó fue que la yegua se sobresaltó por algo y golpeó a mi hermano, precisamente en un ojo, y él se asustó y vino corriendo al establo y nos vio… Rápidamente se tapó el ojo con la mano. Así fue cómo nos vio. Desde entonces es una de sus manías.

No está seguro de que ella escuche. Lleva un rato con los ojos cerrados y la cabeza apoyada en el respaldo del sofá. Le quita la colilla de entre los dedos y la apaga en el cenicero. Llegan ecos de la música en el bar, la puerta de alguna habitación cerrándose en el pasillo, una risa nerviosa. Adormilado él también y bastante bebido, deposita la botella en el suelo y, al hacerlo, la inercia del movimiento le lleva a reclinar suavemente la cabeza en el regazo de Milena.

La pantalla del pequeño televisor repite planos de intensa lluvia en una película japonesa. Milena despierta y deja las manos en suspenso sobre la cabeza de Raúl, como si durante unos segundos no se atreviera o no quisiera tocarla, pero luego lo hace, primero con cierto recelo y sin querer mirarla y enseguida con un contenido gesto de protección que la remite a otras noches como ésta. Espera un rato, aparta la cabeza y se levanta para ir a sentarse al borde de la cama, dispone unas rayas sobre la mesilla de noche con el filo de una carta de la baraja y esnifa. Luego se recuesta en la cama, se hace un ovillo y cierra los ojos.

Más tarde, en algún momento de esa misma noche que ella libra y puede quedarse en su cuarto, o de alguna otra noche de las que para ambos empiezan como ésta y terminan siendo todas iguales en la penumbra azulosa, con el mismo aroma a hierbas en el aire y la misma desesperación y el mismo alcohol o ácido en las venas, la muchacha duerme en parecida postura y Raúl se sienta al borde de la cama y observa su boca entreabierta respirando contra la almohada y su hombro aplastando el zapatito blanco de niña. Y con la misma devota y sombría atención, el perfil aguileño y vigilante sobre ella, desliza la mirada hasta los pies desnudos y advierte la esclavina de plata sobre la colcha, desprendida del tobillo. Un instante velando el sueño y enseguida se inclina y ciñe la pulsera en su tobillo, pone el zapatito en la mesilla de noche, la arropa con la colcha y luego se levanta, coge su chaqueta y abandona la habitación.

32

Frente al porche, con la bicicleta puesta del revés, Raúl le quita la rueda trasera y se dispone a reparar la cadena y revisar los frenos sentado en los escalones.

Olga se asoma desde el salón pisando fuerte sobre las tablas con sus botas de media caña. Lleva correajes y el macuto colgado al hombro y un pañuelo atado a la cabeza, dispuesta para irse al trabajo.

—¿Vienes?

—Si no me necesitáis, no —dice Raúl.

No la mira, sigue ocupado en lo que hace. Olga acomoda los aparejos en su hombro con gesto nervioso.

—Tanto ir de un lado a otro con la bicicleta, ¿se puede saber dónde duermes?

Ahora la mira, limpiándose las manos de grasa con un trapo.

—En el sillín.

Después de un silencio, ella dice:

—He dejado pollo y ensaladilla en la nevera…

—Comeré algo por ahí.

Olga inicia la retirada dentro de la casa, pero se vuelve y se queda igual, mirándole. Raúl se da cuenta y se incorpora mientras limpia la cadena de la bici con un trapo.

—Gracias. —Una pausa y añade—: ¿Mi padre está bien?

—¿Es que no ves cómo está? —responde ella secamente. Pero enseguida suaviza el tono—: No sé, se fue muy temprano... Oí que hablabas con Vigo.

—Tengo que presentarme. El jodido expediente, ya sabes.

Olga observa las manos negras de grasa colocando la cadena en el piñón.

—¿Te van a expulsar?

—¿Crees que merezco otra cosa?

La respuesta la desconcierta un poco.

—Pero vas a volver...

—Claro.

Olga cavila unos segundos.

—Me refiero a volver aquí, a esta casa.

Raúl inmoviliza las manos y la mira con una velada tristeza en los ojos.

—No.

Ella deja pasar unos segundos y luego dice con la voz deprimida:

—¿Te arrepientes...?

Raúl se agacha y vuelve a enfrascarse en la faena examinando la goma de los frenos.

—Contesta. ¿Te arrepientes? —insiste Olga.

—A qué viene eso ahora —masculla él entre dientes, molesto y apenado—. Qué más da. Ya es tarde para lamentarnos.

Un rato más todavía, allí de pie y ligeramente inestable, con los arneses en el hombro y sujetándose ella misma con la mano en el quicio de la puerta, hasta que, bruscamente, se despide:

241

—Suerte.

Raúl se incorpora con el trapo grasiento en las manos y la ve a través de los cristales del ventanal cruzando el salón para salir por la cocina, cuando oye sonar el móvil que ha dejado sobre la mesa. Entra en la casa y atiende la llamada.

—Fuentes... Sí... —El móvil pegado a la oreja, sus ojos ven desaparecer la espalda de Olga—. ¿A Barcelona? ¿Ahora...? Tendrá que enviar a alguien a recogerme, comisario. No tengo coche.

Un callejón en el Raval. Desde la puerta de una barbería, algunos mirones de origen magrebí observan cómo un coche-patrulla se para en la entrada del callejón y se apean el agente conductor y Raúl para entrar seguidamente en un portal bajo el rótulo PENSIÓN.

—Gracias por venir. —El comisario Trías le tiende la mano—. Será sólo un momento. Aunque no sé si podrá reconocerle...

—¿Ustedes han hecho esto?

—No hemos tocado nada.

Están en el cuarto de una pensión barata con señales de haber sido registrado sin miramientos y a fondo. Dos maletas abiertas, cajones y ropa de calidad tirada, la cama deshecha y en el suelo el colchón rasgado cubriendo parcialmente el cadáver ensangrentado de un hombre vestido solamente con el pantalón del pijama. Hay dos agentes inspeccionando. El dueño de la pensión, un hombrecillo con gafas de miope, observa lo que hacen parado junto a la puerta. El comisario y Raúl están de pie junto al muerto mientras otro agente hace fotos.

—Se inscribió con nombre falso —comenta el comisario mientras se agacha y aparta el colchón—, pero creemos saber quién es.

Raúl mira el rostro ensangrentado. Tiene un ojo abierto y un pañuelo hecho una bola dentro de la boca. Con la cara machacada y el pelo teñido de rubio, impecablemente peinado hacia atrás, le resulta casi irreconocible.

—Le han sacudido bien —constata incorporándose—. Pero es él. Nelson Mazuera. La mano derecha del narco Tristán... ¿No llevaba ninguna agenda?

—Nada en los bolsillos ni en ninguna maleta. No le han dejado ni el DNI.

—¿Y por qué yo, para identificarlo?

—Según el informe de Vigo, este hombre quería ponerse en contacto con usted.

—De eso hace mucho tiempo.

—Ya. —El comisario mira en torno, está pensando en otra cosa—. Ropas caras y mucho equipaje, como para un largo viaje. ¿Por qué se alojaría en un cuchitril inmundo como éste? —Y coge del suelo, junto a la maleta abierta, una americana de calidad y un camisón femenino de seda parcialmente fuera de su caja—. Al parecer no iba escaso de dinero, mire, comprado en tiendas de lujo... ¿Cree que andaba escondiéndose?

—Era un tipo presumido. —Con gesto de aburrimiento, Raúl se aparta un poco y enciende un cigarrillo. Su respuesta ambigua no parece interesar al comisario, que se dirige al dueño de la pensión.

—Usted. ¿Este hombre dejó algo en conserjería, algún recado?

—No señor, nada... Hace dos noches bajó con una cartera de mano, dijo que se iba a cenar y pidió que se la guardara, pero cambió de idea y se la llevó consigo.

Raúl observa la mano enguantada del muerto que asoma debajo del colchón. Uno de los agentes se agacha disponiendo en el suelo el instrumental dactilar.

—¿Y regresó con la cartera? —está diciendo el comisario.

243

—La verdad es que no me fijé, no señor —responde el dueño—. Era muy tarde cuando volvió y yo estaba medio dormido…

—Pues esa cartera que usted menciona, no está entre sus cosas.

El agente ha quitado el guante de la mano del muerto, y, mientras imprime las huellas digitales, Raúl muestra un repentino interés por lo que hace. Se acerca y se agacha de nuevo para mirar de cerca la mano del cadáver. Luce las uñas pintadas primorosamente de rosa y plata. Una loca, comenta el agente en voz baja.

—Pues sí que anduvo usted listo —se lamenta el comisario al dueño de la pensión. Luego alcanza a Raúl, que se dispone a irse—. Espere, Fuentes. ¿Cree que el colombiano venía a ponerse en contacto con usted?

—Ni siquiera podía saber que yo estaba aquí.

—¿Y esa cartera que se trajo, y que ya no está? ¿Se le ocurre algo?

—Ni idea, comisario. Bueno, ya sabe dónde encontrarme si me necesita.

33

—N̲o llores, mujer —dice Raúl—. No has perdido gran cosa.

—¡Y tú qué vas a saber! ¡Tengo miedo…!

—Nadie te hará ningún daño. Dime… Tu tío vino a verte, ¿verdad?

Nancy gimotea sentada en la butaca y con un zapato en la mano. Raúl se acuclilla frente a ella mientras Bárbara y Milena tratan de consolarla. Milena le ofrece un kleenex y Bárbara sostiene un yogur con la cucharilla dentro. Jennifer y Yasmina en bata y con rulos, junto a la puerta abierta, la primera con una taza de café y limándose las uñas y la segunda mordisqueando un bocata, acaban de entrar y miran a Nancy con expresión compungida. Es la hora tardía del desayuno y el sol entra a raudales en la habitación.

—Puedes decírmelo sin temor —añade Raúl—, no lo sabrá nadie.

—¡Llegó así, de noche, y sin avisar! —solloza Nancy—. ¡De incógnito, ésa fue la palabra que dijo, y yo me asusté! ¡Con el pelo monomono y escondiéndose como una rata! Me prohibió incluso decirle a las chicas quién era… —Se inclina mirando el suelo—. Ay, no encuentro mi otro zapato…

Renovados sollozos, mientras a puñados y compulsivamente arranca kleenex de la caja que Milena sostiene a su lado.

—¡Y se dejó hacer la *maniquiur* y le gustó de verdad, y ahora me dicen que está muerto…! ¡Pobre tío Nelson! ¡Dios mío, Milena, ahora sí no vamos a salir de aquí nunca, nunca!

—Cálmate, por favor… —Milena se sienta a su lado e intenta rodear sus hombros con el brazo, pero Nancy se echa a gatas en el suelo buscando el zapato.

—¿Por qué no te fuiste a Barcelona con él? —pregunta Raúl—. ¿No iba a llevarte a Colombia…? ¡Nancy, atiende!

Con el trasero en pompa, buscando su zapato debajo de la cama y lloriqueando, Nancy farfulla:

—¡Que había que esperar un poquito más, eso fue lo que dijo! Que antes tenía que resolver unas cositas, cuestión de un par de días, y que luego vendría por mí… ¡Eso fue lo que me dijo!

—Así que prometió volver.

—¡Siempre prometía volver…! —Un sollozo ahoga su voz.

—Está bien, tranquila. —Raúl se agacha y la levanta del suelo asiéndola por los hombros—. Escucha, ni una palabra de todo esto a la señora Lola ni a Simón. ¿Has entendido? Ahora dime, ¿dejó tu tío algo aquí? ¿Te dio a guardar una cartera o algo así?

Nancy suspende unos segundos la llantina y le mira con suspicacia. Raúl lee en sus ojos la verdad. Asustada, ella desvía la mirada hacia Milena y las chicas y redobla la llantina.

—¡De verdad que vino disfrazado, se veía rarísimo, parecía una loca asustada…! ¡Pobre tío Nelson, con las uñas tan divinas que le puse!

—*E vedá*, casualmente yo las vi —comenta Bárbara—. ¡Preciosas!

Raúl ya está hurgando en el ropero. Todas le miran expectantes, menos Nancy, cada vez más asustada. Bárbara sigue con la cucharilla suspendida sobre el yogur, sin comérselo.

—¿Y con todo eso creen que por lo menos tuvo un detalle conmigo? —lloriquea Nancy—. ¡Podía haberme traído algo...!

Raúl examina el espacio entre la pared y el cabezal del lecho, debajo de los cojines del sofá, de la mesilla de noche, tantea el interior de los pufs, mientras Nancy, que no quiere mirarle, prosigue la cantinela:

—¡Un perfume, no sé, siquiera un frasquito de laca, un cortaúñas nuevo! ¿Ustedes creen que tuvo aunque fuera un detallito, después de tenerme aquí encerada tanto tiempo, y siendo de la familia...? ¡Porque es que además de mi novio era mi tío!

—Era un tío muy rácano, di que sí, niña —opina Jennifer.

Raúl entra en el cuarto de baño.

—¡Era el tipo que podía devolverme a la casa...! —añade Nancy mirando a Milena—. ¡Dios mío, Dios santísimo, ¿y ahora qué nos va a pasar...?! ¡Si todavía debo un montón de plata, llevo tres días sin dormir y no encuentro este hijueputa zapato...!

Sus palabras se deshacen en lágrimas, pero enmudece de pronto al ver a Raúl saliendo del cuarto de baño con una cartera de mano.

—Aquí está. —Raúl abre la cartera y examina su contenido. Dos libros de contabilidad, carpetas y fundas de plástico con facturas y con contratos perfectamente ordenados y una pequeña libreta de tapas negras de hule. La abre. Una página con una columna de nombres de mujer, los de Nancy y Milena subrayados, y las señas de otras domiciliadas en Medellín y en Pereira:

Asunción Vargas - Pereira
Gladys García - Bogotá
Desirée Alvarado (tras. Ibiza)
Lucy Molina
Nancy Bermejo - Pereira

Rina Someso
Milena Holgado - Pereira (Barrio Otún)
Doris Vallejo

—Sólo hay papeles —se lamenta Nancy, muy resentida—. Me dijo que mientras fuera nuestro no me iban a hacer nada, y tampoco a mis papás. Y que no se lo dijera a nadie... Bueno, ya qué, ¿cierto? No hay plata, ya miré, no hay más que papelitos de mierda. —Más gimoteos—. ¡Nunca saldremos de aquí, Milena, nunca...!

Milena le quita a Bárbara el yogur que apenas ha probado y lo ofrece a Nancy.

—Come un poquito, de pronto te sienta bien...

—¡Seguro, niña, tiene floresta intestinal un montón! —opina Bárbara.

Nancy se niega a comer. Milena hace una seña a las tres para que las dejen solas, y seguidamente acompaña a Nancy al lavabo, entran y cierra. Enfrascado en la lectura de uno de los documentos, Raúl también sale de la habitación siguiendo distraídamente a Yasmina, Jennifer y Bárbara hasta el pasillo. Ellas se meten en el cuarto de Jennifer comentando lo ocurrido y Raúl se dirige al balcón trasero con la cartera en el sobaco y los papeles en la mano. Le llegan desde el cuarto de baño los lamentos de Nancy y la voz de Milena:

—Un baño calentito es lo mejor, te juro. Y por lo menos tómate el yogur... Luego me arreglas las manos, ¿ok?

Raúl accede al balcón con los ojos puestos en el documento y se acerca a la barandilla. El tránsito por la autovía, al fondo, es ahora intenso y Raúl se queda mirándolo con el papel en la mano. De pronto parece tomar una decisión y guarda los documentos en la cartera, cuando oye a su espalda la voz de Milena. Lleva el albornoz con las mangas recogidas y mojadas.

—Mejor vete. La señora Lola nos prohibió…

—Deja eso de mi cuenta —dice Raúl—. De todos modos no me verá en bastante tiempo. Escucha… Si todo sale como espero, te sacaré de aquí. Y a Nancy también.

La cartera de nuevo sujeta bajo el sobaco, Raúl se dispone a cogerla de los hombros, pero ella no puede reprimir un movimiento de rechazo.

—¿Qué hay ahí? —dice mirando la cartera.

—Con un poco de suerte, un billete de vuelta a tu país. Y la seguridad de los tuyos. Esta vez tienes que creerme.

Prueba de nuevo a poner amistosamente las manos en sus hombros y ahora ella consiente, pero rígida y atemorizada, conteniendo un sollozo y sin dejar de mirarle a los ojos.

—¿Qué vas a hacer…?

—En primer lugar he de regresar a mi Unidad. Seguramente me van a empapelar. O tal vez no, ya veremos… Hace dos meses me tenía sin cuidado —añade como para sí mismo. Sin soltarla, se separa un poco para verle la cara, y su voz recupera el timbre y la firmeza—: Te llamaré. Y mientras, vigila que nadie se vaya de la lengua.

—¿Cuánto tiempo vas a estar fuera?

—No lo sé. Confía en mí. Te irás de aquí sin deberle un céntimo a nadie, como quería mi hermano… Ahora ve y ocúpate de Nancy. —Se dispone a dejarla, pero se vuelve y, de improviso, coge su cara con ambas manos y la besa en la boca, aunque ella se resiste—. Te conviene esperarme hasta que vuelva, y eso es lo que vas a hacer, ¿de acuerdo? —Agita el dedo ante su nariz y añade—: Y a ver cómo se porta esta aspiradora… Mantenla cerrada.

Milena se muestra nuevamente recelosa y esquiva.

—Haré lo que me dé la gana…

—Está bien, está bien —corta Raúl—. Sólo te pido que lo pienses. Sólo eso. Adiós.

Las dos amigas en la bañera sentadas frente por frente, desnudas, con el pelo mojado y los brazos en torno a las rodillas alzadas, Nancy gimoteando mientras exprime una esponja sobre sus pechos con expresión alelada, Milena con el yogur en una mano y con la otra ofreciéndole una cucharadita del mismo.

—Un poquito nada más, Nancy. Tiene fruta, mira... Es que llevas tres días sin comer.

—¡Vámonos de aquí, Milena, escapémonos...! No nos queda nadie. Tú ya no tienes a Valentín, yo ya no tengo a mi tío... ¡Escapémonos!

—¡Cuál escapémonos, no seas bruta! —Mete una cucharada de yogur en su boca—. ¿Ya se te olvidó cómo nos trataron cuando llegamos, cómo nos encerraron y nos pegaron y nos violaron, ya se te olvidó? Dale, come un poquito...

Sin dejar de gimotear, Nancy le da un manotazo a la cucharilla y luego apoya la frente en las rodillas, desalentada.

—Tú crees que Raúl te va a sacar de aquí —dice.

Milena le acaricia la cabeza, luego le quita la esponja de la mano y, con gesto paciente y cariñoso, exprime agua sobre sus hombros y nuca. Nancy añade con los ojos llorosos:

—Tú crees eso, ¿cierto?

Milena se encoge de hombros, y seguidamente niega varias veces con la cabeza abatida.

34

Ocho días después de la marcha de Raúl, una noche de sábado que ha empezado con mucho trabajo para todas menos para ella, Milena se para en lo alto de la escalera de caracol súbitamente golpeada por el convencimiento de que nunca saldrá de aquí, que si sale será para ir a un sitio peor y que la próxima llamada de Raúl será para decirle que no puede volver, y por vez primera mira fijamente la pista azul allá abajo en el bar pensando lo fácil que sería echarse de bruces sobre la barandilla y volcarse de cabeza dejándose caer. Imagen subliminal, más que pensamiento, imagen que empieza a ser recurrente en su fugacidad, y que siempre encuentra algún motivo de distracción. Solamente por aferrarse a algo, ahora pone toda su atención en la música que suena demasiado fuerte. *Perfidia* sin palabras, sólo la música. Qué bonita melodía, siempre me enamoró. Aunque maquillada con esmero y con atuendo provocativo, su mirada yerta y su rostro estragado delatan que su adicción persiste. Una vez abajo, cruza la pista en línea recta hacia la barra, frente a la cual Nancy, de pie, espera dos combinados que la señora Lola termina de preparar cortando rodajas de limón. Son para ella y el cliente que la espera en una mesa. El local está muy concurrido. Alina se ha ocupado por tercera vez en menos de dos horas, y Yasmina y su acompañante acaban de cruzarse con ella en la escalera. Jennifer y Rebeca bromean con dos sesentones en un extremo de la barra, Bárbara se marca unos pasos de baile en la pista y un joven gordito imita su ritmo moviéndose torpe y acalorado a su alrededor.

—El mío sin limón, señora Lola —dice Nancy, y a Milena al acercarse—: Se te fue la mano, querida.

—No me jodas, Nancy.

—Mírate en el espejo. Y mírate las uñas. ¡Qué horror! —exclama con pena mientras Milena pasa por su lado sin detenerse—. Te he dicho lo importante que son las uñas para nosotras, niña, te lo he dicho mil veces...

Milena no le hace caso y se dirige con paso desganado a una mesa retirada. Lola la sigue con los ojos mientras clava la rodaja de limón en el borde del vaso y empuja ambos sobre el mostrador hacia Nancy, diciendo:

—Me la vigilas.

Nancy responde con un mohín de fastidio. Un hombre maduro se sienta junto a Milena y le habla, le ofrece un cigarrillo y pone la mano en su rodilla.

—Ya no sé qué hacer, señora Lola.

—Ha llamado otra vez, y ella no ha querido ponerse al teléfono.

—¿Sí? —se lamenta Nancy—. ¿Pero por qué?

—Ah. Pregúntaselo.

—¿Y usted le ha dicho a él que ella no quería hablarle...?

—Le he dicho que estaba ocupada. Como la otra vez.

—¿Y él qué ha dicho?

—Nada.

El hombre se levanta y deja sola a Milena.

—¿Nada? —dice Nancy.

—Que la cuidemos. —Y con afectada indiferencia, añade—: Y que por allá llueve mucho.

—¿Y nada más?

—¿Te parece poco? ¿No sabes que este policía es un cardo borriquero? ¿Que tiene un pedernal en lugar de corazón, como todos los policías? —Empuja de nuevo los combinados hacia ella—. Anda, llévate eso.

Poco después, acodada a la mesa y sujetándose el mentón con la mano, Milena deja resbalar la cabeza sobre el pecho y se inclina muy despacio hacia delante. Apoya los brazos sobre la mesa, apoya la frente en ellos y permanece inmóvil, con el cigarrillo entre los dedos. Lola se da cuenta y busca a Nancy con los ojos.

En este momento entra en el local Freddy Gómez en compañía de dos sujetos. Los tres pasan junto a Milena sin reparar en ella, Freddy haciendo señas a la señora Lola, que inmediatamente abandona la barra y se reúne con ellos frente a la puerta de cristal esmerilado. Antes de abrir la puerta y acompañar a los tres hombres a la cocina, Lola cambia una fugaz mirada de alerta con Nancy y Rebeca, que también han visto llegar a Freddy. Nancy se disculpa con el cliente y se apresura hacia la mesa de Milena. Le quita el cigarrillo de entre los dedos y sacude su hombro para despertarla.

Uno de los acompañantes de Freddy vuelve a salir, y, desde la puerta, recorre el local con los ojos hasta localizarlas. Con un gesto de la cabeza ordena a Nancy que acuda a la cocina, y también Milena. Nancy consigue animar a su amiga, la ayuda a levantarse y van cogidas del brazo hacia el hombre que las espera con la puerta abierta. Entran y el hombre lo hace tras ellas, cerrando la puerta.

35

De pie en el borde de la dársena, detrás del bar Finito Aguado, Raúl se acomoda la gabardina echada sobre los hombros y mira la turbia superficie de las aguas picoteadas ahora por la llovizna. Bajo el brazo y protegiéndola de la lluvia con la gabardina, lleva una pequeña carpeta azul con elásticos. Consulta su reloj, da media vuelta y regresa al bar por la puerta trasera.

Escoge una mesa algo apartada y, sin quitarse la gabardina, se sienta en la silla encarada a la puerta de la calle. Sabe que en menos de quince segundos César Tristán estará aquí. Pone sobre la mesa la carpeta y los cigarrillos y piensa qué puede beber por la mañana un hombre que desearía dejar de beber y se ve incapaz. Hay tres clientes a esta hora, uno en el mostrador leyendo el periódico y dos viejos jugando al dominó y bebiendo orujo en una mesa junto a la entrada. El tabernero prepara tapas detrás del mostrador.

Se abre la puerta y entra un hombre alto y delgado, treinta y cinco años, pulcramente vestido con un toque ostentoso y hortera, camisa de seda abierta sobre el pecho y medallón de oro, chaquetón de piel con vistosas solapas y sortijones en los dedos.

Tras él va un sujeto con pinta de gorila. El hijo mayor de Moncho Tristán se para al entrar, mira a Raúl, calibra el lugar con expresión desdeñosa y con la cabeza indica a su acompañante que se quede en la barra. Seguidamente se encamina hacia la mesa de Raúl.

—Cuánto tiempo —dice con una voz desafecta.

—No mucho. Siéntate.

Antes de hacerlo, César Tristán vuelve a mirar el entorno.

—En Vigo tenemos sitios mejores donde sentarnos.

—Sin duda. Pero aquí es donde vi por última vez a nuestro amigo Nelson vivo. He pensado que el pobre diablo bien se merece un pequeño homenaje.

—El señor Nelson Mazuera —dice Tristán con cierto regodeo— se fue a Colombia, si no estoy mal informado.

—Yo más bien diría que se fue al infierno, y sé quién le envió allí. Pero dejemos eso. ¿Qué vas a tomar?

—No sé. —Se lo piensa con aire de fastidio—. Venga, un albariño.

Raúl levanta el brazo llamando la atención del tabernero, que está sirviendo al gorila en el mostrador.

—¡Dos albariños!

—Mi padre te manda saludos…

—De usted —corta con una contenida violencia en el tono—. Tú a mí me tratas de usted.

Tristán le mira fijamente en silencio durante cinco segundos. Decide contemporizar, y sonríe levemente.

—Veo que sus modales de polizonte no han mejorado.

—Para ti no.

—Ya. —Serenamente, añade—: No crea que hemos olvidado lo que le hizo a mi hermano.

—Vamos a lo que importa. He traído algo que os va a interesar a

255

tu padre y a ti. Por teléfono te hablé del regalito de Mazuera. —Empuja la carpeta hacia él por encima de la mesa—. Ahí lo tienes.

César Tristán le mira con ojos suspicaces, luego coge la carpeta, se pone unas gafas y la abre. No abulta nada, contiene media docena de documentos.

—Naturalmente son fotocopias —aclara Raúl mientras enciende un cigarrillo.

Recostado en el mostrador, el guardaespaldas no aparta los ojos de la mesa. Tristán examina las fotocopias con expresión ceñuda, evidentemente no le gustan nada. Llega el tabernero, sirve los dos vinos y se va. Tristán bebe un sorbo de su copa sin dejar de leer.

—Es sólo una muestra —añade Raúl—. Hay más documentos y dos libros de contabilidad con muy buena letra. El amigo Nelson Mazuera era un contable eficiente y meticuloso, aunque algo anticuado.

Tristán da por concluido su examen, se quita las gafas y escruta la cara de Raúl.

—Este negocio fue liquidado —dice—. Y a mi padre no se le puede implicar en nada de eso. Siempre estuvo al margen.

—Lo dudo. Hay operaciones de evasión fiscal y fuga de divisas que le comprometen a buen seguro. Pero eso da igual, eres tú el que ahora me interesa. Esos papeles te llevan directamente al trullo, te habrás dado cuenta… Tráfico de menores, casi nada. Tanto si el negocio es tuyo como si lo has traspasado, que yo creo que no, estás con la soga en el cuello. Y de nada te valdrán los otros negocios legales para blanquear las ganancias con la droga.

—Tenga cuidado, hombre. Ya no puede ir por ahí tirando de placa, sabemos que le han expulsado.

—¿De verdad crees que necesito la placa para machacarte los huevos?

César Tristán calibra la amenaza, y Raúl añade:

—El lote incluye una lista de prostitutas que tienes en nómina. Hay una que me interesa… Mejor dicho, dos.

Tristán se acomoda en la silla y se toma su tiempo en responder.

—Entiendo. Corríjame si me equivoco. El señor viene a proponer un apaño…

—Llámalo como quieras.

—Un trato, si lo prefiere. —Y con una sonrisa irónica—: Algo muy poco honorable viniendo de un policía, ¿no le parece?

—Nunca he sido un policía honorable.

Tristán reflexiona mientras limpia los cristales de las gafas con un pañuelo.

—Está bien —dice finalmente—. Veamos de qué se trata.

—Mazuera se trajo a dos muchachas de Pereira. Se llaman Nancy Bermejo y Milena Holgado…

—No las conozco. No me ocupo personalmente de la mercancía.

—Pues ahora tendrás que hacerlo. Quiero que desde hoy mismo consideres liquidada su deuda. Y por supuesto sin represalias. A cambio, todos estos documentos seguirán en lugar seguro el tiempo que haga falta.

En los labios de Tristán asoma de nuevo la sonrisa burlona y el desdén.

—Vaya, vaya. Resulta que el perro rabioso se nos vuelve manso porque se está tirando a una puta sin papeles. ¿Me equivoco? Qué diría su jefe en Narcóticos si le oyera…

—Yo soy mi jefe ahora. Ya has oído mi propuesta.

De nuevo Tristán se queda pensando. Sus dedos ensortijados acarician la copa de vino con premeditada parsimonia, en un intento inútil de dominar la situación.

—Bien, veamos qué se puede hacer —dice por fin—. El caso es que yo nunca he controlado directamente al personal. Sé que a algunas mujeres las trasladaban de vez en cuando…

—Están en un puticlub de carretera, cerca de Barcelona.

—Da igual. Ya no ando en eso, las mafias del Este se están apoderando de todo y hay mucha reventa… ¿Qué pasa si estas dos ya no dependen de nosotros? Es lo más probable, hemos liquidado el negocio, ya se lo he dicho.

—En tal caso te ocuparás de recuperarlas y de que no les pase nada —dice Raúl—. Apáñatelas como sea, de lo contrario ni Dios te libra de la cárcel. Apunta sus nombres, avisa a tus sicarios y haz lo que sea conveniente.

—¿Cómo sé que usted cumplirá lo pactado?

—Sólo debes recordar eso: no ha de pasarles nada, ni a ellas ni a mí. Si algo nos ocurre, en menos de veinticuatro horas esos papeles llegarán a manos del juez. —Apaga la colilla en el cenicero y apura su copa—. ¿Has tomado buena nota?

Tristán guarda silencio. Mira los documentos sobre la mesa.

—Llévese esto.

—Puedes quedártelo y mostrarlo a papá. —Se levanta—. Que sepa que los originales están a buen recaudo.

Tristán empieza a guardar las fotocopias en la carpeta. En la barra, el guardaespaldas está atento a cualquier indicación, pero su jefe permanece en la silla, ajustando los elásticos de la carpeta con aire pensativo.

—Vas a tener que soltar una pasta —añade Raúl—. Unos billetes de avión, ya te diré para cuándo. Saludos a la familia.

—Un momento —Tristán estira la pierna sobre una silla cerrándole el paso, y dice con la voz afectada—: ¿Sabe una cosa? No sé de qué presume… Usted no es mejor que nosotros.

—Cierto. Lo comprobarás si no cumples lo pactado. Y espero que algún día te den tu merecido.

—No me sermonee, Fuentes. No se exceda.

Raúl mira la pierna que le impide el paso. César Tristán la retira y él se encamina hacia la salida del bar.

36

La joven patinadora vestida de blanco que reparte propaganda en el área del supermercado efectúa un par de vueltas en torno a sí misma, se planta bruscamente y ofrece el folleto sonriendo con su brillante dentadura.

—¡Hola, hola! ¡Sonríe con Fuldent! ¡Te vale para un descuento! ¡Gracias! —Da media vuelta y se aleja sonriendo y sin dejar de mirarle—. ¡¿Dónde estabas?! ¡Te hemos echado de menos!

Con el folleto en la mano y un tanto pasmado en medio de la gente que entra y sale del súper, la bicicleta amarilla entre las piernas y el gorro de visera sujetando mal sus cabellos, Raúl ve a la muchacha desaparecer patinando en la zona de juegos recreativos. Coloca en el cestillo de la bici el cartón de cigarrillos que acaba de comprar y consulta su reloj. Las cinco y veinte minutos. Monta y pedalea animosamente alrededor de la rotonda en dirección a la autovía. Enfila el arcén y al poco rato, cuando divisa el letrero del club, se pregunta cómo la encontrará. Piensa que tal vez debería haberle traído algo de Galicia, un pequeño obsequio… No, qué tontería. ¡Joder, no seas capullo! Quién te ha visto y quién te ve. La última vez que llamó desde Vigo, tres días antes, tampoco se había puesto al teléfono por estar ocupada, según Lola. Y las dos veces que llamó al mediodía estaba durmiendo, o más probablemente colgada.

Sólo hay un cliente a esta hora, un bebedor habitual de la casa sentado en un extremo de la barra y hablándole a Rebeca con aire mustio y familiar. Jennifer está sentada a horcajadas en una silla del otro lado de la pista y examina algo en su rodilla muy atentamente, y Alina, Yasmina y Bárbara permanecen colgadas de la barra en actitud de aburrida espera. Hay dos chicas nuevas, una rubia espigada de aspecto ucraniano y una morena gordita de aire experimentado. Alina y Yasmi se giran casi al mismo tiempo al ver entrar a Raúl, al que Simón ha seguido un trecho, hasta el umbral del bar. Desde allí y a espaldas de Raúl hace una seña a su hermana, como para prevenirla, y luego regresa al guardarropa en la entrada.

—Vaya. El hijo pródigo. No creí que volvieras —entona la señora Lola frotando el mostrador con un paño. Viéndole pasear la mirada por el local, añade—: No la busques. Ya no está.

Raúl escruta su rostro acercándose más a la barra y va a decir algo, pero su atención es requerida por un taconeo femenino en la escalera de caracol, y se vuelve. Son otras piernas, otra cara nueva.

—¿Qué has dicho?

—Que ya no está aquí. Se la llevaron. Y a Nancy también.

—¿Cuándo?

—¿Quieres un consejo? Se anticipa a las preguntas que ve venir—. Tómate una copa y espera noticias. Mira, hay caras nuevas... Ésta es Tatiana, y ésta es Doris. Y ahí viene Gabriela.

—¿Por qué no me llamaste? —dice Raúl—. ¿Cuándo ocurrió?

—Ocurrió, eso es todo. —Lola malhumorada—. No sé adónde las llevaron, a mí nunca me lo dicen.

—No te creo. Me has estado engañando, vieja bruja.

—Mira, hijo, ¿por qué no lo dejas? Esta muchacha ya está perdida... Ya lo estaba cuando tu pobre hermano se desvivía por ella queriendo ayudarla.

—Mientes.

—Es la verdad, te guste o no...

Se interrumpe ante la llegada de un cliente que se instala en la barra. Es un conocido de Bárbara, que acude a su vera sonriente y con mimos. Lola sube el volumen de la música, le hace una seña a Yasmina para que ocupe su puesto, y, con el paño húmedo en la mano, se desplaza hasta un extremo de la barra requiriendo a Raúl para seguir hablando.

—Ven acá, y no te exaltes. Dios sabe lo que hemos soportado Simón y yo por esa niña. No quiere curarse y no confía en nadie. No tiene remedio... He hecho por ella lo que no te puedes imaginar. Últimamente ni siquiera le cobraba la habitación... Hace tiempo que se lo venía diciendo: se te van a llevar. Si la ves cuando la sacaron de aquí, no la habrías reconocido...

—¡Está bien, está bien! —corta Raúl—. ¿Quién vino por ella?

—Los mismos que la trajeron.

—¿Y adónde las llevaron? —Lola menea la cabeza, abrumada, y ante su silencio, Raúl la agarra del brazo por encima de la barra y la zarandea, furioso—: ¿A quién tratas de proteger, *mastresa*?

Jennifer y Alina, que se temían una reacción violenta de Raúl desde que entró, bajan del taburete y se acercan a él.

—No pasa nada —les dice Lola, y se encara con Raúl sin alterarse—: Así es como trabaja esa gente, por si no lo sabías. Se llevan a unas y me traen otras, siempre ha sido así. Y nada más puedo decirte, porque nada sé.

—¿Por qué no me llamaste a Vigo?

—¿Para qué? ¿Qué habrías hecho? Pensé que estabas mejor donde estabas. Te alteras con facilidad, y eso no es bueno. Suéltame, por favor.

Se libra de la mano suavemente, sin dejar de mirarle, cuando Jennifer se decide a hablar:

—Oiga… —Se corta cuando él se vuelve y la mira, duda y desvía los ojos hacia Lola, luego otra vez a Raúl—. No sé, es algo que dijo Milena… Una vez dijo que ese hombre, el señor Freddy, siempre la estaba amenazando con venderla a un local de mierda, allá por las afueras de Sitges… En algún lugar de la carretera entre Sitges y Vilanova, creo. Pero el nombre no lo sé.

La señora Lola se pone a frotar cansinamente la barra con el paño, sin mirar lo que hace, sin quitarle el ojo a Raúl.

—Yo no sé nada —declara—. Pero si es verdad lo que dice ésta, no está muy lejos. Poco más de veinte o quizá treinta kilómetros, ¿no?

—¿No dijo el nombre o no te acuerdas? —inquiere Raúl clavando los ojos en la atemorizada Jennifer.

—La chica no lo sabe, ya la has oído —se anticipa Lola. Lanza a Jennifer una seña conminatoria para que se vaya, y luego, poniendo una repentina energía en el fregoteo del mostrador, como si quisiera desentenderse de las preocupaciones de Raúl, refunfuña—: Para qué creerán que sirven los posavasos.

Él no la escucha. Encontraría a Milena tarde o temprano, dondequiera que esté, piensa, probablemente no muy lejos. Apenas veinte o treinta kilómetros podrían separarlo de ella, ciertamente, pero un sentimiento que ahora no se atreve a analizar, dictado por el afán de reparación o por el recuerdo de Valentín, por la costumbre recién adquirida del afecto o simplemente por el deseo, traza otra distancia mucho más larga y no solamente física, y que incluye un océano de por medio y un vasto territorio de violencia y extorsión, el submundo remoto y miserable que la espera a ella más allá de esos pocos kilómetros, y ésa es la verdadera distancia que siente que debe salvar. ¿Y cómo se mide esa distancia? Cuanto más seguro está de encontrar a la muchacha un día u otro en sabe Dios qué burdel de carretera, más percibe esa distancia y más seguro está de vencerla.

—No sé si volveremos a vernos, *mastresa* —dice, dando una palmada a la barra—. Así que, suerte.

—Espera —dice ella—. Sabes que no le deseo ningún mal a Milena, la pobre ya llevaba lo suyo cuando la trajeron aquí. Pero lo que te he dicho es la verdad... Ella es como Desirée. No me preguntes por qué, pero esa clase de chicas son un infierno y no traen más que desgracias. Siempre se quedan a las puertas de todo, del regreso a su país, del amor verdadero, del pago de la deuda... En fin, qué te voy a contar. —Se gira y coge una botella de vodka del estante—. De todos modos, tú verás lo que haces. ¿Una copa antes de irte? La casa invita...

La noche le cae encima pedaleando sobre el asfalto por la C-243 al borde del mar con el gorrito de visera sobre los ojos y la pequeña mochila a la espalda, cargada de culpas más que de otra cosa, esforzándose en los repechos y dejándose ir en las pendientes, a ratos cegado por los faros de los automóviles y ocasionalmente a rebufo de grandes camiones resoplantes y festoneados de luces. Sobre los acantilados del Garraf, con el mar bramando a su lado desde una oscuridad sin orillas, piensa en el fantasma de aquella prostituta que Valentín no cesaba de ver ahogada o parada al borde la autovía, y piensa en su padre derrotado por unos y por otros toda su vida pero no en su ideal de libertad encarnado en Valentín, y una vez más lamenta su frialdad y su laconismo al despedirse de él y de Olga, y sobre todo piensa en las palabras de la señora Lola en la barra del bar al ofrecerle la última copa, su voz gruesa y afrutada y un poco burlona mezclándose con la música bailable y las risas del Lolita's Club:

—La casa invita. Pero si vuelves y pides otra, te la cobraré, cariño. Se acabó el beber de gorra, tengo que cuidar el negocio, y tú aquí ya no eres la autoridad. Ya no eres más que un muchacho con problemas.

FIN